大旗出版
BANNER PUBLISHING

大旗出版
BANNER PUBLISHING

大旗出版
BANNER PUBLISHING

大旗出版
BANNER PUBLISHING

大明傳國玉璽

目錄

壹

大明皇帝命在旦夕

【一】

夜半三更，無星無月，北京南北池子的長街上黑洞洞的，四名御林軍校尉抬著一頂綠呢大轎，在那條用青石板鋪成的道路上叭噠叭噠地一陣小跑。

皇宮太醫院的正六品院判嚴津粱，手裡攥著一張出入東華門的金牌，呼哧呼哧地喘著粗氣，一路追趕著轎子奔跑。

綠呢大轎裡面，本朝正一品內閣首輔大臣、華蓋殿大學士兼領兵部尚書、御賜少傅之銜的楊士奇，顧不上轎子的顛簸搖盪，撩開轎簾，再三地對院判嚴津粱詢問：「是不是洪熙皇帝親自派遣你來的？」

嚴津粱一邊拚命地倒著氣，一邊匆忙地回答：「又吐血了……傍晚才止住了咳……剛剛卻又吐了血……。」

楊士奇一拍轎門，打斷了嚴津粱的答非所問，焦急地說道：「唉！唉！唉！我問你！是誰派你來找我的？」

嚴津粱跑得上氣不接下氣，衝著楊士奇扒開的轎簾就是一陣暴喘，急匆匆地答道：「回……回少傅公……話……血止不住啊……。」

四個御林軍校尉健步如飛，說話的功夫，轎子已經過了騎河樓，轉過彎去，就該進宮門了。

楊士奇急了，他在轎子裡頭手拍篷頂，腳跺底板，連聲大喝：「停轎！停轎！給我停轎！」

轎子刷地一下子，停在了漆黑一片的筒子河畔，楊士奇不顧斯文，連扯帶抓地掀開轎簾，一把揪住嚴津梁的脖子，厲聲地問道：「說！皇上、甯王、內廷總管王無庸，到底是哪一個人，派你來的？」

嚴津梁撲通一下跪在了綠呢大轎的面前，涕淚直下，嚎啕大哭：「少傅公！救救皇上吧……救救皇上啊……。」

楊士奇一巴掌甩在嚴津梁的臉上：「誰派你來的？」

嚴津梁脫口說道：「皇上！是洪熙皇上的口喻！」

楊士奇伸手把嚴津梁抓到自己的眼前，嚴厲地問道：「是洪熙皇上的口喻？」

嚴津梁連連點頭：「是！是！是！是洪熙皇上的口喻！」

楊士奇急忙又問：「還有誰在場？當時有誰在場？」

嚴津梁惶惶不安地答道：「太醫院從二品監丞包融慧、正三品院使黃香亭、御藥局正四品尚藥紀士林、從四品禦奉方才稚……連同修造湯煎副使、直長……能在場的都在場了呀！可……就是止不住血……止不住吐血啊……楊少傅公！」

楊士奇聽完了嚴津梁的這一番話，臉上的血色慢慢地恢復了常態，他緩了一口氣，又對仍然在不停地打著哆嗦的嚴津梁問道：「除了太醫院的人，洪熙皇上的駕前，就再無其他什麼人了嗎？」

嚴津梁一聽，又大哭了起來：「連監丞包融慧、院使黃香亭這樣的驚世名醫，都治不好皇上的病，還能找其他什麼人來啊……楊少傅公……求求您老人家……快救救皇上吧……。」

楊士奇用力地搖了搖頭，長長地歎息了一聲之後，對著那個嚴津梁說道：「唉……我看你，真的是急糊塗了！你好好地看看我，看看我這個一品少傅，是那種醫得了疾病的人嗎？啊？你呀，唉……皇上傳我，不是醫病，而是醫國！」

隨著楊士奇這一句話的出口，嚴津梁猛地一下子愣住了，他驚得張大了嘴巴，瞪大了眼睛，半晌緩不上氣來。

楊士奇一伸手，端起了嚴津梁的下巴頦，嚴厲地說道：「如果不想讓脖子上面那個腦袋掉下來，你給我好好地記住兩件事——第一，洪熙皇帝所患的疾病，只是偶感風寒！第二，今天晚上，你根本沒有見過我楊士奇！」

嚴津梁驚恐萬狀，連連點頭，上下嘴唇都咬出了血，卻一個字也說不出來。

楊士奇匆匆忙忙地一揮手：「起轎！」

【二】

那四個御林軍校尉腳下生風，轉眼之間，綠呢大轎便到了欽安殿前。

楊士奇顧不上禁宮禮儀，不等轎子停穩，便一把掀開轎簾，三步併作兩步地衝進殿內，撲到洪熙皇帝的龍榻前，接著撲通一下子跪倒在地，隨著一句呼喚，楊士奇聲淚俱下：「皇上……。」

龍榻上，病入膏肓的洪熙皇帝朱高熾掙扎著醒了過來，他那一雙乾枯的眼睛死死地盯著楊士奇，乾咳了半晌，終於氣若遊絲地說道：「怎麼辦？」

楊士奇忙不迭地對著洪熙皇帝磕了個頭：「皇上只要好生調養，一定會立起陳屙……。」

洪熙皇帝一把抓住楊士奇的手臂，兩隻深深陷入顴骨的眼窩裡面，閃爍著一份哀求：「直說啊……直說……怎麼辦……。」

楊士奇望了望命懸一線的洪熙皇帝，忍不住淚流滿面，他揮手將殿堂內的御醫、宮女們都轟了出去，然後俯在洪熙皇帝朱高熾的耳邊，低聲說道：「要想辦法讓皇長子朱瞻堂殿下，繼承大統啊！皇上！」

朱高熾努力地點了點頭，卻又惶恐不安說道：「是啊！可……怎麼辦……怎麼辦啊……。」

楊士奇望了望四周，低聲說道：「兵權！」

朱高熾痛苦地搖了搖頭：「來不及了！」

楊士奇稍加思忖，馬上說道：「那就只能依靠我大明王朝的那塊傳國之寶了！」

朱高熾聞聽一愣：「傳國之寶？」

楊士奇連忙點頭：「傳國之寶！」

朱高熾頓時領悟，趕緊問道：「怎麼辦？」

楊士奇望著朱高熾小聲問道：「這四門之內，皇上可有信得過的人哪？」

朱高熾聽了連連搖頭：「唉……要是有，朕還用得著派遣一個御醫出宮叫你嗎？」

楊士奇臉上一凜，思考了片刻，趴在朱高熾的耳邊上，低聲說道：「那，這件事情，就得這樣緩和地去辦了……。」

朱高熾呆呆地愣了半天，兩顆渾濁的淚珠，不由自主地從深陷的眼窩裡面，慢慢地湧流出來：「那麼，照你這樣一說……朕，是無法親眼看到皇兒朱瞻堂承襲我大明的江山了？」

楊士奇急忙搖頭說道：「那也不一定！那也不一定！這件事情，一要看甯王殿下的品德操守，二要看皇子殿下的才幹作為！」

病榻上的洪熙皇帝忍不住一聲苦歎：「唉……天不假日……天不假日啊……。」

楊士奇一個響頭磕在地上，哀痛地說道：「皇上！惟有甯王不反，方可讓天地平穩，四海安詳啊！」

【三】

大明皇宮，欽安殿內，已經病入膏肓的洪熙皇帝朱高熾，軟弱無力地坐在龍椅上面。內廷總管王無庸等四名太監待立在他的左右。

皇子朱瞻堂，洪熙皇帝的親弟弟甯王朱高煬，首輔大臣楊士奇以及一干大臣們，恭恭敬敬地肅立在大殿之內。

朱高熾面紅耳赤，虛汗淋漓，一邊咳嗽，一邊掙扎著說道：「都到齊了吧？朕……朕的……唉疾又犯了！太醫們說，這一回，得讓朕多多靜養一些時日了……所以，朕打算讓皇兒朱瞻堂，代替朕來照料國事！今天，朕把你們都叫到這御前來……就是要當著你們的面，將我們大明朝的傳國之寶……交付到皇兒朱瞻堂手中，以後，就由他來代朕頒旨行政……處理國事！」

朱瞻堂連忙上前一步，雙膝觸地，撲通一下跪倒在洪熙皇帝朱高熾的面前，高聲說道：「兒臣接旨！父皇萬歲！萬歲！萬萬歲！」

朱瞻堂在跪拜之後，走到龍椅旁邊，恭恭敬敬地以雙手從洪熙手中捧過那塊刻著「大明傳國之寶」的玉璽，立在了父親朱高熾的身旁。

華蓋殿大學士、首輔大臣楊士奇，立即走上前去，恭敬地面向朱高熾和朱瞻堂，下跪磕頭：

「臣奉旨！吾皇萬歲！萬歲！萬萬歲！」

殿上的其他文臣，也連忙面向朱高熾和朱瞻堂，下跪磕頭：「臣等奉旨！吾皇萬歲！萬歲！萬萬歲！」

片刻之後，一些武將，也開始下跪奉旨。

俄頃，皇宮大殿之上，眾臣皆已跪下，惟獨甯王朱高煬，仍然立得昂首筆直。

朱高熾掙扎著瞪大眼睛，望著俯首跪地的文武大臣，又盯著筆直而立的甯王朱高煬，幾經努力之後，他口流著涎水，大聲地對著朱高煬說道：「你……啊……你怎麼……還不趕快奉旨啊……。」

楊士奇見狀，趕緊帶領文武大臣又一次跪拜：「臣等接旨！吾皇萬歲！萬歲！萬萬歲！」

可是，甯王朱高煬依然佇立如松，不肯向洪熙和朱瞻堂跪拜奉旨。

洪熙急了，他拚了命地指出手來，指著朱高煬的臉，大口喘氣，聲嘶力竭地厲聲喝道：「你……你……你……跪下……。」

終於，朱高煬極其勉強地慢慢跪了下來。

然而，他卻只跪而不拜，面對朱高熾和朱瞻堂一言不語，臉上顯現出一副桀驁不馴的表情。

洪熙拚盡全力地瞪著龍椅下面的朱高煬，怒不可遏地斥責道：「你……你……你……。」

朱高煬終於面對洪熙勉強一拜：「皇兄萬歲！萬歲！萬萬歲！」

【四】

午夜，皇帝寢宮，洪熙朱高熾仰臥在床上，幾名太醫精心地侍奉著他。

朱瞻堂、楊士奇立於床邊，默默無語地觀察狀況。

一個太監悄悄地站在暗處等候旨意。

朱瞻堂憂傷而恭順地說道：「父皇啊，這會兒您感覺好一些了嗎？兒臣懂得一點氣功，兒臣給您按摩一下，或許能讓覺得父皇舒坦一些！」

朱高熾氣喘嘘嘘地搖了搖頭：「不必了！朕的病……朕知道，恐怕一時，很難好轉……或者，乾脆把話說白了，從今往後，朕已經不可能再上殿執政了！唉，朕登基僅僅八個月……八個月就立太子，於國家太不吉利呀！所以，只好當著滿朝文武們的面，把傳國之寶交給你，其實，大家的心裡全都明白，這件事的意思……同嗣傳帝位，也是一樣的了！你把酥妃以及你的侍女們……都接到坤寧宮去好了！從今天開始，你就住在宮中，一切全部都按照皇帝的規格來安置。至於朕，日後，你當作太上皇來孝敬吧……。」

朱瞻堂淚流滿面，努力地安慰著朱高熾：「父皇！您不要這樣想，您的病一定會好轉的！兒臣天天陪著您！」

朱高熾對朱瞻堂搖了搖頭，休息了片刻之後，他開口把大臣楊士奇召喚了過來：「唉……楊士奇啊，你過來！」

楊士奇連忙上前：「臣在！請皇帝吩咐！」

朱高熾艱難地取出兩個信封，挺足了精神對楊士奇說道：「昨夜，朕想了很久，由皇子代朕掌國執政這件事情……於文官這一方面，大約都是會從命的！可是，令朕放心不下的是武將。長期以來，全國衛所和軍隊的指揮統領之權，盡在王府而不在朝廷！朕實在是擔心……擔心衛所和軍隊會藉機生出事端，禍亂國家呀！朕知道，皇兒瞻堂的手中，目前尚無一位兵勇可用，好在朕的另一位皇兒瞻基……在雲南護國君府……已經編練了兩鎮精銳之師。因此，朕親筆書寫了這一道聖旨和一封家書，都是給皇兒朱瞻基的，已經用皇印封了，你即刻派遣幾個信得過的人，秘密地送到雲南護國君府中……千千萬萬……要當面交到瞻基皇兒本人的手裡啊！」

楊士奇連忙以雙手接過朱高熾遞過來的聖旨和家書，恭恭敬敬地說道：「臣領旨！臣這就派出最為親信的家丁馬上去辦！」

朱高熾望了望楊士奇，又掙扎著說道：「楊士奇，你跪下！朕這裡還有一道旨意……是專門給你的！」

楊士奇連忙恭敬地跪下：「臣聽旨！」

朱高熾指著朱瞻堂一字一頓地說道：「朕今天將這輔佐皇兒的重任，交托於你！日後，若是朝中無事，當然最好！可是，萬一真有什麼事情發生了，你可一定要從中調停軍政，設法疏導是非，千萬不可以讓國家生出禍亂呀！」

楊士奇老淚縱橫，連連叩頭：「臣楊士奇領旨！臣知道此事的輕重！臣一定會謹遵聖旨，以國家大義為上，遇到禍政亂國之事，絕不惜肝腦塗地、粉身碎骨而盡力為之的！請皇上就放下心來，安心地調養龍體吧！」

【五】

中午時分，太醫院內，一群太醫正忙得手忙腳亂，甯王朱高煬突然率領著四名武士，帶劍闖入。

太醫們嚇得大吃一驚，一下子不知所措，頓時慌作一團。

朱高煬伸手抓住一名從六品的常侍御醫，極其威嚴地問道：「告訴我，洪熙皇帝得的是什麼病？」

那名御醫嚇得渾身發抖，如背書一般脫口而出：「喉疾！洪熙皇帝不過是偶感風寒，喉疾而已！」

朱高煬揚手一劍，斬殺掉了那個應答的御醫。

然後，又抓住一個正七品的太醫院典簿，再次喝問：「老實告訴我，洪熙到底得的是什麼病？」

那個典簿嚇得面如土色，撲通一下，跪倒在地，大聲說道：「血癆！咳黑血而吐紅痰，症狀極烈，病入膏肓，如今，已是無藥可醫的了！而且，皇帝脈壓極高，心搏之快如馬蹄奔騰，使得那病癆之血，隨時都在侵腦攻心，只要再遇上一絲不適，便馬上會使血貫顱頂，即便是當時不死，也必定會因為中風，而導致終生癱啞於床啊……。」

貳

甯王威武鎮天下

【一】

北京城外的一處松林，甯王朱高煬率領著幾位將軍策馬而立。

大太監，內廷總管王無庸，急急忙忙地奔跑到朱高煬的馬前：「奴才奏報甯王殿下，洪熙皇帝剛剛交給了楊少傅兩個信封，說是送給雲南護國君朱瞻基親啟的！這一會兒，楊少傅已經派出五個家丁，騎著馬直奔南邊而去了！」

朱高煬稍微思索了一下，兇悍地說道：「派兵！追！該殺的都給本王殺了！那兩個信封，一定要給本王拿回來！」

幾名將領一揮手，率領著一隊兵馬應命而去。

一道小河的邊上，朱高煬的兵馬，很快追上了楊士奇的那五名家丁：「停下！停下！統統停下！你們幾個，快點給爺們停下來！」

楊士奇的家丁們也不含糊，回過馬來，抽刀怒罵：「大膽！老子們是大明楊少傅公府上的家人！你們是哪裡的混蛋，竟敢前來造次？」

朱高煬的兵馬立刻把楊士奇的家丁們圍了起來：「啊，真是楊少傅公府上的家人？好啊！哼，咱爺們乃甯王手下，所追的，正是你們楊府的家人！弟兄們，趕快給我上！」

隨之，雙方爆發一場小戰。

僅僅片刻光陰，朱高煬的兵馬，便將楊府的那五個家丁，全部斬殺於河邊。

領頭的將軍從一名死去的家丁懷中，搜出了兩個加封了皇印的信封。

將軍一邊把那兩個信封揣進懷中，一邊惡狠狠地命令手下兵馬：「把他們的屍首統統都給我扔到河裡！切切不可留下痕跡！」

【二】

皇宮欽安殿中，洪熙皇帝朱高熾連連咳嗽，大口吐血。

朱瞻堂與眾太醫忙於侍奉，情況顯得十分危急。

洪熙連連大咳了一陣之後，十分異常艱難地對著傳旨太監說道：「趕快傳旨，把首輔大臣楊士奇、甯王朱高煬和內廷總管王無庸這幾個人……都叫進來！朕有話要說……朕有話要說！」

太監急忙一步跨出殿外，高聲唱名宣旨：「皇帝有旨，宣首輔大臣楊士奇，甯王朱高煬，內廷總管王無庸進殿……。」

【三】

城外一處山林，甯王朱高煬在眾多將士的簇擁衛護之下，正在馬背上面，讀著朱高熾寫給護國君朱瞻基的聖旨和家書：

瞻基皇兒如晤，近來，朕躬一向欠安，遍嘗百草而不治，自察，將難久於世間矣！自去歲登基以來，朕執政八月有餘，革除流弊，平反冤獄，推廣商業，減輕民困，俱事皆有所成，遂使國勢大增……但藩王朕尚未及裁撤，兵權朕尚未能集中，朕深恐有人於朕殯天之後，持兵生變，重演靖難故事而禍亂國家！故爾，朕特頒發一道聖旨於你，望皇兒能夠依此旨，制止兵患於未然……欽命皇子朱瞻基執掌全國諸衛所並五軍都督府將領，所有指揮使司、都督、同知、司馬、左右參軍必須唯命是從，任何一人均不得違抗！大明洪熙皇帝朱高熾御筆之寶……。

甯王身下的坐騎，突然之間躍起前蹄，發出了一聲長長的嘶鳴。

朱高煬從容地一夾雙腿，勒住了座下的烈馬，傷感而又憤怒地仰天大吼道：「哼！大明洪熙皇帝朱高熾御筆之寶！皇兄啊，為了奪取弟弟手中的那點兵權，你竟然不顧帝王名諱，連姓氏名都寫明在了這道聖旨之上！對我這個親弟弟，你就真的是如此耿耿於懷嗎？所有指揮使司、都督、同知、司馬、左右參軍，必須唯命是從，任何一人均不得違抗？究竟是哪一個人不得違抗？嗯？你怎麼不乾脆在那聖旨上面寫明瞭，就是我這個身為甯王的弟弟不得違抗，不就更加清楚了嗎？皇兄啊皇兄，對我這個當弟弟的，你可真算得上是窮凶極惡，咬牙切齒了呀！」

朱高煬的坐騎再次嘶鳴躍起，他激動地抽出寶劍，將聖旨和書信挑刺於劍首：「哼！任何一人不得違抗？今日，本王還非得違抗一番不可了！本王這就燒了這道文理不通的聖旨，然後再看一看這普天之下，還有什麼人，能夠來奪取本王的兵權？」

說著，朱高煬回首一聲怒喝：「來人哪，給本王點起火來！」

軍士們應命遞過火炬，朱高煬坐在馬背上，氣急敗壞地將那聖旨及書信一併點燃。

【四】

遠處，兩名太監騎著快馬，一路飛奔到朱高煬面前，急切地翻身下馬，高聲奏報：「聖旨到！甯王接旨，大明皇帝洪熙敕令，甯王即刻進宮見駕！」

朱高煬幾乎沒有理睬那兩個太監和他們手中捧著的聖旨，他仍然坐於馬背之上，眺望著天地之間那一輪正在下沉的太陽。

略加思考之後，他突然一聲斷喝：「傳我王命，令南京衛指揮使司與右軍都督府協同，即刻派兵，南渡長江，進軍到四川、貴州一帶，監視雲南的動靜！令上直衛親兵指揮使司，調燕山兩衛、通州兩衛並旗手衛的各部人馬，接到命令，立即出發，派兵，火速進京，取代御林軍警戒皇城！令前軍都督府，派兵，進駐北京四郊！傳令下去，除了本王的命令之外，各衛、各軍，不受任何人限制！」

朱高煬身後的將士們頓時齊聲回應，喝喊聲如同山呼海嘯。

兩名傳旨太監一陣顫抖，不敢再出一言一語。

朱高煬縱馬揚鞭，獨自一人向著日落中的皇宮，絕塵而去。

【五】

紫禁城內，甯王鎧甲佩劍，昂首而行。

太監們見到朱高煬，或行禮，或避讓，一片戰慄。

朱高煬行至欽安殿前，有太監趕緊吆喝著唱名奏報：「甯王殿下到！」

甯王推開太監，一步跨入殿中，大聲呼喚著：「皇兄啊！皇兄！你怎麼樣了？」

洪熙皇帝的床前，楊士奇、大內總管王無庸等人，抬頭與他一一對視，目光中均飽含著憂愁。

朱瞻堂見到朱高煬，急忙迎上前說道：「皇叔！您看，父皇顯得疲倦得很，已經有一刻沒有出聲了！」

楊士奇卻從容不迫地說道：「甯王到了，皇帝應該會醒來！」

終於，朱高熾慢慢地睜開眼睛，盯著朱高煬說道：「你來了？」

朱高煬撲上前去，關切地說道：「皇兄！皇兄！你怎麼樣啊？」

朱高熾艱難地拉起朱瞻堂的手臂，頑強地以目光注視著朱高煬，聲音越來越小：「兄弟呀……我的好兄弟，請你聽我一句話，為了咱們的大明朝的……社稷安穩，四海太平，你一定不要起兵為亂！答應我，你就讓他……讓你的侄兒朱瞻堂……為帝吧！啊……。」

朱高煬一把將朱瞻堂攬到懷中，彎下腰去，俯耳對著彌留中的朱高熾說道：「放心吧大哥！沒問題！」

朱高熾充滿感激地對著他的胞弟努力一笑，口中嗚咽了一聲，雙眼湧出淚水，隨即，便不省人事了……。

參

聖上監國君——臨時的皇權

【一】

皇宮大殿中，鳴奏起莊嚴的鼓樂，朱瞻堂在首輔大臣楊士奇、大內總管王無庸，以及眾一群太監、宮女的簇擁之下，正在張羅著換上龍袍。

甯王朱高煬率領著數名武士，突然之間帶劍闖入。

看到朱瞻堂尚未穿好的龍袍，朱高煬故作驚訝地問道：「侄兒，你這是要幹什麼？你的父皇，如今還躺在大明龍榻上面，而你竟然敢擅穿龍袍！我的侄兒呀，難道你是想謀逆篡位嗎？嗯？」

朱瞻堂聞言一愣：「唉？皇叔！朕這不是在奉旨登基嗎？」

朱高煬上前一步，瞪大眼睛說道：「嗯？奉旨？我的皇兄何時出過如此旨意啊？」

朱瞻堂大吃一驚，連忙爭辯：「您這是怎麼啦？皇叔！昨日傍晚時分，父皇在中風之前，不是拉著朕的手，親口對皇叔述的旨意嗎？而且，皇叔也是當場奉過旨的呀？」

朱高煬面無表情地連連搖頭：「我怎麼不記得有過此事啊！」

朱瞻堂微微一笑，有意給朱高煬遞了一個臺階：「噢，皇叔事務繁忙得很，想必是一時忘記了！當時楊少傅公在場，內廷總管王無庸也是在場的！」

朱高煬轉過臉去，威嚴地向王無庸問道：「你說！昨日傍晚，皇帝真有口述過什麼旨意嗎？」

王無庸趕緊裝聾作啞地回答說道：「回稟甯王殿下，奴才耳背，沒聽見！」

朱瞻堂面色一沉，他氣急敗壞地對王無庸斥罵道：「唉……王無庸！你？你？你這個風往吹就往哪轉的閹奴！」

隨即，朱瞻堂又一轉身，對著楊士奇說道：「好！好！楊少傅公！你可以向皇叔說的！」

楊士奇不動聲色地說道：「昨天傍晚，皇帝……。」

朱高煬以威脅之聲，粗暴地打斷楊士奇的話頭：「昨天傍晚怎麼啦？嗯？」

朱瞻堂求助地望著楊士奇：「楊少傅公！」

朱高煬手持寶劍抽出半截：「楊士奇！」

楊士奇從容不迫地說道：「昨天傍晚，皇帝其實也沒有說過什麼要緊的話！」

朱高煬微微一笑，得意洋洋，隨即將抽出一半的寶劍猛然插回鞘中。

朱瞻堂臉色蒼白，怒容滿面，他無可奈何地扔掉龍袍，復而，又用手一指身旁刻著的大明傳國之寶六個大字的玉璽，憤然地說道：「好！好！好！可是，前日在大殿之上，父皇當著文武百官的面，親自將這塊大明傳國之寶傳授給了我，這又怎麼說啊？這件事皇叔和楊少傅公，大約不會也忘記了吧？」

楊士奇搶在甯王之前，平靜而老練地說道：「不錯！前日在大殿之上，皇帝的確是當著滿朝文武的面，親手將傳這塊國玉璽，傳授給了皇子殿下！此事，吏、戶、禮各部，均於當天做了記載！自然是無人會隨便忘記的！」

甯王再次手握劍柄以示威脅。

欽安殿內的氣氛緊張之極。

朱瞻堂面露喜色，興奮地說道：「對呀！對呀！吏、戶、禮各部均做了記載！看你們誰還敢於忘記？」

朱高煬稍有猶豫，一時不知說什麼才好。

楊士奇趁機說道：「甯王殿下！您應該知道皇帝的意思，皇帝的意思是，由於聖體欠安，需要靜靜地調養一些時日。所以，便把這大明傳國之寶，當朝明授給了皇子殿下，以示讓皇子殿下來代天行政……啊，還有臨時監國一旨！對不對呀？甯王！」

朱高煬聽到臨時兩個字，暗中一喜，急忙開口說道：「對！對！是臨時監國！臨時監國！」

楊士奇緊接著說道：「可是，現在皇帝仍然還在因病靜養之中，所以皇子還得先繼續監國，您說對吧？甯王殿下！」

朱高煬思索了半晌，有恃無恐地說：「哼，好啊，那就繼續監吧！繼續監吧！一會兒就去上朝，見見各位大臣們！」

楊士奇連忙又說：「甯王殿下說得極是！可是，皇子殿下既然手持傳國之寶，又是代天行政，那可就是聖上了！總得明確出一個名號來，以便分出君臣之禮，免得亂了我們大明綱常呀！」

朱高煬此時方知上當，可是，一言既出，又不便收回，他陰沉著臉沉思良久，終於說道：「噢……唉……昨天傍晚，皇兄好像親口說過，讓我的侄兒為……為『聖上監國君』，暫時代行皇權，唉？你們說是吧？」

楊士奇急忙迎合：「唉！甯王說得對！我也聽見皇帝吩咐過『聖上監國君』一事的！」

朱高煬看了看楊士奇，又看了看朱瞻堂，在一聲冷笑之後，拂袖而去。

內廷總管王無庸趕緊巴結地為朱高煬打簾喝道：「恭送甯王殿下出宮……。」

【二】

大殿之內，僅剩下朱瞻堂與楊士奇兩個人。

楊士奇慶幸地對朱瞻堂說道：「聖上監國君！啊！聖上監國君！皇子殿下，這可真是一個好稱謂呀！」

朱瞻堂充滿怨恨地譏諷道：「狗屁！什麼好稱謂！父皇昨晚明明白白地傳給了朕一個帝位，而你和皇叔，再加上那個無恥的老狗王無庸，幾個人裝聾作啞地這麼一嘀咕，把朕的皇帝名份嘀咕成了什麼『聖上監國君』！簡直是滑稽！太滑稽了！滑天下之大稽！」

楊士奇平靜而老練地勸說道：「少主聖君！聖上監國君這個稱謂，的的確確是滑稽了一點，可是這件事情，雖然滑稽卻並不可怕呀！」

朱瞻堂冷眼望去，氣呼呼地說道：「哼！滑稽卻不可怕？楊少傅公什麼意思？」

楊士奇指著宮門外說道：「不知少主聖君是否看見，剛才甯王可一直都是手握於劍柄之上，有好幾次，想拔劍而出啊？」

朱瞻堂狠狠瞪了楊士奇一眼，從容地說道：「朕看見了，可是朕並不害怕！無論如何，朕的皇叔，也是絕對不會殺害朕的！」

楊士奇一點頭：「少主聖君說得對！甯王也許不會殺害少主，可是，甯王卻未必不會殺害老臣呀？」

朱瞻堂一聲冷笑，嘲諷地說道：「噢！朕說楊少傅公怎麼今天竟然也不肯說實話了呢？原來是因為畏劍！是因為怕死！哼！昨天半夜，父皇還對楊少傅公以國事相托，今日看來，父皇實在是錯看你楊少傅公的為人了！」

楊士奇又一點頭：「老臣剛才的確是怕死！但老臣卻絕對不會誤國的！」

朱瞻堂一聲輕蔑：「楊少傅公的這一句話，朕不知道應該怎麼聽？」

楊士奇上前一步：「老臣斗膽請問少主聖君，一個皇帝的概念，應當是何等樣子？」

朱瞻堂仰起頭顱，豪邁地說道：「四海之大，至高無尚！令行禁止，唯我獨尊！」

楊士奇再一點頭：「好！少主聖君說實在是好！不過，老臣還想再問，皇帝靠什麼，才能夠做得到唯我獨尊呢？」

朱瞻堂手臂一揮：「不過就兩件事而已！一，以仁德教化萬民；二，以武威統治天下！」

楊士奇擊掌喝彩：「好！好！好！說的真是太好太好了！可是，少主聖君不妨仔細地想上一想，少主聖君現在的手中，究竟掌握住了哪些足以行得成仁德、施得了武威的力量呢？」

朱瞻堂聽了，不由得一愣：「嗯？」

楊士奇連忙說道：「老臣以為，少主聖君手中所握之物，不過一死一活而已！」

朱瞻堂略有醒悟：「楊少傅公這話怎麼說？請直言不諱！」

楊士奇伸手指著傳國之寶說道：「死物就是這塊傳國之寶，而活物便是老臣之身了！大明傳國之寶，乃是皇權象徵，並且又是洪熙皇帝親口親手，當著滿朝文武的面，明授給少主聖君的，真可謂為輝煌神聖之物，貴不可攀呀！其實，剛才也正是看在這塊傳國之寶的面子上，甯王才退讓了一步，勉勉強強地尊了你為聖上！可是，這塊傳國之寶又只是一塊死物，它無足而不可行走，無口而不能言說。所以，還需要有老臣這個活物來幫著奔走宣揚！萬一，老臣剛才真要是惹怒了甯王，而讓甯王一劍給殺了，那麼，從今往後，少主聖君和這塊傳國之寶，恐怕也就全都難以再見到天日了！」

朱瞻堂認認真真地思索了一會，搖了搖頭說道：「那倒也不至於！這塊傳國之寶，畢竟是父皇當朝所明授，三公三孤與六部百官皆是見證，憑皇叔一人之力，恐怕是推不翻的！」

楊士奇一擺手：「恐怕推得翻！剛才，甯王問過內廷總管王無庸，王無庸回答的好啊——耳背，沒聽見！有王無庸佯聾在先，朝中百官們，又有哪一個不懂得裝傻於後呀？待時間一久，這傳國之寶的事情，大家也就忘了！」

朱瞻堂一驚：「那麼，朕的帝位……朕要等到什麼時候，才能奉旨登基呢？」

楊士奇趕緊勸慰：「少主聖君！請恕老臣的直言，老臣以為，少主聖君恐怕在今後很長一段時期內，都不能考慮登基的事情，更不可以向甯王或者其他人提及登基之事啊！」

朱瞻堂心有不服：「為什麼？父皇所賜的帝位，朕難道就這麼棄之不要了嗎？」

楊士奇連連搖頭歎息：「少主聖君還在問為什麼？少主聖君何不想一想，方才，甯王持兵帶甲，提著寶劍，私闖聖宮。依照大明律法，他所犯下的可是一項斬罪，而少主聖君您能夠奈何得了他嗎？北京紫禁城中，八千名御林軍，於一夜之間全部換防，事前事後，可有過任何人，來奏請過少主聖君您嗎？南京指揮使司協同右軍都督府，急調了六萬大軍進駐郊外，已經包圍了北京城！這些非皇帝親自頒旨，而不可進行的軍國大事，少主聖君有哪一件是知道的？」

朱瞻堂頓時愕然：「啊？」

楊士奇打斷朱瞻堂，繼續說道：「我大明七十二衛所並中、左、右、前、後五軍都督府，總共統率著兩百多萬大軍，少主聖君您可有把握，去指揮其中的一兵一卒？除卻南、北兩京之外，全國還有十三個布政使司，下轄著府、州、縣十數萬名行政官吏，少主聖君您可有把握，來調動其中的一官一職？唉，老臣今天索性把話說得再明白一點，其實，還不僅僅是國家的軍政大權，根本沒有掌握於少主聖君您的手中，就說這皇城之內的宦官太監們，又有哪一個人，真正把少主聖君您放進了眼中？少主聖君剛才也是看到了的，那個內廷總管王無庸，本不過就是皇室之中的一個閹奴而已，可是他卻膽敢把少主聖君您撇棄於宮中，堂而皇之地去為甯王鳴鑼喝道。我的少主啊，您覺得，這皇宮，是您的皇宮嗎？」

聽了楊士奇的話，朱瞻堂久久不言不語，半晌之後，他才氣憤地說道：「皇叔擁兵自重，無視皇權，似乎是了有一點作亂謀變的意思！」

楊士奇望著朱瞻堂長歎一聲之後，一針見血地說道：「唉……不是有一點作亂謀變的意思！少主聖君恕老臣直言了，要說作亂，甯王之亂，已經鑄成！要說謀變，軍事政變，已經實現！少主啊，洪熙皇帝一病不起，甯王如今已經天下無敵了！」

朱瞻堂望著楊士奇，不卑不亢地說道：「如此說來，那楊少傅公是在勸朕仰起鼻息，低三下四，以便有一天，向皇叔討一個兒皇帝來做了？」

楊士奇搖搖頭：「那倒也不一定！少主聖君的前途，還是要由少主聖君的抱負和作為來決定！少主聖君的手中，畢章不是還持有那一塊傳國之寶嗎？」

朱瞻堂思想再三，真誠地對楊士奇說道：「請楊少傅公說得明白一點好嗎？」

楊士奇平靜地說道：「若干年來，少主聖君雖然疏忽了軍政方面的事情，卻也另有所長。老臣早聽洪熙皇帝說過，少主自從年幼時代開始，就拜訪天下名師，熟練了中華的各派武功。而且，少主聖君多年以來，又一直山海天涯，以『龍天』這個名字，瀟灑於江湖武林之中。老臣想，少主聖君一定很清楚，遍佈於我華夏大地上的那些民間義士們，實在也是一支非常強大的力量啊！」

朱瞻堂聞言大吃一驚：「楊少傅公應該不是在鼓惑朕，去咆哮山野，扯旗造反吧？」

楊士奇輕輕一笑：「嗨，少主聖君想偏了！老臣只是覺得，中華武林也是一支重要的力量！同時，少主聖君的同胞兄弟、我大明王朝的護國君朱瞻基殿下，在雲南還掌握著兩鎮神武精銳之師，洪熙皇帝在病重之前，不是也曾經派老臣傳遞聖旨、家書，欽命護國君殿下，設法收掌兵權的嗎！唉，這件事情，恕老臣無能，給辦砸了！而少主聖君您，是不是可以借助武林中人的力量，將那傳國之寶送達雲南，使護國君殿下憑藉我大明傳國之寶的無尚皇權，起兵北上，而護駕勤王呢？」

朱瞻堂聽罷，沉思起來：「這件事情……這件事情如果一做，朕與皇叔之間那種種的親情，也就隨之而斷了！朕要好好地思考一下，思考一下！看看有沒有什麼辦法，可以維護住叔侄親情……。」

楊士奇話已說盡，便知趣而退：「那麼，就請少主聖君自己慢慢地想一想吧！老臣先行告退了！」

大殿裡面變得空空蕩蕩，那塊傳國之寶，在宮中燭燈的照耀之下，閃閃發光。

朱瞻堂孤獨地面對著這塊傳國之寶，苦苦地思索起來……。

甯王府中，朱高煬獨自佇立在屋簷之下，望著那越來越黑暗的夜空，默默不語，也在思考著什麼……。

【三】

皇宮大殿內，朱瞻堂移步在傳國之寶旁邊坐了下來，他凝視著面前那塊孤孤單單的傳國之寶，良久之後，已經疲勞了幾日的他，慢慢地合上眼睛，逐漸睡著了……。

甯王府中，朱高煬仍然佇立在屋簷下，苦苦思索。

忽然，朱高煬一揮手臂，立刻來了一位身穿黑衣，頭裹黑巾的武士。

天空中一片片的烏雲，悄悄地遮掩了月亮，幾個黑衣人，無聲無息地，運用輕功在街上行進，悄悄地翻越了那高高的宮牆……。

天色微明，大殿上，朱瞻堂一覺醒來，定睛一看，突然發現安放在自己面前的那塊傳國之寶，竟然不翼而飛了！

望著那空空蕩蕩的大殿，朱瞻堂非常難過，他傷感而又憤怒地站起來，胸懷起伏不平，內心劇烈的情緒波動，使得他的臉色由紅而變白，又由白轉黑，在克制，忍耐了許久之後，他終於按捺不住，一掌拍案，大聲喝道：「皇叔啊皇叔！難道，您老就一定要逼迫侄兒向您出手？一定要逼迫侄兒，與您為敵嗎？」

肆

關中大俠嶽元峰

【一】

早晨，明媚的陽光透過窗戶射入皇宮大殿。大殿內，朱瞻堂仍然獨自一人佇立，默默地沉思著。

朱瞻堂的妃子酥娉，在一群宮女的簇擁之下，緩步走向朱瞻堂。

酥娉向朱瞻堂行禮之後，輕柔地問道：「聖君啊！你何苦煩惱到如此程度，不就是丟失了一塊石頭嗎？臣妾知道，聖君從小喜歡在江湖中瀟灑，根本就不是那種願意跟別人爭權奪利的人！聖君此番為帝，不也是因為奉了父皇的旨意而無法推辭嘛！如今，既然那傳國之寶已經去了，聖君何不乾脆趁此機會，將帝位一起讓給那個竊璽之人好了！甚至，索性再痛快一點，連這個聖上監國君也不去做了，讓臣妾陪著聖君遊山玩水，悠哉地度過此生，豈不是更好？」

朱瞻堂一邊慢慢地轉過身來，一邊說道：「朕不是煩惱，而是難過！其實，不管論文論武，皇叔都可謂是超逸拔群，堪稱一國菁英的！假如，皇叔他老人家肯明明白白地對朕說，他老人家想要做這個皇帝，然後，再用他的治國綱領與文韜武略來將朕說服。你說，都是朱家一姓之人，朕將這個皇帝之位奉交給他老人家，又有何不可呢？可是，他卻先是持劍闖宮，以惡語來威逼，後又調兵遣將，用武力相迫，讓朕尤其難以容忍的是，他老人家竟然不顧長輩的尊嚴，偷偷摸摸地幹出了這種行賊做竊的醜事！因此，論及品行操守，他老人家實在是不夠正大光明！若是讓皇權國政落入到他的手中，恐怕，不僅會令父皇不安，就是太祖洪武皇帝的在天之靈，也要在冥冥之中怪罪的呀！」

酥娉點頭說道：「聖君的話，說得的確是很有道理！然而，現在皇叔的大軍，已然把這座皇宮以及整個京城，都圍得水泄不通，加上聖君現在又失去了傳國之寶，難道聖君以為，在此時此刻，還能夠有什麼大的作為嗎？」

朱瞻堂不假思索地說道：「那傳國之寶，一定是在皇叔的甯王府中，朕自幼在那裡長大，對王府環境瞭若指掌，想取它回來，倒也並非什麼難事！問題是取來之後，又如何將它送到雲南瞻基弟弟那裡去？」

酥娉不解其意，急忙問道：「聖君是說，還要把傳國之寶送到雲南去？」

朱瞻堂點了點頭，說道：「是啊！少傅公楊士奇昨天提醒了朕，說是朕的胞弟瞻基，在雲南護國君府編練了兩鎮精銳之師，父皇病癱之前，也曾傳旨給他，命他從皇叔手中收繳兵權，可惜，聖旨竟然被皇叔奪去燒了！現在，朕如果能將傳國之寶授付給他，他應該是可以大有作為的！可是這北京城中，朕卻實在找不到一個可以安全護送傳國之寶到達雲南的那種可靠之人啊！」

酥娉略一思忖，低聲說道：「聖君不必為此事而惆悵！臣妾老家陝西藍田的鄉親們，知道臣妾快要過生日了，便精選出一塊藍田美玉，雕成觀音，委託關中大俠嶽元峰護送，三五天後，便可以到達京城。臣妾聽說，這位嶽元峰大俠是位一諾千金之人，而且武功蓋世，忠義無比。聖君或許可以讓這個嶽元峰，來為你護送傳國璽呀！」

朱瞻堂聽了雙眼一亮：「關中大俠嶽元峰？嗯……酥妃的主意很好！不過，朕還是得試一試他的武德武功！這樣吧，明天先會一會這個嶽元峰！」

酥娉微微一笑：「這位嶽元峰大俠人還在路上，聖君現在又如何去試探呢？」

朱瞻堂豪邁地說道：「今晚，朕秘密離宮，明日，龍天重出江湖！對不起了，酥妃，朕要親手去劫下妳的這趟生辰綱！」

【二】

清晨，保定北郊，拒馬河畔，一片乾旱的黃土，寸草不生。

陝西義士，威遠鏢局鏢頭嶽元峰率領著十餘名鏢師，策馬迎風而行，一面旗幟在風中獵獵飄揚，旗幟寫著「酥妃生辰綱」幾個大字。

鏢車後面，上千名衣衫破舊的農民，一路跟隨在嶽元峰等人之後。

嶽元峰勒住馬頭，回首向身後的農民們緊緊一抱拳，高聲說道：「鄉親們，請大家就在此止步，不要再送了！大家都請回去吧！」

上千名農民慢慢地停下了步伐，人群中先有一名老者突然向著嶽元峰雙膝跪下，隨即，又有幾位老人也向嶽元峰跪下，最後，所有送行的農民都向嶽元峰跪下了。

嶽元峰拔出腰間佩刀，動情地說道：「鄉親們請放心！你們的血狀，我已妥藏於酥妃娘娘的壽禮白玉觀音之內，我嶽元峰今天向你們保證，一定平安地把血狀送到酥妃娘娘手上，並且，替你們來懇求酥妃娘娘，請娘娘將這份血狀代達聖上！如有閃失，我嶽元峰將以此刀向你們做交代！」

上千名農民一同向嶽元峰連連磕頭，齊聲呼喊起來：「叩謝嶽大俠！叩謝嶽大俠……。」

【三】

甯王府內，朱高煬仔細地端詳著那塊晶瑩剔透的傳國之寶，忍不住面露微笑，顯露出一副得意洋洋的樣子。

甯王的師爺何其澤在一旁賠著笑臉，連聲巴結：「這回，傳國之寶，平平安安地到了甯王府中，甯王殿下從此便可以雄視一國，君臨天下，俯瞰四海，為所欲為，盡情地來舒展您胸中的抱負了！」

朱高煬先一陣哈哈大笑，然後卻又說道：「是啊！本王雖然早就已經手握兵符，掌管著全國的衛所和五大都督全部軍隊，但是，有軍權而無政權，很多事情本王想去辦，卻又不大方便去辦呀！」

何其澤雙手一拍：「這一下可好了！甯王左手掌有一國兵符，右手握著這堂堂皇印，今後，可以用王命行令的事情，殿下照常行使王命，需要用聖旨宣告的事情，殿下手中既然持有這塊傳國之寶，那麼，這聖旨，還不是一樣要由您來頒佈嗎？普天之下，還有何人何事，不在甯王殿下的手指之間呢？」

朱高煬眉頭一皺：「話雖然不錯，可是，畢竟這塊傳國之寶的來路……有點名不正，言不順，本王若真得代天行旨，恐怕，很容易遭受到別人的議論呀！」

何其澤急忙趨身向前，以美言奉承：「甯王殿下所言差矣！縱橫華夏大地，上下幾千年，不管是論文論武，甯王殿下您的才華，不遜色於唐宗宋祖，更遠勝於歷代君王！所以，甯王不為皇帝，上天也以為不公，這才借助於人手，將這一方傳國之寶，移置甯王府中，以示催請甯王殿下早日登基，成為我大明王朝的一代聖君呀！」

朱高煬聽了，又一次哈哈大笑：「你呀！你呀！你何師爺，也實在是太會說話了！哈哈……行了！本王問你，皇宮裡面，本王的那位侄兒，現在反應如何呀？」

何其澤趕緊答道：「內廷總管王無庸，剛才已經遞出話來，說是聖上監國君一點點反應都沒有！只是晚膳的時候，多要了兩道菜，進過膳之後，就被酥妃娘娘接走，跑到坤寧宮裡睡覺去了！」

朱高煬略一沉思，脫口說道：「怎麼？晚膳的時候多要了兩道菜？吭……如此說來的話，那麼這個孩子，竟依然是和小的時候一樣，只要遇到了不高興的事情，便要多吃一點東西，吃完之後，納頭便睡，等到一覺醒來之後，肚子裡面的氣，也就全都消失了！好啊，但願這一次，他也能夠睡上一個好覺！」

【四】

傍晚時分，河北某地，嶽元峰等人押著鏢車，風塵僕僕地行走到一家燈火明亮的旅店門前。

店小二急忙上前招呼生意：「唉呀，來了？各位客官一路辛苦！現在天氣已晚，本店乾淨寬敞，夥計們已經給大家燒好了洗澡水，吃的喝的一應俱全！請客官們趕緊進來休息吧！」

嶽元峰抬頭先看了一看天氣，又看了一看旅店和四周，然後說道：「好，弟兄們！今天晚上，咱們就在這家店裡歇息過夜吧！明天一早啟程動身，下午也就趕到北京城了！」

店小二一聽，趕緊熱情地向旅店院內吆喝起來：「我說裡面的各位夥計們哪，都趕緊招呼起來，有貴客們住店囉！」

嶽元峰翻身下馬，將馬韁繩交給了店小二：「你先叫人小心地卸下鏢箱，然後再把馬匹好好地刷洗乾淨，明天，我們爺們兒也好精精神神地進北京城裡去交鏢！」

這夥店小二們，一齊大聲地答應了，馬上七手八腳地忙碌了起來。

而嶽元峰則使出輕功，嗖地一下子躍上牆頭，警惕地向四處觀察了一番。

領頭的鏢師仰起臉來，向牆頭上的嶽元峰詢問：「嶽爺！請您的示，這個鏢箱，今天晚上咱們應該放在哪間屋子裡？」

嶽元峰縱身從牆頭上跳下來，鄭重地說道：「今天這一宿，可是咱們這趟鏢的最後一夜了，一定不要出什麼意外！其實，鏢箱要是放進了屋子裡面，那守鏢的人，有時候反倒更容易掉以輕心！剛才，我仔細地觀看了一下，這家旅店所有的客房，都裝有一扇後窗，我們的人待在屋裡，對窗外的情況也很難掌握，所以守護起來，反而並不安全！不如這樣吧，咱們今晚，索性將這個鏢箱，就明放在院中的天井裡，大家辛苦一下，四個人一班，都帶著刀，一齊用眼睛給我死死地盯住了！如此一來，還怕這個鏢箱自己生了翅膀飛上天去？」

鏢師們齊聲回答：「是！聽嶽爺的吩咐！」

不料，話音剛落，天井上空突然出現一個爆竹炸響，並緩緩地飄下了一條絲絹。

在眾鏢師的一片驚愕之中，嶽元峰縱身上前魚躍而起，一把將那條絲絹奪在了手中。

店小二急忙舉過燈籠，嶽元峰定睛一看，只見絲絹上面寫著兩行清晰的字跡：「欣聞貴鏢局接保酥妃生辰綱白玉觀音一座，乃陝西名師雕成，巧奪天工，千古罕見，不禁心生嚮往！現與貴鏢局約定，今晚子時，踏月來取！先致此書，以達謝意！小俠龍天。」

讀罷此絹，嶽元峰大吃一驚，一個跟頭翻身踏在鏢箱上面，同時，飛快地抽出腰刀，將刀尖指向夜空，高聲說道：「弟兄們，都拿出點精神來！今天晚上的這個覺，咱們恐怕是睡不成了！那個江湖傳言名叫龍天的傢伙，居然在這個絲絹上面公然寫了，今晚子時來搶咱們押的這尊白玉觀音！」

【五】

坤寧宮中，酥娉身穿著睡袍，在兩名貼身宮女的侍奉下，默默地站在窗前，久久地凝視著窗外的夜空，神情之中，顯示出一絲擔憂與不安。

良久之後，酥娉慢慢地轉過身來，開口詢問：「現在是幾時了？」

一個宮女上前答道：「回稟娘娘，現在已經快到子時了！」

酥娉走到宮裡的一尊觀音像前，焚香，下跪，喃喃地禱告：「大慈大悲的觀世音菩薩啊！奴婢酥娉懇請您保佑，懇請您保佑我們的大明王朝，國泰民安，不生事端！懇請您保佑我的聖君，諸事平安，早日歸來……。」

【六】

午夜之前，風冷雲寒。

旅店院內，嶽元峰萬分警惕地持刀站立在鏢箱上，好幾名鏢師手持兵器，背對鏢箱，分頭把守，其餘的鏢師們分散在四周，或立在牆頭，或站在屋頂，一個一個全都屏氣凝神，如臨大敵。

嶽元峰略有一些緊張地問道：「現在是幾時了？」

領頭的鏢師連忙報告：「嶽爺，現在已經快到子時了！」

嶽元峰趕快叮囑：「弟兄們，大家千萬要警惕，千萬要小心！咱們的這一趟鏢，實在是非同小可，向上，它關係著酥妃娘娘的生辰吉祥；向下，它關係著保定一府八十八村村民的冤屈仇恨，那可是說什麼都不能夠出一星半點閃失的呀！」

領頭的鏢師問道：「嶽爺，你說那個名叫龍天的大盜，真的會來嗎？這個龍天，究竟又是一個什麼樣的人呢？」

嶽元峰正色地說道：「那個名叫龍天的傢伙，既然已經說了要來，那麼，他就一定會來！而且，一定會不早不晚地準時而來！早在幾年之前，我就聽說過龍天這個名字，不過，江湖上只知道此人武功十分高強，說話一言九鼎，但是，卻沒有人能夠說出此人的來歷！」

嶽元峰話音未落，天空中又響起一爆炸，一個火球隨之落入天井，鏢師們大驚失色，急忙抬頭，只見有一位白衣人，持劍自天外飄來。

白衣人連聲冷笑：「嶽大俠，你的白玉觀音還在嗎？」

嶽元峰以手中的刀指向天空，人卻不肯離開腳下死死護衛的那個鏢箱：「哼！白玉觀音在，只怕你龍天今晚取它不走！弟兄們，上！趕緊把這個大盜龍天，給我拿下！」

幾個鏢師聽從嶽元峰的命令，手持兵器呼喊著，追趕白衣人而去。

旅店院中只留下嶽元峰和看守鏢的那幾名鏢師。突然間，夜空之中再次爆炸了一個火球，隨即，又有一個白衣人，從遠處飄逸而來。

白衣人連聲冷笑：「嶽元峰啊嶽元峰，人們說你是關中大俠，武功蓋世，忠義無比，我看你是有勇無謀，義而不智！我龍天今天實在是想看一看，你怎麼來守護這尊白玉觀音？」

嶽元峰從容應對：「龍天，你少說廢話！我嶽元峰一諾重千金，從來都是以命護鏢，有我在此，你休想碰一下那尊白玉觀音！弟兄們，趕緊上！」

幾個看守鏢箱的鏢師應命而去，旅店院內天井中，只留下嶽元峰一人站在鏢箱之上。

此時，旅店的屋頂上，忽然出現了一位身穿黑色衣衫的人。

黑衣人恭恭敬敬地向嶽元峰一抱拳：「請問嶽大俠，現在幾時了？」

嶽元峰大吃一驚：「子時剛過，你是何人？」

黑衣人微微一笑：「在下龍天，依約而來！」

嶽元峰氣急敗壞：「哼！原來是裝神弄鬼，我說嘛，天下哪來的那麼多個龍天！」

黑衣黑衫一副江湖打扮的朱瞻堂，望著嶽元峰遺憾地說道：「唉，兩隻白紗風箏，就調走了你的全部鏢師，真的是容易的很哪！」

嶽元峰臨危不懼：「只要有我嶽元峰一人一刀在此，你龍天就拿不走這白玉觀音！」

朱瞻堂仰天大笑不已：「哈哈……哈哈……。」

嶽元峰被朱瞻堂笑得心裡發毛，持刀問道：「龍天，你有架不打，只管站在那裡衝著我傻笑什麼？」

朱瞻堂又是一陣大笑：「哈哈……哈哈……我笑你嶽大俠，實在是太傻，太傻了！你嶽元峰嶽大俠是不是以為，只要你用雙腳死死地踩住那只鏢箱，就可以保證萬無一失了？你為什麼不打開鏢箱，看上一眼，看看那尊白玉觀音，究竟還在不在你的鏢箱之中呢？」

朱瞻堂說罷此話，忽然之間，就從旅店的屋頂上面消失得無影無蹤。

嶽元峰一驚，嚇得渾身顫抖，急忙從鏢箱上面跳了下來，俯下身去開箱檢查，月光之下，鏢箱裡面的白玉觀音赫然在目，嶽元峰這才知道自己上了朱瞻堂的當。

嶽元峰這邊剛要闔上鏢箱的蓋子，沒有想到那邊身手矯健的朱瞻堂，已經撲到了他的身後，嶽元峰在倉促之中，匆忙地持刀應戰，而朱瞻堂卻在躲過了嶽元峰的一個狠招之後，趁機一伸手，敏捷地將鏢箱裡面的白玉觀音取了出來，然後又以一個聲東擊西的假動作，從容地避開了嶽元峰的視線，在黑夜的掩護之下，悄然無聲地越過牆頭，飄然離去了。

嶽元峰苦不堪言，他激動而又委曲地對著黑漆漆的夜空大聲呼喊：「龍天啊龍天！此鏢不比尋常，上關酥妃娘娘的生辰，下連保定八十八村的冤情，你平白無故地，實在是不該奪它而去呀！」

伍

一鏢之中另有一鏢

【一】

黎明時分，北京城內，楊士奇府上，身穿黑色衣衫的朱瞻堂，突然之間以輕功跳牆進入。

正在打掃庭院的楊府家丁嚇了一跳，以為是賊人闖入，不由分說，上前便打。

朱瞻堂以武功同家丁們虛作周旋，打鬥聲驚動了剛剛起床的楊士奇。

楊士奇撲門而出，一眼便認出了朱瞻堂，趕緊制止住家丁：「趕快住手！大家千萬不得無理，這位是……。」

然後，匆匆忙忙地準備向朱瞻堂行宮廷之禮。

朱瞻堂急忙攔住楊士奇，並以眼色示意：「江湖小俠龍天，驚憂楊少傅公了！」

楊士奇立刻會意，急忙說道：「噢……哪裡，哪裡！龍天大俠突然光臨寒舍，一定是有急事、大事吩咐！快！快請龍天大俠移步到室內去談！」

朱瞻堂走進楊府正堂，楊士奇尾隨而入，趕快關閉好房門，再次準備向朱瞻堂行禮。

朱瞻堂急忙攔住：「楊少傅公不必拘禮！朕貿然闖到楊少傅公的府上，是覺得楊少傅公極可信賴，想在貴府裡面借宿幾日。少傅公若是禮節太多，那麼，朕反而倒覺得不方便借宿在這裡了！」

楊士奇一聽，頓感驚異：「借宿？莫非，宮中果然出了什麼事情？」

朱瞻堂機敏異常，馬上反問：「噢？宮中出事？楊少傅公以為，宮中能夠出什麼事情呢？」

楊士奇稍加思索，低聲說道：「回稟少主聖君，老臣以為……老臣以為大概是那塊傳國之寶失竊了吧？少主聖君不願意明著追查此事，所以，才秘密出宮，想親自動手，打算以江湖中的方式，把那塊傳國之寶，再悄悄地尋找回來吧？」

朱瞻堂有些傷感地點了點頭：「唉，楊少傅公果然是料事如神啊！不過，那傳國之寶能夠丟到何處，還用得著尋找嗎？其實，楊少傅公與朕的心裡一樣清楚，那傳國之寶是被何人所竊，又被竊到了哪裡！」

楊士奇連忙說道：「那麼，老臣敢問，此時此刻，少主聖君心中又是怎麼想的，是不是馬上就把那傳國之寶取回宮中呢？」

朱瞻堂搖了搖頭：「不！朕倒覺得，既然那傳國之寶，眼下是被前輩高人所看管，那反倒是比放在皇宮之中更加安全了！所以，朕其實並不急著取之回宮！朕現在真正急於尋找的，倒是一位有勇有謀，言信行果的義士，以便能夠將那傳國之寶，秘密地護送到雲南！」

楊士奇一聽，連連點頭，贊許地說道：「少主聖君說得對！少主聖君說得很對！否則，少主聖君今日將傳國之寶拿到了宮中，明天，那位前輩又將傳國之寶拿到府上，如此這般拿來拿去的，很快也就會拿掉了兩人之間目前尚存的那一絲和氣，那樣一來，可是對少主聖君十分不利呀！但是，不知道少主聖君找到那合適的護運之人沒有？」

朱瞻堂歎了一口氣說道：「哎，昨日，酥妃給朕推薦了一個名叫做嶽元峰的人，說是陝西關中的一位刀客。這個人倒是相當的忠義，武功也還不錯，只是在心計方面差了一些，昨天晚間，讓朕輕易地奪了鏢！」

說完之後，朱瞻堂從行囊中取出來那尊白玉觀音，遞給楊士奇觀看。

楊士奇急忙雙手接過，定睛一看，連連誇讚：「啊，好美的白玉觀音！好美麗的一尊白玉觀音像！」

朱瞻堂不禁一笑：「這是酥妃家鄉人，陝西藍田的老百姓們，為了慶賀酥妃二十四歲的生辰送來的禮物。唉，半路上，被我給搶了過來！」

楊士奇馬上說道：「噢！少主聖君既然是能夠把這份壽禮搶奪過來，那麼，那位押鏢的關中大俠，肯定是不會被選做前往雲南的護璽之人了！」

朱瞻堂一點頭：「是啊！所以朕才要借宿在楊少傅的府中，以便夜夜出去做賊，挑戰所有進京的鏢局。哪天，若是以朕的功夫，都搶不動哪家鏢局了，大概也就可以放心地到這家鏢局登門拜訪，與這家鏢局坐下來，談一談前往雲南的生意了！」

楊士奇的目光之中，流露出了對朱瞻堂的一片嘉許：「嗯！以搶奪其鏢的形式，來考驗鏢局的武功和德行，這個方法的確是很絕很妙！不過，您龍天大俠，也是一位在江湖之中留下過仁義之名的人物，如果夜夜搶下別人的鏢來，恐怕，對龍天大俠的清名，十分不利呀！」

朱瞻堂微微一笑：「嗨！這白玉觀音本來就是酥妃的，朕搶了，那也就搶了！至於別人的鏢兒嘛，朕搶下來之後，無非是再設法還給人家，讓那鏢局該往哪裡送，接著往哪裡去送，便也就完事了嘛！」

楊士奇聽了，忍不住哈哈一笑：「哈哈……好！好！這一下鏢行裡面可是熱鬧了！那麼，這一尊白玉觀音？」

朱瞻堂對楊士奇說道：「這尊白玉觀音，還得委託楊少傅公帶進宮去交給酥妃。一是顧全了酥妃家鄉人民的一片親情，二是酥妃見到了這尊白玉觀音，便會知道，朕此時住到了楊少傅公的府上，也好放心！不過，嶽元峰在失了鏢之後，喊出來的那一句話，朕卻聽不太明白！」

楊士奇忙問：「那個嶽元峰喊出來一句什麼話？少主聖君能說給老臣聽一聽嗎？」

朱瞻堂：「那嶽元峰在失了鏢後，曾經仰天痛哭，悲聲大喊——『此鏢不比尋常，上關酥妃娘娘的生辰，下連保定八十八村的冤情！』可是，據朕所知，酥妃的娘家在陝西，與那保定相距千里，素來沒有一絲一毫的牽扯。那嶽元峰怎麼會將保定的什麼村民冤情，同酥妃的生辰聯繫到了一起去呢？」

楊士奇思索了一下，謹慎地說道：「那保定知府楊承業，是甯王的一位姻親，此人私欲甚重，極其貪財，在狂征暴斂，巧取豪奪這方面，倒是一個頗為著名的人物！但是，此事無論如何，都扯不到酥妃娘娘的身上啊？」

朱瞻堂雙手一攤：「是呀！所以說，朕對嶽元峰的這句話，實在是聽不明白！」

楊士奇舉著白玉觀音，翻來覆去仔細查看了半晌，忽然，從白玉觀音雕像與檀木底座之間，找出了一條白色的絲絹，那條白絹的上面，密密麻麻地寫滿了文字，並且，還蓋著了無數個鮮紅的血手印。

頓時，楊士奇大吃一驚：「啊！原來這一鏢之中，另有一鏢啊，少主聖君您看，這尊白玉觀音的像中，竟然還秘藏有一份血狀啊！」

朱瞻堂驚奇地從座位上立起，急忙接過了那份血狀，一邊看，一邊讀出聲來：「跪呈酥妃娘娘，並乞求酥妃娘娘，代呈我大明王朝當今聖上，保定一府八十八村村民同告知府楊承業、同知張萬財、通判李國貞等人，欺國害民之罪，保定乃人廣地稀之處，歷來農事凋零，自從永樂十八年以來，遭受連年之大旱，而毫無水利可行灌溉，因此，每季雖然勞苦耕作，卻皆是顆粒無收！楊承業等惡官，不僅不肯稍加體恤，反而不斷以朝廷名義，私自霸佔各村村民田產，並且，於國稅之外，濫加私捐無數，使我各村村民不得不棄地不耕，憑習武賣藝，靠演優做娼，買糧而捐！值此水深火熱之際，幸遇陝西關中嶽元峰大俠，護送酥妃娘娘生辰之禮而路經保定，故我等一府八十八村村民，一致拜求嶽元峰大俠，代我村民轉呈此狀……。」

讀著，讀著，朱瞻堂忽然大叫了一聲：「唉呀！此事不好！此事實在是不好啊！」

楊士奇聽了，頓時一驚：「少主聖君說的是何事不好？」

朱瞻堂一邊沉思，一邊焦慮地說道：「酥妃曾經對朕多次地說過，他們關中一帶的俠客們，往往都是一些極其看重忠義和誠信的人物，這個嶽元峰，如今丟失了此鏢，既對不住酥妃家鄉人民的信任，又辜負了保定一府八十八村村民們的託付。身為一名武林義士，你說，他又如何能夠做得到泰然處之，從容面對呢？朕是擔心，這個嶽元峰恐怕會轉念不開，而自尋絕路啊！」

楊士奇一聽，連忙點頭稱是：「嗯，那少主聖君您說怎麼辦？不如老臣這就馬上派出一些家丁，千方百計地找到這個嶽元峰，對他說出實情！」

朱瞻堂一搖頭：「不，此事就不必再煩勞楊少傅公了！解鈴還需繫鈴人，這件事情，朕要親自去辦！請楊少傅公趕快給朕準備一匹快馬！朕現在就去尋找這位嶽大俠！」

田野當中，朱瞻堂騎著駿馬，焦急地尋找著嶽元峰的蹤跡：「嶽大俠……嶽元峰……嶽大俠！」

【二】

黃昏，殘陽如血，蓬首垢面，兩眼腥紅的嶽元峰跪在荒涼的拒馬河邊。

遠處，隱隱約約地傳來朱瞻堂的一聲呼喚：「嶽大俠……。」

嶽元峰似同沒有聽見，默然地向著滔滔奔湧的拒馬河磕了一個響頭，隨即抽刀自刎。

夕陽照耀之下，嶽元峰的屍體，靜臥在拒馬河邊那荒涼的黃土上面。

朱瞻堂恭恭敬敬地站立在嶽元峰的屍體旁邊。

他的坐騎，則時不時地躍起前蹄，昂首向天，發出一聲一聲的哀鳴。

肅立良久之後，朱瞻堂攜帶著惋惜和尊敬，鄭重地說道：「嶽大俠！朕魯莽，害了嶽大俠的性命！但是，你嶽大俠的這一趟鏢，朕接下了！那白玉觀音，朕已經替你送到了酥妃的宮中，拒馬河對面，保定一府八十八村村民的冤情，朕一件一件細細地查清，一定會給你嶽大俠一個明明白白的交代！今天，恕朕不敬，先草葬你嶽大俠於這拒馬河邊的黃土裡面，等到朕查清了保定之事，一定會再把你移葬到那保定府的城中，以便讓保定一府八十八村的村民們，為你建祠立廟，千秋萬代，頌揚你嶽大俠的恩情，千秋萬代，守護你嶽大俠的英靈！」

【三】

保定城內，知府楊承業派出的官吏兵丁們，正在到處張貼告示，沿街鳴鑼宣佈，從即日起增添新捐稅的事宜：「大傢伙全都給我聽清楚了，知府楊大人可是又下了令了，說是打今兒個開始，全府每家每戶，新增保甲稅每月六個銅錢，新增演藝稅每月四個銅錢，新增恤窮捐每月二個銅錢……。」

街市之上，所有聽到官吏所宣佈的增稅通令的百姓們，全都表現出極度不平，極度憤恨的模樣，一個個對官吏怒目而視。

「這是什麼世道啊！三天兩頭地這麼派添新捐、新稅，簡直是不讓人活了！你說，這些當官的，就不怕老百姓給逼反了？」

「恤窮捐？恤窮本來應當是富人捐給窮人的救濟！憑什麼讓咱們每家每戶都出啊？難道說，這全保定府的人，都成了富人啦？」

「聽說，咱一府八十八村的百姓，聯名告了這位楊知府，讓一個名叫嶽元峰的俠客，把狀子帶到北京城裡去了！」

「嗯！等著吧！早晚得有人把這個楊承業給收拾了！」

【四】

楊士奇府中，朱瞻堂板著面孔與楊士奇激烈地爭論著：「楊少傅公，你是大明少傅，為我朝三孤之最，官居一品，又是皇帝的首輔，難道，你就不能派出幾個糾劾御史，到那保定府去查上一查嗎？」

楊士奇連忙說道：「別說是幾個糾劾御史，就是那都察院中的左右都御，老臣也派得出去！但是，老臣心裡明白，他們到了保定之後，一個個的，只會呈文來為那個知府楊承業歌功頌德，文過飾非，絕對不會去說他楊承業的半個不字！您說，老臣派了出去，又能夠有何用途呢？」

朱瞻堂面色有些激動：「為什麼呢？難道說，這保定一府八十八村的村民們，是在聯名誣告楊承業？」

楊士奇連連搖頭：「當然不會是誣告！自古以來，民不告官。百姓們，即使是受到了官府的欺壓，如是能夠咬咬牙忍得過去的事情，也就一定是咬著牙關忍耐過去了！可是，這一次呢，保定一府八十八村的村民，居然敢於同簽血狀，而告現任知府，您說，這得有多麼大的勇氣呀？因此，老臣認為，村民們必定是已經被那個楊承業給逼迫得無路可走，從而，也只能是拚死一搏了！」

朱瞻堂氣憤地說道：「那楊少傅公還等什麼呢？趕快下上一道命令，讓都察院馬上把這個楊承業給朕辦了！也好讓朕在那嶽元峰大俠的墳前，有一個交代呀！」

楊士奇有些動情地說道：「聖君啊！這楊承業是甯王的姻親，那知府一職，也是甯王親授的，除非是甯王想辦，否則，一國之中，是沒有任何人可以辦得了他的！況且，居官不肯自檢，假竊朝廷威權，濫施私稅，為已斂財，為政一任，禍害一方的貪官污吏，我大明朝也絕對不止於楊承業一人，而是遍佈全國，比比皆是呀！民諺有云，三年清知府，十萬雪花銀，聖君不會沒有聽說過吧？即使甯王，每到年關，不也是照樣舟載車拉地，從全國十三個布政使司、七十二個衛所和中、左、右、前、後五軍都督府官員的手中，大批大批地收受賄賂嗎？所以，老臣要勸一勸聖君，聖君當前所緊急要做的事情，是救國，而不是救村，老臣以為，聖君若不救一國，是難救一村的！」

朱瞻堂十分驚愕地說道：「怎麼？皇叔如此尊貴的人物，也收受賄賂嗎？」

楊士奇慨然答道：「收！甯王的家財，其實遠富於朝廷！甯王每年從全國所收受的賄銀，越過朝廷所收稅賦的三倍之多！而西域異族及南蠻外邦，多年以來秘密進貢給甯王的金銀珠寶，則更是無人能估，難以統計的呀！」

朱瞻堂震驚地問道：「什麼？楊少傅公是說，皇叔他居然裡通外國？」

楊士奇悲愴地連連點頭說道：「通！通得厲害！甯王掌管著全國軍隊，為了向朝廷多多索要軍費，甯王時常策動異邦外族出動軍隊，襲擾我大明的邊境，有的時候，甚至會縱容敵軍長驅直入數百里，大肆進行燒殺掠搶！而甯王則乘機以兵力不足，邊防空虛為理由，不斷地要脅朝廷增撥軍費給他。然而，當朝廷想方設法撥發了戍邊專用軍費之後，甯王卻並不肯將軍費用於衛疆守土，鞏固國防，而是將這批銀兩私賞給軍隊之中那些平時肯於對他惟命是從的將領們，以便施以拉攏，結為親信！正是由於歷年以來甯王對官兵的私賞，遠遠重過了朝廷所發的公餉，所以，這才導致了他能夠在軍隊當中令行禁止，說一不二呀！」

朱瞻堂憤怒而痛苦地說道：「唉，一位身擔國家命脈的親王，居然肯於為了謀取私權而內通外敵！實在是我朝的一大不幸啊！難怪，父皇堅決不肯將那皇帝之位禪讓給皇叔了！看來，皇叔他也的確是不配來做我大明的皇帝！好吧！既然皇叔如此不能珍重國事，那麼，可就莫怪侄兒，一定要從您老人家的手中，奪回那一方傳國之寶了！」

陸

伏義賜姓的鏢師

【一】

黃昏之際，山間小路上，風光如畫。

隴中大俠易霄漢與女兒易天慈率領著一群鏢師，押著鏢車健步走來。

鏢車上豎有一面旗幟，旗幟上面寫著「忠信鏢局」四個大字。

易天慈十分愉快地跳躍著，時而鏢前，時而鏢後，只管欣賞著山川那不盡的美景：「父親！這一帶的景色真的是好美麗呀！您看，前邊晚霞籠罩山影，歸鳥入棲林間，還有那一道飛瀑，恰似從天而降，激起水霧霏蒙，實在是好看得很哪！」

易霄漢假佯嗔怒，大聲地提醒易天慈說：「女兒呀，我們自南而來，一路上歷經兇險無數，現在，總算是平平安安地進入了河北地界，快要到達京城了！不過，自古以來，鏢行出事，大多數都是出在這鏢程將滿，臨近交割之時，所以，我們還是好生護鏢要緊，不要再分神分心地去看什麼風景了！」

易天慈撒嬌地說道：「唉呀，知道了父親！人家也只是因為看到眼前大野芳菲，美不勝收，而隨口讚歎了一句嘛！再說了，有您老人家的寒鐵劍在，又有哪個毛賊，敢來劫咱們的這一趟鏢啊？」

誰知，易天慈的話音剛落，一支哨箭，突然之間自天空射落，正好斜插在她的腳下，哨箭的箭杆上面，還繫有一張折疊起來的紙條。

易天慈愣了一下，急忙俯下身去，將那支哨箭從地上拔起，打開箭杆上面的那個紙條。

易霄漢與眾鏢師們，則隨著那支哨箭的落地，聞風而動，警惕地監視起四周。

易天慈急忙打開紙條，一邊匆匆地看著，一邊讀出聲來：「易霄漢老前輩鈞鑒，貴鏢自南而起，北行七千里，而無一人打擾，實在是過於冷落易霄漢老前輩了！江湖這般無禮，晚輩心中不平！故爾，今夜子時，不論貴鏢行宿何處，一定準時來訪！特先函告，以便防備！晚輩龍天致意。」

易霄漢一個旱地拔蔥平地躍起，平穩地落在易天慈身邊。

他接過紙條掃視了幾眼，臉上頓時蕩漾起因受到了羞辱而氣憤的表情：「江湖無禮，晚輩不平……特先函告，以便防備？哼！簡直是狂妄自大，目中無人！」

易天慈忙問：「這個龍天是哪一路神仙？居然敢在父親面前如此無禮！」

易霄漢搖了搖頭：「誰知道他是從哪一個山頭上蹦出來的！為父也只是聽說，龍天是一位年輕後生，喜歡在江湖上獨往獨來，而從來不入任何門派而已！由於前幾年在黃河水患之際，這個龍天做過幾件劫富濟貧，行俠仗義的事情，所以，才在江湖上面浪到了幾分虛名！」

易天慈一聽，輕蔑地說道：「哼！原來是個不知道天高地厚的毛孩子！好，今天晚上，讓本姑娘捉住，活活剝了他，給父親來做下酒的菜！」

易霄漢稍稍沉思了片刻之後，認真地說道：「妳也不要太過輕敵了！這個龍天，既然是敢在事先專程放箭投書，明目張膽地來和我們約定劫鏢的時間，看來，他的身上應該也是有一些本領的！而且，他不肯按照賊人的慣常之道，做不速之客，在我們剛才未做防備的情況下實行偷襲，而是先拋出了這份戰表，因此，為父推測，他龍天此行的意圖，恐怕不是在於劫鏢，而是有意挑釁！這樣吧，這個龍天在那信中，既然是只定了時間而不定地點，那麼，我們就在翻越過這道山嶺之後，隨便找上一處地方宿營吧！今夜子時，為父要來會一會這個龍天！」

【二】

時至深夜，月冷星稀。

在一處窮僻山鄉的近旁，一座殘破的龍王廟前，易霄漢一行慢慢地停下了鏢車。

易霄漢與易天慈兩人手持寶劍，警惕地走到龍王廟中進行觀察，驚散了宿在廟中的一群飛鳥。

易霄漢向四周瞭望了一下之後，說道：「女兒啊，妳看，現在已經快到午夜了，在今晚子時之前，我們恐怕難以找到什麼客棧旅店了！我看，今天晚上，我們不如乾脆就在這座龍王廟中宿營算了！」

易天慈語氣激昂：「好呀！父親！今天晚上我們就待在這座龍王廟中，等著那個名叫龍天的狂妄之徒前來拜訪好了！」

仔仔細細地檢查過廟裡的情況之後，眾鏢師將鏢車推入廟中，並且在龍王廟前四周一圈火把，忠信鏢局的大旗，在月光和火光的映照之下獵獵飄揚，鏢師們手持著兵器，站立在鏢旗下面把守，易霄漢和易天慈父女兩人，並肩從廟門中走了出來。

易霄漢前後打量了一番，又認真思忖了一下，對易天慈低聲地說道：「女兒啊！妳就守衛在這座廟的正門口，聽到任何響動都不必驚慌，那龍天要找的人是為父，為父這就到廟堂裡去，等著來會他！」

【三】

半晌之後，一彎冷月被雲彩遮住，天空頓時一黑。

一個黑衣俠士，從龍王廟旁邊的樹叢裡面猛然躍出，一個跟頭跳過殘破的廟牆，無聲無息地落到了廟院之中。

朱瞻堂扮成的這個黑衣俠士雙腳剛一落地，便雙手抱拳，高聲說道：「龍天準時來訪！請問易霄漢老前輩何在？」

易霄漢手持寶劍，從容不迫地自廟堂的一個柱子後面閃身而出：「哼！你還真的是很有信用啊，老夫已經等了你一會兒了！」

朱瞻堂再次施禮：「那好！請老前輩見諒！龍天動手了！」

言畢之後，朱瞻堂飛快地抽出腰間的寶刀，向面前那持劍而立的易霄漢虛晃了一招，隨即，飛起了一個鏇子，於突然之間揮刀向下，想砍斷院中鏢車上的繩索。

易霄漢則早有預防，在朱瞻堂的刀鋒即將砍到繩索的那一瞬間，以一個非常漂亮瀟灑的燕子銜水，搶在朱瞻堂之前，將手中寶劍架到了鏢車的繩索上面，穩穩當當地擋住了朱瞻堂的刀鋒。

朱瞻堂急忙後退一步，高聲驚呼：「啊，前輩好功夫！」

易霄漢縱身躍起，一邊持劍緊追，一邊輕蔑地說道：「哼，好久不練了！」

朱瞻堂持刀與易霄漢在龍王廟院中，跳上躍下地反覆交戰，易霄漢愈戰愈強，逐漸，朱瞻堂的刀法被易霄漢打亂了，而易霄漢的每招每式都穩穩健健，幾個回合下來之後，易霄漢開始從容不迫地向朱瞻堂步步緊逼，朱瞻堂拚盡全身的武力，突然使出絕招拖刀計，想以此招反敗為勝，可是，所拖之刀，卻又被易霄漢輕輕鬆鬆地一劍撥開，朱瞻堂剛想轉過身，不料身上所穿的黑色上衣，竟然被易霄漢一劍挑了下來。

朱瞻堂略顯倉惶，且戰且退：「易老前輩的武功果然厲害！龍天領教了！待天明之後，龍天一定會來向老前輩前來謝罪的！屆時，龍天尚有一件大事相求！承老前輩相讓，龍天告辭了！」

說著，朱瞻堂在虛晃一刀之後，急忙越牆而逃。

易霄漢也不再追趕，手持寶劍威風凜凜地站在月光之下，望著地上的那件黑衣，凝神而思索：「有一件大事相求？這個龍天，到底是個什麼人物呢？」

【四】

天色微明前，易霄漢同易天慈平靜地坐在龍王廟前一棵大樹下休息。

幾十米外的村莊裡面，逐漸傳來了一陣陣騷亂之聲，易天慈馬上警覺地站起身來。

易天慈側耳細聽之後，疑惑地說道：「父親，此時天色尚未明亮，那個村子裡頭怎麼就如此紛亂了？你說，會不會是那個龍天又跑來跟我們搗亂了？」

易霄漢冷靜地搖了搖頭：「不會的！那個龍天既然說過了，要等到天明之後再來，那麼，以他的個性，天色不亮，肯定是不會再來的！」

村子裡面傳出一片哭泣呼喊的聲音，遠景中有人跌跌撞撞地跑出來。

易天慈十分疑惑：「唉？那您老說，那個村子裡頭亂七八糟的，到底是怎麼一回事呢？不行，女兒得過去看看！」

走到了村中，易天慈看到有上百村民們淚流滿面，捂著肚子滿地打滾，一個個臉色蠟黃，痛不欲生，另有一些人則旁邊哭天搶地，哀聲悲號。

易天慈同情而吃驚地問道：「唉？你們這是怎麼啦？這裡發生了什麼事情啊？啊？」

一位村民悲痛欲絕地說道：「唉呀呀，都是因為沒有糧食可吃，才鬧出來的禍事呀！一年多了，我們見不到一粒糧食，村裡的人們都餓得挺不住了，就去挖野菜吃，野菜挖光了，便是扒樹皮吃，最後，連樹皮也被扒光了！實在沒有什麼東西可吃了呀！昨天下午，大家餓得實在是不行了，有人就提出來去吃觀音土！可是，沒有想到那觀音土日久生砷，吃得我們這半個村子的人，全都中了毒啊……老天爺呀，活不了了……。」

易天慈的目光中充滿了同情：「什麼？吃觀音土？」

另一位村民捶胸頓足地說道：「唉，就是那老房子拐角上的牆皮呀！」

易天慈連忙俯身抱起一個人來，一邊走，一邊對村民們說道：「啊？這還了得！快快！大家趕快隨我來！能動的背著不能動的，走！大家都隨我到龍王廟去，我爹爹在那裡，或許他有辦法把人救過來！」

【五】

龍王廟裡，忠信鏢局的鏢師們忙做一團，大家盡己所能，或灌水，或捏脈，緊張地在救護那些中毒的村民。

易天慈則焦急地望著父親易霄漢，易霄漢對中毒的村民一個一個地檢查過之後，臉上的表情異常沉重。

易天慈急忙問道：「怎麼樣啊？父親，您快點說，這些人我們到底如何去救啊？」

易霄漢一籌莫展：「唉，難了！砷，也就是江湖中所說的砒霜，人吃下之後，如果時間不長的話，的確是有藥可救的！但是問題的關鍵在於，這半夜三更之際，我們又能到哪裡，去尋找到這麼多的解藥呢？」

易天慈焦急萬分：「那怎麼辦？難道，我們只能看著這些人慢慢地死掉嗎？」

一些村民跪在地上，磕頭哀告。

易霄漢凝神沉思了片刻，一咬牙說道：「倒是有一個辦法，或許，能夠救活一部分人……只是……。」

易天慈一陣驚喜：「什麼辦法？父親您趕快說！女兒這就去做！」

易霄漢一聲長歎，搖了搖頭：「唉……這件事情妳可做不了啊！在無藥可用的情況下，只能來讓為父發動體內的陽功，運行五元真氣，來為他們進行推拿，以便將他們體內的砷毒給硬逼出來……。」

易天慈大吃一驚：「啊，不行！不行啊父親，這樣一來，你修煉一生的武功……也就會全部都廢了！這樣可不行啊！父親！」

村民大批地跪在地上，作揖磕頭，聲聲哀告。

易霄漢面色莊嚴，動情地說道：「女兒呀，我們這些習武之人的肩頭上面，其實原本就承擔著這種在關鍵的時刻挺身而出，解救危難的責任哪！為父廢棄一人之武功，換取眾人之性命，為父認為，值得了！」

龍王廟中，易霄漢褪去上衣，盤著雙腿，威武地坐在席上，易天慈和鏢師們將一位中毒村民，抬到易霄漢的面前，易霄漢運起體內的陽功，用雙掌在中毒村民的背上用力地推拿起，村民的口中，很快便吐出了一股黑血。

易天慈見狀，熱淚縱橫，感動地呼喚了一聲：「爹爹……。」

【六】

早晨，朝霞滿天，春天的田野上，穿載整潔的朱瞻堂，騎在馬背之上，急切地在晨風中駕馬奔馳，他身後的四個侍從，背著包袱，騎著馬緊緊跟著朱瞻堂一路隨行。

剛剛升起的太陽，照耀在龍王廟上，忠信鏢局的大旗在陽光的輝映之下，顯得十分威武。

龍王廟裡，易天慈流著眼淚和鏢師們一起，又將一位中毒村民抬到了易霄漢的面前。

易霄漢的臉色十分蒼白，大顆、大顆的汗珠，從易霄漢的額頭、前胸和後背上面滾滾而落。

易天慈不忍看到父親易霄漢因內功漸失，而虛弱不堪的樣子，她痛楚萬分地轉過臉去，悄悄地哭泣起來。

易霄漢極其頑強地再一次發動內功，以雙掌運行五元真氣，為中毒村民進行著推拿……。

【七】

太陽升到頭頂，朱瞻堂策馬來到龍王廟前，見到忠信鏢局的大旗下面，跪著大批大批面黃肌瘦的村民，感到十分奇怪，急忙滾鞍下馬，衝上前去，連聲高呼：「易老前輩！易老前輩！晚輩龍天，給您老人家請罪來了！」

龍王廟中寂靜無聲，沒有任何人回應朱瞻堂的呼喚，朱瞻堂十分吃驚，連忙大步流星地向龍王廟奔去：「易老前輩！龍天專程向您老人家請罪來了！易老前輩！」

龍王廟的正門口，兩扇殘破的大門慢慢地打開，一臉憂傷、兩眼悲淚的易天慈，緩緩地從廟中走了出來，雙眼狠狠地瞪著這位健步走到自己面前的朱瞻堂，手握劍柄，目光之中充滿了痛苦和哀怨：「你又來幹什麼！難道昨天晚上還沒有讓我的爹爹打夠嗎？」

朱瞻堂被眼前易天慈臉上那淒美無比的表情深深震撼，心中不知不覺地怦然一動，神色也頓時變得溫和了許多：「啊，不！不！天慈姑娘，請妳聽我說，龍天昨晚的確是多有冒犯，可是，龍天之所以敢於襲擾和挑釁易老前輩，實在也是因為有一些隱情，而不得已為之啊！妳看，龍天今日不是專程地向易老前輩謝罪來了嗎？」

易天慈一聲惱怒：「謝罪？哼，本姑娘今天心裡煩躁，沒有功夫聽你謝罪！你趕快走！走遠一點！」

朱瞻堂急忙陪著笑臉：「天慈姑娘！昨天晚上，龍天所得罪的是易老前輩。今日，龍天既然是前來謝罪，那麼，妳說我是不是好歹也應該面見一下易老前輩本人呀？另外，龍天還想請教一下天慈姑娘，這一群一群的村民是怎麼回事？他們為什麼全都跪到了這裡呢？」

易天慈對著朱瞻堂怒目而視：「你少說廢話！趕快走，千萬別惹怒了本姑娘！你要是惹怒了本姑娘，本姑娘可絕對不會像我爹爹那樣，對你手下留情的！」

朱瞻堂微微一笑，誠懇地說道：「天慈姑娘息怒！龍天敬請天慈姑娘息怒！龍天此番趕來，其實也不僅僅是為了謝罪，昨天晚上，龍天雖然無禮冒犯了易老前輩，但是，也親手領教到了易老前輩的那一身神勇武功！所以龍天今日帶來了一千兩黃金，作為鏢資，想拜託易老前輩，為龍天來護送一趟十分重要的鏢！故爾，還是請天慈姑娘放我進去，讓龍天見一見易老前輩，好嗎？」

易天慈聽到朱瞻堂一再讚揚易霄漢的武功，眼中悲傷的淚水，頓時奔湧而出，她衝動地說道：「護鏢？我的爹爹，恐怕今生今世都不能夠再去護鏢了！」

朱瞻堂大吃一驚：「什麼？天慈姑娘妳說什麼？易老前輩他到底怎麼啦？」

易天慈痛楚萬分地閉上眼睛。

跪在地上的眾村民們紛紛向龍王廟磕頭。

忠信鏢局的大旗獵獵飄揚。

易天慈苦不堪言地說道：「昨天晚上，你走後不久，我們發現那個村子裡面發生了騷亂，上前一問才知道，原來是村民們久饑而無食，被迫吃觀音土而中了砷毒，我爹爹於緊急之中無藥可尋，只好發動自己體內的陽功，運行五元真氣，一口氣救活了九十三名中毒的村民！可是……可是……爹爹自己的那一身武功，此時，卻已經全部都廢掉了！」

朱瞻堂的心靈受到了極大的衝擊，他不顧一切地衝向廟門，脫口大喊了一聲：「老義士！」

柒

好美好美的一位女俠

【一】

傍晚掌燈時分，雲南護國君府上，洪熙之子大明王朝護國君朱瞻基站立在大廳內，莊重的眼神中流露出幾分焦急。

幾個部將幕僚恭恭敬敬地站在朱瞻基的面前。

朱瞻基語氣沉重：「一天的時間又過去了！朝中的廷寄文書，仍然沒有到達嗎？」

一位部將連忙搖搖頭：「回稟殿下，沒有！到今天為止，我們已經連續八天沒有接到過朝中的廷寄了！也不知道……朝廷上會有什麼事情發生！」

朱瞻基急忙以眼色制止：「千萬不要胡說！自從我父皇洪熙登基以來，一直堅持以仁政治天下，屢次平反冤獄，再三削減民賦，振農事、興商務、除內患、禮外邦，使得我朝君臣同心、將相同德、萬民安樂、四海歡騰。你們說，這樣好的朝廷，能出什麼事情？啊，朝中的廷寄文書，之所以沒有按時到達雲南，恐怕，只不是因為驛程遙遠，道路崎嶇，耽誤在哪個地方了！對吧？」

一位幕僚擔憂地說道：「護國君殿下說得對！大明國泰民安，如同日上中天，朝廷當然是不會有什麼事情發生的！但是……但是……吾皇一向以來龍體欠安，加上自登基以來，又日以繼夜，嘔心瀝血地來為國事而操勞，下官擔心……下官所擔心的……是吾皇龍體的安康啊！」

朱瞻基極力掩飾著心頭的焦急和不安：「不會的！不會的！父皇雖然龍體欠安，可是卻也從來沒受到過什麼病疾的侵擾！再說了，父皇身邊，不是還有本君的兄長一直在侍候著嗎？萬一，父皇真要是偶然患上了一些小病小恙的話，那麼，本君的兄長，也必然是會有信來報的！沒事的，啊，沒事的！大家都不要胡思亂想了，回去休息吧！」

眾位部將幕僚們聽了朱瞻基的這一番話，也只好不再多語，便一齊行禮告退：「是！恭祝吾皇萬歲！吾皇萬歲！萬歲！萬歲！萬萬歲！」

【二】

雖是午夜時分，甯王府內依然燈火通明，甯王舒適地坐在椅子上，一名西域秘使站立在一旁，面對甯王深鞠了一躬。

甯王朱高煬傲慢地一擺手：「不必拘禮了，你有話直說便是！」

西域秘使又一鞠躬，開口說道：「甯王殿下，馬婁托夫大公派遣我前來轉告他對您的敬意！大公還命我將他的禮物，親手呈送給甯王殿下，這些禮物分別是上等白玉製品三十九件，紅色、綠色、白色寶石各一箱，足赤金沙十五大車，白色熊皮八件，棕色熊皮十件，黑色熊皮十二件，還有……。」

朱高煬冷冷地一笑，揮手打斷西域秘使：「行了！行了！不用再往下念了！你送來的這些東西，倒是全都不錯，但是，本王先得問一問——你的那個馬婁托夫大公，恐怕不會把這些東西，白白地送給本王吧？」

西域秘使連忙笑眯眯地說道：「白送！白送！完全是白送！我們馬婁托夫大公對甯王殿下絕無所求！什麼東西都不向甯王殿下索要！真的，什麼東西全都不要！僅僅是希望請甯王殿下頒發一道命令——讓明朝軍隊在巡邏的時候，不要再越過伊黎河谷！」

朱高煬看了看西域秘使，警惕地問道：「西域蠻荒之地，除了沙漠就是戈壁，我大明的軍隊去不去巡邏，本來倒也不是什麼大事！可是，本王還是先得把這件事情給弄清楚了，你的那個馬婁托夫大公，究竟是想搞什麼名堂？他幹什麼不願意我們大明王朝的軍隊去那裡巡邏呀？」

西域秘史十分詭譎地一笑：「甯王殿下講得很對！西域一帶空曠無人，四季荒涼，只是……只是在每年五六月份的時候，偶爾，一望無際的沙子縫隙之間，可能會長出三五顆小草來，馬婁托夫大公想在那個時候到伊黎河谷去放牧牛羊！」

朱高煬撲哧一下笑出聲來：「放牧牛羊？」

西域秘史當面裝傻：「啊，對！放牧牛羊！」

朱高煬明明知道那個西域秘史是在說謊，冷笑一聲，卻不肯說破：「哼！你們的那位馬婁托夫大公，大概是不會算帳吧？他到底知不知道，光是那十五大車赤金，就能買來多少牛羊？」

西域秘史狡猾地微笑著：「啊，不！我們的馬婁托夫大公，很喜歡到伊黎河谷去放牧牛羊！」

【三】

荒山野村，龍王廟中，已經耗盡元氣的大俠易霄漢，緊閉雙眼，平躺在一張臨時搭成的木板床上，呼吸緩慢，臉色蒼白，顯得十分虛弱。

無數衣衫襤褸的村民，跪倒在廟門的外面。

朱瞻堂心懷感動地站立在易霄漢的床前，低首俯身，握著易霄漢的手臂，一邊為其把脈，一邊輕聲呼喚：「易老前輩……易老前輩……。」

易天慈手持寶劍立於朱瞻堂的身後進行警戒。

朱瞻堂帶來的那四個侍從，背著包袱，守候在廟堂之外。

朱瞻堂尊重而關切地把易霄漢的頭輕輕抬起：「易老前輩！老義士……。」

易霄漢慢慢地睜開雙眼，逐漸認清了面前的朱瞻堂，努力地叫了一聲：「龍天！」

朱瞻堂看到易霄漢的甦醒而面露喜悅之情：「啊！易老前輩，老義士！您終於醒來了！」

易霄漢仔細地凝望了朱瞻堂很久，慢慢地說道：「龍天！老夫同你從來沒有一絲瓜葛，而你卻一再前來挑釁，究竟是為了什麼？」

朱瞻堂連忙說道：「先不談此事！先不談此事！老前輩路見不幸，挺身而出，不惜以自己的一世神勇奇功拯救陌生人的性命，實在是我武林楷模！中華義士！龍天對老前輩真的是敬佩不已！所以，還是請老前輩先來接受龍天的這一拜吧！」

說完，朱瞻堂雙腳立正，恭恭敬敬地向著易霄漢深深地鞠了一躬。

易霄漢擺手說道：「練武之人，身上最為貴重的，其實也就是一團義氣！老夫既然略有薄技，碰到這樣慘絕人寰，悲天泣地的事情，又怎麼可以躲避起來，見死亡威脅人命，而不出手相援呢？因此，你龍天也不必太過恭維老夫，有什麼事情，就請直說好了！」

朱瞻堂一陣扼腕：「老前輩的這番話，說得倒是不錯，只是……只是太遺憾了，太遺憾了老前輩的這一身蓋世武功啊！唉，事情既然已經如此，龍天現在……龍天現在也實在無話可說了呀！」

易霄漢一聲冷笑：「無話可說？當真是對老夫無話可說嗎？昨天，你大大方方地放箭投書，明明白白地與老夫約定時間，然後，你再依時守刻，不早不晚地前來搶鏢，江湖之中，老夫沒有見過你這樣的劫匪！況且，你儀態端正，面無邪氣，老夫看你根本就不是什麼山賊草寇！假如，你今天真的是無話可說，那麼，你又何苦在一路上，緊緊地盯住老夫不放呢？」

易天慈上前一步對易霄漢說道：「父親！他帶來一千兩黃金作為鏢資，說是想讓父親為他來護送上一趟鏢！」

易霄漢不禁一愣：「啊啊，竟然以一千兩黃金，來護送一鏢？如此說來，那你龍天的這一趟鏢，想必一定是比泰山還要重了！」

朱瞻堂坦坦蕩蕩地說道：「是的！龍天不瞞老前輩！龍天手中的這一份鏢，的確是不同凡響！此鏢，關係著我們這江河大地的平穩，涉及了萬戶千村的安生，實在是重於泰山啊！正是為了保證這份鏢能夠行走的萬無一失，龍天才不得不夜夜出動，一再冒犯四海進京的鏢局。老前輩，龍天其實是想拚著自己的武藝和性命，來考選出一位讓龍天敢於信賴的鏢師，以便相托此鏢啊！昨晚子時，龍天在體驗到了老前輩出神入化的神武奇功之後，高興得整整一夜未眠！唉，可是，萬萬沒有想到，龍天僅僅來遲了一步，老前輩竟然已經將自己這一身的神功，捐獻給了廟外的百姓！唉，龍天無福啊！」

易霄漢微微一笑：「噢，如此說來，是老夫讓你失望了？」

朱瞻堂急忙真誠地說道：「啊，不！不！龍天雖然錯過了一個鏢師，卻結識了一位義士！老前輩啊，這一千兩黃金，龍天依然留下，就權當是龍天對易老前輩的一份嘉許和表彰吧！」

說罷，朱瞻堂一揮手，對門外的侍從們下達了命令。

四位侍從走進廟堂，解開身上所背著的包袱，將一塊、一塊閃閃發光的金磚，恭恭敬敬地擺放在易霄漢的床前。

朱瞻堂再度向躺在木板上的易霄漢，深深地鞠了一躬：「請易老前輩好生調養，多多保重！龍天告辭了！」

【四】

雲南護國君府，護國君地朱瞻基在椅子上坐著，幾名部將和幕僚，侍立在朱瞻基的身邊，大家的臉上都顯露著幾分焦慮。

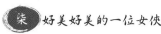

一名幕僚憂心忡忡地說道：「朝中的廷寄，到現在仍然沒有到達，這可是從來都沒有過的情況呀！」

一位部將也顯得焦慮不堪：「是啊，以前就算是碰到風雨災難，道路阻斷，也不過只是遲到幾個時辰而已，如今，已經晚了四天，卻還是不見廷寄到達，這情況可是不太正常呀？」

朱瞻基鎮靜地說道：「大家不要緊張，昨天早上本君已經派出了兩名校尉，帶著一隊兵馬，沿著通往內地的驛道去尋找搜索了！也許，很快便能會有消息報上來的！」

朱瞻基話音剛落，兩名受了刀傷的校尉，帶著渾身血污，跌跌撞撞地闖了進來，撲通一下跪倒在了朱瞻基的腳下：「稟報護國君殿下，我們在滇川邊境遭遇埋伏，被人截殺！」

朱瞻基稍覺吃驚，急忙問道：「嗯？是什麼人居然如此大膽，竟敢截殺護國君府的校尉？難道說，你們碰到土匪了？」

那個校尉突然嚎啕大哭：「回稟護國君殿下……阻擊截殺我們的人……並不是土匪，而是我大明朝的正規軍啊……。」

朱瞻基大吃一驚：「你說什麼？我大明朝的正規軍，竟然會阻擊你們？你們打聽了沒有，他們是哪一支部隊？奉的是什麼旨意？」

另一名校尉義憤填膺地答道：「回稟護國君殿下，阻擊我們的，是南京衛指揮使司和右軍都督府的兵馬，他們並沒有奉皇帝的旨意，而是在執行甯王的命令啊……」

【五】

距離龍王廟不太遠的一處山谷，朱瞻堂與四名侍從騎在馬上正慢慢地行走著，易天慈突然持著寶劍，出現在朱瞻堂等人的面前：「龍天！你給我回去！」

朱瞻堂見狀，和藹地說道：「唉，是天慈姑娘啊！你怎麼不在龍主廟裡照料令尊大人？這麼急著追趕我，有什麼事情嗎？」

易天慈的臉上，升起一絲無奈的表情：「告訴你，龍天，我們易家，世世代代以護鏢為業，掙的一向都是辛苦誠信的鏢銀，還從來沒有白白地拿過人家的一分一厘！今天，你既然是不由分說，硬留下了那一千兩黃金，本姑娘無奈，也只好代父出馬，來為你龍天護上一趟鏢了！」

朱瞻堂聽了，一邊哈哈大笑，一邊不屑地調轉馬頭，轉身便走：「天慈姑娘，妳也太敢開玩笑了吧！妳來為我護鏢？哼，若是討論身材相貌，天慈姑娘倒是頗具姿色，算得上是百裡挑一了！可惜啊，可惜龍天找的是鏢師，而不是在尋侍妾！」

易天慈突然一下平地躍起，飛出一腳，將龍天從馬背踹了下來：「好你一個大膽的狂徒！小看本姑娘！」

朱瞻堂於半空之中使出輕功，平穩地跳落在地上，頓時產生了想同易天慈好好玩上一玩的興趣：「哈，到底美豔嬌娘，果然花拳繡腿！來！來！來！請天慈姑娘再來上幾招，讓龍天好好地觀賞，觀賞！」

易天慈毫不猶豫地連連出手：「你還敢貧嘴！看打！」

易天慈一步一步向朱瞻堂進攻，每招每勢，都不同凡響，攻擊的極有章法。

朱瞻堂不得不漸漸收起臉上的笑容，使出自己的武功來認真對待。

打鬥過程中，易天慈越來越占上風，朱瞻堂慢慢感到自己抵擋不住，被迫從腰間抽出隨身佩載的金龍寶刀，企圖持刀反擊，以便與易天慈多過幾招。

可是，易天慈手疾眼快，未等到朱瞻堂把手中的寶刀舉起，便揮舞寶劍，以一個非常瀟灑漂亮的回頭望月，哐噹一下，將朱瞻堂手中的那把金龍寶刀給攔腰斬斷了。

隨著那斷刃之聲的響起，朱瞻堂與易天慈兩人，驟然停止了打鬥，各自保持著剛才的那副武功動作，在很近的距離之內，彼此凝眸對視了起來。

剎那間，朱瞻堂被易天慈的那種美麗瀟灑的巾幗英氣所深深地吸引，一種愛慕之情油然而生，朱瞻堂由衷地讚歎一聲：「啊，好美好美的一位女俠！」

捌

天鑄寒鐵劍

【一】

大明皇宮欽安殿中，中風之後的洪熙皇帝，癱啞木訥，像一團敗絮似的，躺在混亂的床上，面容呆板而又滿是污垢，灰白色的頭髮和鬍鬚，又長又亂，一副慘不忍睹的模樣。

兩個當值太監，懶懶散散地閑待在遠處，對洪熙皇帝表現得完全不屑一顧。

殿外，突然間響起內廷總管王無庸那沙啞的吆喝聲：「甯王殿下到！」

那兩個太監聞聲嚇得如同觸電一般，急忙奔跑到洪熙皇帝朱高熾的病床前，將桌子上的一碗剩粥，隱藏了起來，迅速整理好自己的衣冠，恭恭敬敬地垂手肅立在洪熙皇帝的床前。

甯王朱高煬帶著一種令人窒息的威嚴，昂首挺胸走入殿中。

王無庸如走狗一般，緊緊跟在朱高煬身後。

兩個當值太監趕緊向朱高煬行禮。

朱高煬上前端詳了一下躺在床上的朱高熾，又伸手指著朱高熾問道：「一日三膳，你們有沒有按時按量地好好伺候呀？」

當值太監急忙答道：「有！有！有！回稟甯王殿下，皇帝的一日三膳，奴才們始終都是遵照甯王殿下的吩咐，按時按量地好好伺候著呢！從無疏露！從無疏露！」

朱高煬點了點頭：「嗯，本王的那位侄兒，在宮中可好？這兩天，他都幹了一些什麼事情？」

王無庸急忙繞到甯王的面前，巴結地說道：「回甯王殿下的話，聖上監國君什麼事情都沒有幹，這兩天一直都是同酥妃娘娘一起，待在皇帝所賜的坤寧宮裡，就連每日進膳時分也不肯出來，啊，全都是傳令出來，讓奴才們將膳食抬到坤寧宮外，再由宮女們送到裡頭去！」

朱高煬聽了一愣：「嗯？他一直待在坤寧宮裡幹什麼？走！你帶本王前去看上一眼！」

【二】

坤寧宮大門內，宮女蓮兒從門縫中看到甯王與王無庸向此處走來，急忙跑入宮中，向酥娉報告：「稟報酥妃娘娘，王無庸帶著甯王殿下跑過來了！奴婢看他們的那副架勢，覺得甯王肯定是來見聖上監國君的！您說，這一下，可怎麼辦呢？」

酥娉略一思忖，機智地說道：「你們趕快將這間屋子的窗簾，全都拉嚴實了，留下春蘭一個人躺在這張床上，其他的人，都趕緊站到門外院子裡面去伺候，不管甯王問你們什麼，你們都不要吭聲，只管對他搖頭就是了！」

甯王朱高煬大步地走入坤寧宮的院中，望了一下寢宮那些緊閉的窗簾，又望了一下站在窗簷下待立著的宮女們，感到十分奇怪。

望了一下慢慢走上臺階，準備伸手敲門。

室內，酥娉馬上用手使勁搖晃起自己的床來，同時，故作姿態地大聲呻吟了起來：「啊……啊……聖君請輕一點啊！輕一點啊！聖君啊聖君，臣妾實在是已經受不了呀！聖君……啊……啊……。」

朱高煬聽到寢宮裡的聲音，不禁一愣，趕快縮回了準備敲門的手掌，臉上露出一副嘲笑的表情：「哼！青天白日之下……我的侄兒呀，你也實在是太沒有出息了吧……。」

【三】

青翠的山谷裡面，朱瞻堂和易天慈兩個人仍然在互相僵持著。

勝利了的易天慈，顯出一種揚眉吐氣的豪情。

被易天慈打敗了的朱瞻堂，手持斷刀，表情中很是有著幾分尷尬。

易天慈望著朱瞻堂，挑戰地問道：「怎麼？不服氣嗎？你如果不肯服氣，那就去換上一把刀來，本姑娘並不吝嗇陪你多玩上幾招！」

朱瞻堂連連擺手：「不！不！不必了！如此說來，天慈姑娘是真心真意地，想要為龍天來護鏢了？」

易天慈鄭重其事地說道：「我已經明明白白地告訴了你，我們易家，祖祖輩輩以護鏢為業，一向靠著武功和義氣來吃飯，從來，都不會平白無故地收取別人的一分一厘！你若是真的不願意把鏢留下來，那你就趕緊隨本姑娘回去，把你的那一千兩黃金拿走好了！」

朱瞻堂又一次擺手：「嗯？怎麼能夠說是平白無故呢？令尊易老前輩，不惜捐出武功，捨身救民，真得是高尚無比，義薄雲天哪！龍天剛才不是也已經把話說得明明白白，那一千兩黃金，只不過是龍天對易老前輩的一種嘉許和表彰嗎？」

易天慈表情中顯露出一股譏笑和不屑：「龍天啊龍天，我說你是什麼人哪？啊，竟然敢用這麼大的口氣來跟人說話！嘉許？表彰？哼！本姑娘今日不妨告訴你，我中華環宇，四海之內，有資格當著這把『寒鐵劍』對我們易家說出嘉許，表彰這幾個字來的，恐怕也只有伏羲大帝的在天之靈！

哪裡能輪得到了你這麼一個毛頭小夥子來進行嘉許和表彰了？」

朱瞻堂聞言一愣：「寒鐵劍？伏羲大帝？天慈姑娘，今日龍天鄭重地請問一句，你們易家，到底是何方人氏，究竟有著怎樣的一種來歷呢？」

【四】

甯王府中的一處密室內，輝煌的大明傳國之寶，被安放在正牆下面的一個供案上，兩個兵丁身佩腰刀，垂手站立在供案的兩旁護衛。

朱高煬在師爺何其澤的引領下推門走入密室。

朱高煬走到供案前面，伸出手慢慢地撫摸著那塊傳國之寶：「唉，大明的玉璽，傳國之寶物！如果，總是讓它這樣閑待在這個狹小的房子裡面，實在也是太過褻瀆了啊！」

何其澤急忙鑽到甯王面前說道：「您說得是啊！可是，那您還等待什麼呢？您為何不趕快傳旨登基，也好讓這塊傳國之寶重見天光啊！」

朱高煬瞟了何其澤一眼：「傳旨登基？」

何其澤巴結地說道：「是啊！傳洪熙皇帝的旨意於天下，就說是龍體不支，難以為政，故爾，特憚讓大明皇帝之位於甯王殿下！不就完了嗎？」

朱高煬又瞟了何其澤一眼：「你是說，傳皇兄的旨意，說是由他來向本王憚讓大明的帝位？」

何其澤連連點頭：「是啊，甯王殿下本來就是手握山河，腳踏四海的人物！如果，再有了洪熙皇帝的一句話，那還不是物轉星移，改天換地，萬事皆隨甯王所欲啊！」

朱高煬望著面前的這塊大明傳國之寶，猶豫不決地說道：「唉，你說的這一道聖旨，如果本王想要，其實……其實倒也真得不是什麼難事！只不過，有一件事情可能會有點彆扭啊！」

何其澤雙手一攤：「唉呀，如今，既然連這傳國之寶，都已經順應潮流到達了您甯王殿下的府中，甯王殿下您還能有什麼彆扭的事情啊？」

朱高煬伸手一指玉璽：「本王心裡所彆扭的，其實，正是這塊傳國之寶！你想，幾日之前，皇兄是坐在朝廷上面，堂堂正正地，親手將這塊傳國之寶明著授給本王侄兒的，此事吏、戶、禮各部均有記載，文武皆曉，百官俱知，實在是不太容易抹殺掉的呀！也正是因為考慮到了這一點，本王才不得不允給侄兒了一個聖上監國君的名義！可恨的是，那天楊士奇這個老賊，卻又火急火燎地，當場便將由本王侄兒奉旨臨朝、代君監國這件事情，以明令而公佈給了天下！你說，這全國上下的地方官員和老百姓們，剛剛才聽到了聖上監國君的事情，如果，本王此時又忽然之間登基而稱帝，恐怕，會讓人們有所猜忌呀？」

何其澤搖頭晃腦地一笑：「嗨，甯王殿下何必用這種小事來煩惱自己？依愚生之見，甯王殿下索性帶上幾個人進宮去，讓您的那位侄兒，當著滿朝文武的面，將皇權交出，再拜您為帝，不就萬事大吉了嗎？」

朱高煬一愣：「什麼？你是說，讓本王的侄兒公開交出皇權，來拜本王為帝嗎？」

何其澤連忙一點頭：「是啊，甯王殿下不是說過，您的那位侄兒，如同一個放浪形駭的俠士，自幼便喜歡在江湖上玩耍嗎？那您無非是賜足給他錦衣玉食、榮華富貴，讓他去繼續玩耍，不也就完事了嗎？」

朱高煬思想了一下，慢慢地搖頭說道：「嗨，只怕，在經過了當朝接過大明玉璽這件事情以後，他便不再肯於到江湖之中玩耍去了呀？」

何其澤聽了，有些不以為然：「愚生以為，那倒也未必！如今，甯王殿下的大軍，把整個皇城圍得如同鐵桶一般，可您的那位侄兒呢，身邊卻無一兵一卒，就連一個能夠為他傳書帶信的親信也都沒有！您說，不去玩耍，待在那密不透風的皇宮之中，他又能幹得了什麼呢？這次，甯王殿下派人取走了他的傳國之寶，他還不是只能躲到坤寧宮裡去找酥妃撒嬌，連口大氣都沒敢吭上一聲嗎？」

【五】

朱瞻堂與四名侍衛在易天慈的帶領下，回到了龍王廟。

龍王廟外，中毒的村民們，經過易霄漢用武功救治之後，一個個都顯得有所恢復，正跪在地上，不斷地來向龍王廟磕頭謝恩：「謝謝大俠的救命之恩！謝謝大俠的救命之恩哪！」

龍王廟中，易霄漢躺在木板來上，面色較先前稍有好轉。

朱瞻堂以敬重的表情，站在易霄漢床前。

易天慈走上前去攙扶著易霄漢。

易霄漢慢慢地坐起身來：「好吧！既然，小女已經向你提到了伏羲大帝的事情，那麼，老夫今天就跟你講一講這把寒鐵劍的故事吧！」

隨即，易霄漢娓娓而談，為朱瞻堂講述了一個神奇的故事——遠古時代，易家的人並無姓氏，祖上的先民們，自從渾沌初開、天地分明的那一刻起，就老老實實地居住在那隴南的麥積山下面，依照神農氏所傳的旨意，種植五穀而謀生，世代勤於耕作，從不滋事生非。不料，有一天，那個不安分的共工氏，卻忽然之間謀反叛亂，以其頭觸不周山，而使得天塌一角，放出了許許多多的妖魔鬼怪，來禍害蒼生。伏羲大帝在作法征服了共工氏之後，又請出夫人女媧，採來七色之石，將漏天補齊。為了永遠鎮懾妖魔鬼怪，保衛人間的太平與祥和，伏羲大帝便於那些彩石之中，挑選出了一塊紅褐色的鐵石，高置在麥積山巔，先是以天火雷電，將其鍛煉了九十九天，復又以雨雪霜雹，將其淬洗了三十三日，從而成就了這一把神劍。劍成之後，大帝降下旨意：「凡我伏羲後人，皆可奮勇上山，前來爭取此劍，而得到此劍者，本帝將指天賜姓，尊為武士！」於是，麥積山下的各路英雄豪傑便爭先恐後，奮勇拚搏，演出了一場驚天動地的大比武。終於，易家的先人，一路脫穎而出，勝於萬眾之間，率先攀登到山頂，從而奪得了寶劍。伏羲大帝見到易家的先人如此勇猛，從而心中大喜，指著蒼天說道：「長空風雲常有變，人間忠勇永不易。本帝不妨就以易字為姓，賜給你吧！」易家的先人謝恩之後，伏羲大帝又降下了一道旨意，說持此劍者，既然已經身為武士，又於今日在本帝面前領受了姓氏，那麼，從今往後凡是遇到了傷害天理、危及華夏的事情，便必須挺身而出，不可退縮不前！而若是有人敢於不顧天意，禍亂中華，則此劍必出！到了關鍵時分，如果持此劍者遇到了迷茫之事，而以個人心智又難於判斷，此劍當會自作主張，擇善而決的！

朱瞻堂聽罷，心中大慟，不由自主地伸出手去，恭恭敬敬地觸摸了一下那把傳奇的寒鐵劍，一股襲人的冰冷，竟直射心腹，他不禁震驚地說道：「啊！此劍，好涼！好涼啊！」

易霄漢點頭說道：「正是因為數千年來，此劍一直寒如凍鐵，冷若冰霜，所以，我家先輩，才將它稱之為『寒鐵劍』的啊！」

朱瞻堂心中一陣感慨，嘴上不由地脫口而出：「唉，龍天真的是三生有幸！不僅有緣領教到了你們易家父女那崇高的武德和非凡的武功，還得以見識到了這把天賜的神劍！實在是天佑我龍天、天佑我社稷、天佑我大明朝的萬里江山啊！」

易霄漢聞言微微一愣：「天佑社稷、天佑大明？龍天啊，你說出話來如此鄭重，老夫敢問一句，龍天啊，你到底是一位什麼人物？」

朱瞻堂連忙謙遜地一笑：「哪裡敢稱什麼人物？在您易霄漢老義士的面前，龍天不過只是一名江湖小俠而已！」

易霄漢慢慢地搖了搖頭，望著朱瞻堂說道：「不過只是江湖小俠而已？哼，老夫看你談吐不凡，氣宇軒昂，恐怕未必只是什麼江湖小俠吧？一個江湖的小俠，又怎麼會總是開口社稷、閉口江山的，如此關切那天下之事呢？」

朱瞻堂微微一笑，從從容容地答道：「常言有云，天下之興亡，匹夫皆有責！老前輩，這社稷原本便是天下人的社稷，這江山原本便是天下人的江山！龍天也是這天下之人，又怎麼敢於不去關切這天下人的社稷？怎麼敢於不去關切這天下人的江山呢？」

易霄漢面露欽佩之色：「此話說得好！那麼，老夫就再來問你一句，這普天之下，你所關切的，又都是哪些事情呢？」

朱瞻堂侃侃而言：「山川之完整，四海之安定，百姓之飽暖，萬物之和平——包括這座龍王廟外，那些剛剛被老義士所拯救的疾苦村民們，龍天是一概不敢忽略，而盡在時刻的關切之中啊！」

易霄漢聽了朱瞻堂的這一番話，卻忍不住發出一聲長長的歎息：「唉，你的這番話，說得倒真是上合天意，下符民心啊！不過，如果你僅僅是一名江湖小俠的話，這些話，恐怕也只能是慷慨激昂，說說而已，於老百姓們卻很難產生實際的利益啊！」

朱瞻堂搖了搖頭，堅定不移地說道：「雖說是成事在天，可畢竟是謀事在人的呀！縱使是千難萬難，龍天如今已經為此志向，將身而許，以命相薦了！又哪裡會輕易地放棄掉呢？」

易霄漢一陣感動，鄭重地問道：「嗯，此話你說得情真意切！好！那老夫就請問一下，你想讓老夫來護送的那一件鏢，究竟又是何物呢？」

朱瞻堂向著易霄漢抱拳拱手：「這件鏢，實在是天機不可洩露！龍天只能這樣對老前輩來說，龍天想要送到雲南護國君府上的這一份鏢，雖非為財寶，卻無比珍貴！雖不善言語，卻極有靈氣！它關係到了龍天適才所說的我們大明朝的那山川之完整，四海之安定，百姓之飽暖，萬物之和平！甚至也關係到了，龍王廟外老義士所救活的那悲苦村民們今後的命運哪！此鏢，若是能夠如龍天心中所願，安然無恙地到達那雲南護國君的府中，那麼，龍天以為我們的大明朝今後一定會上從天道，下順人心，不斷地興利除弊，不斷地繁榮昌盛！而此鏢，若是不能平平安安地到達雲南的話，那麼……那麼，就極有可能如同當年共工氏頭觸不周山一樣，而使天塌一柱、地陷一方，讓那些妖魔鬼怪們乘機出動，禍害四海，從而令生靈塗炭，使社稷遭殃啊！」

易霄漢聽了暗吃一驚，他默默地凝視了朱瞻堂很久之後，終於說道：「你既然已經把話說到了這個地步，那麼老夫便什麼都不再問了！女兒啊，妳聽好，龍天大俠的這一份鏢，咱們易家今日接了！」

易天慈連忙點頭答道：「好的！女兒聽從爹爹的吩咐！」

朱瞻堂聽了心中大喜，旋即卻又一陣擔憂：「謝謝老前輩！龍天謝謝老前輩！不過……不過老前輩您陽氣盡失，目前，正是需要好好地調養，休息的時候，恐怕，很需要有人來照料啊……。」

易霄漢一擺手：「沒關係，我體內的陽氣，雖然已經飛散了，但人卻無疾無病。這裡距離京城也不過只餘下了一二百里的路程，明後兩日，老夫到了京城之後，可以住到甘肅會館裡面，只要好好地歇上幾天，也就罷了！你的這一趟鏢，我們易家既然接了，小女易天慈，會持著伏羲大帝所賜的這柄寒鐵劍，前往護送的！不會有一絲一毫的閃失！你龍天就儘管放心好了！」

朱瞻堂稍加思忖，起身說道：「那好！龍天現在就趕回去，取出那份鏢來！三日之後，在太陽升起之際，龍天前來托鏢！屆時，龍天會再付給老前輩一份鏢資的！」

易霄漢淡淡地一笑，豪爽地說道：「啊啊，龍天啊龍天，你大概是小看我們易家的人了！老夫此番讓小女天慈，持著那伏羲大帝所賜的寒鐵劍，不遠萬里為你護鏢，所看中的，絕不是你的那一千兩黃金，而是你關於山川、四海、百姓、萬物的這一份忠誠啊！」

朱瞻堂沒有再做言語，他鄭重地後退了一步，懷著真誠的敬意，向易霄漢深深地鞠了一躬，然後帶著侍衛，走出了那座殘破的龍王廟。

朱瞻堂的身後，傳來易霄漢一聲豪邁：「天慈啊，妳到廟門的外面，請那些窮苦的村民們進來，分了這些黃金！」

玖

大明新律震驚朝野

【一】

皇宮欽安殿上，病入膏肓的洪熙皇帝毫無知覺地躺在龍榻上，朱瞻堂指揮著太醫院監丞包融慧等幾名太醫，正在為朱高熾診治病情，四個太監則在稍遠的地方侍候著。

朱瞻堂關切地詢問包融慧：「父皇的疾病到底怎麼樣了？有沒有什麼好轉的跡象？」

包融慧難過地搖搖頭說道：「皇帝中風至今已達五日，這便很難再有好轉了。醫史上，倒是曾經有過中風一日而復原的例子，但是如果兩日之內，還不能救治過來，那麼，康癒的希望，也就蕩然無存了！」

朱瞻堂忍不住淚灑龍榻：「那你們說，難道就讓父皇這樣永遠在床上躺著嗎？」

包融慧撲通一下，跪倒在朱瞻堂的腳下：「稟報聖上監國君，您說的這個『永遠』，恐怕也不會是太長的時間。請聖上監國君恩准老臣，說上一句大不敬的老實話吧，如今，皇帝的聖靈之氣，其實已經歸天了！龍體上的各種功能，也正在慢慢地廢除，目前，只是靠太監們每日三膳所灌進去的那點粥湯在勉強地支撐著！您說，在這種狀況下，皇帝究竟還能撐多長的時間呢？」

朱瞻堂聽了哀傷之極，再三追問：「那你們如今還有沒有什麼辦法？還打算對父皇再做哪些診療呢？」

包融慧伏在地上，對著朱瞻堂咚地磕了一個響頭，然後仰起一張滿是淚花的臉，無可奈何地說道：「稟報聖上監國君，其實現在已經無法繼續進行什麼有效的診療了！老臣們所能夠做的事情，也只剩下每日來為皇帝活血、通便、按摩、擦身，以便讓皇帝的龍體，盡可能地保持舒適，清潔，靜待上蒼召喚，恭恭敬敬地禮送皇帝歸天了！」

朱瞻堂與包融慧等人正在悲愴之際，欽安殿外傳來一聲唱喝：「甯王殿下進宮！」

隨即，內廷總管王無庸已經低頭彎腰地引領朱高煬走進了殿堂。

太醫及太監們急忙轉過身去，誠惶誠恐地向甯王行禮。

等待太醫和太監們對著朱高煬折騰了一番之後，都消停下來了了，朱瞻堂才不動聲色地執著晚輩禮，向朱高煬招呼致意：「啊！皇叔您來了！」

朱高煬打量了一下朱瞻堂，倚老賣老地說道：「嗯！好幾天沒有見到你了呀！怎麼樣？你父皇的病況還好嗎？這兩天，有什麼變化沒有？」

朱瞻堂搖頭歎息：「唉，父皇的病況，大概不會有什麼變化了！太醫們剛剛看完，說是康復好轉，治好沉屙的可能性，已經微乎其微！」

朱高煬皺著眉頭，對太醫們厲聲下令：「微乎其微？微乎其微也要想盡一切辦法來好好地治！」

包融慧率領在場的太醫們，連忙向朱高煬行禮稱是。

朱瞻堂望著朱高煬恭敬地說道：「皇叔很是關心父皇的病情呀！」

朱高煬平平淡淡：「那當然了！要是連皇帝的病情都不關心的話，那普天之下，還有什麼事情值得關心呢？」

朱瞻堂上前一步，坦率地說道：「父皇的病情，皇叔自然是應當關心的，因為皇叔是父皇的手足兄弟！但是，侄兒總是有一種感覺，感覺皇叔真正所縈繞於心懷的，好像並不全是父皇的健康，似乎還有那皇位的最終歸屬！」

朱高煬聽了微微一愣，面色亦稍有不悅：「侄兒放肆了吧？你這是說的什麼話？」

朱瞻堂平平靜靜地答道：「放肆實在是不敢！可侄兒說的，卻應該是實話！」

朱高煬冷冷地笑了一下：「哼！實話？這是哪門子的實話？」

朱瞻堂雙手撫在自己的心口，直視著朱高煬那兩道如劍的目光，以極大的誠懇說道：「哪門子的實話，就無須求證了吧？皇叔心裡是如何想的，即使侄兒不知道，難道皇叔自己也不知道嗎？」

朱高煬頓時有些光火，但是礙於太醫及太監們在場，只好儘量克制著：「怎麼？這剛剛才當了兩天聖上監國君，你就監管到了皇叔的頭上？」

朱瞻堂從容地一擺手，帶著一腔的親情，懇切地說道：「侄兒哪裡敢去監管皇叔呢？侄兒只不過是想在父皇的龍體旁邊，同皇叔私下說上幾句知心的話罷了！」

朱高煬又是一聲冷笑：「說上幾句知心的話！好啊？心裡有什麼話，你就說出來好了，皇叔聽著！」

【二】

朱瞻堂衝著太醫和太監們一揮手：「那好！包融慧，王無庸，你們幾個先到外面去侍候著吧！今天，朕要同皇叔在這裡敘敘家常！」

包融慧一聲不出，帶領著太醫們趕緊退了出去。

王無庸卻連忙抬頭觀看甯王的臉色。

朱高煬橫眉冷對，先看了一眼朱瞻堂，又看了一眼王無庸：「嗨！有什麼話，你痛痛快快地說就是了，他王無庸不過是一個太監而已，礙得了你什麼事？」

朱瞻堂堅持不懈：「不，不，皇叔，還是先讓王無庸他們出去算了！我們朱家的私房話，外姓的人聽了恐怕不雅，侄兒覺得，最好是只在皇叔一個人面前說出來為好！」

王無庸趕緊應了一聲，身子晃蕩了一下，腳卻不肯移動，仍然在看著甯王的臉色：「啊……是……。」

朱高煬故意與朱瞻堂較勁，他轉過身去，衝著王無庸大喝了一聲：「王無庸！你老老實實地站在那裡別動！」

然後，又對著朱瞻堂說道：「侄兒啊，肚子裡面有什麼話，你儘管放心大膽地跟皇叔說好了！你要是真的是說出來什麼不宜外流的話來，皇叔可以拔劍出來，切了他王無庸的舌頭。要是還不行的話，大不了也就是割下他的頭嘛！是不是？啊，你說吧，不管什麼話，侄兒你今天但說無妨！」

王無庸一聽，嚇得直打哆嗦，當對便尿了褲子。

朱瞻堂面對甯王的飛揚跋扈，既覺得十分反感，又覺得非常無奈：「那好吧，皇叔既然是這樣說，那麼侄兒就把幾句藏在心底的知心話，同皇叔您老人家說一說！您看，父皇已然是病入膏肓，雖然，他的龍體現在還躺在床上，可是，太醫們說了，聖靈之氣，已經歸天！這樣一來，我大明王朝四海之內，能夠指導侄兒的，也只剩下皇叔您一人了！在我大明，皇叔您是主持日常軍政要務的一國之柱；在我朱家，皇叔您是侄兒最親近的長輩。而且，從小的時候開始，侄兒就一向十分地敬重皇叔，一向十分聽從皇叔的教誨。所以說，皇叔若是真的想要做些什麼事情，其實，只要肯與侄兒說說明白，令侄兒對皇叔您老人家從心裡起而敬佩，那麼，侄兒也未必會加以攔阻的。只是，不論國事、家事，皇叔的行止，都應當堪作侄兒的表率！」

一旁戰戰兢兢立著的那王無庸，聽了朱瞻堂的這一番話，兩條腿總算是止住了哆嗦，滿面的冷汗，也悄悄褪去了許多。

朱高煬的臉上，略略顯出了一絲溫存，口氣卻依然傲慢十分：「國事、家事？皇叔有什麼事情，不堪作你的表率了？」

朱瞻堂真誠而坦率地說道：「論及國事，皇叔貴為甯王，常務一朝軍政，統帥五洲兵馬，一人肩上擔負著天下之人的安危，並且，皇叔乃是久歷爭戰的人，才華橫溢，文武兼備，既有權力，又有能力，完全能夠將我們的大明王朝，治理得太平安康，繁榮昌盛！可是，侄兒卻實在是弄不懂，明明有地方官吏，假用朝廷名義，私加稅賦，糜爛地方，禍亂百姓，皇叔您為什麼不肯加以制裁呢？明明有西域夷邦，多次出動兵馬，侵入到我朝疆界之內，強搶財產，殺戮邊民，霸佔國土，皇叔您為什麼不肯派軍剿滅呢？明明有南蠻異族，不斷秘遣巫人入境，施放妖術、殘害民眾，迷惑人心，皇叔您為什麼不肯出兵綏靖呢？論及家事，皇叔雖與父皇是手足兄弟，在大庭廣眾面前也不斷地標榜著與父皇之間的無限親情，可是，面對父皇的這一場大病，皇叔您所表現出來的那一系列行為，卻又顯得如此無情無義！對於父皇的旨意，皇叔則更是陽奉陰違，出爾反爾！您說，您的這些行止，究竟應該讓侄兒如何來看待，如何來當作表率呢？」

朱高煬終於惱羞成怒了，他伸出手去，指著朱瞻堂的鼻子大聲地訓斥道：「一派胡言！你懂得什麼國事、家事？簡直是目無尊長！」

王無庸則嚇得兩膝一軟，無聲無息地跪在了地上。

朱瞻堂也略有些激動：「國事，我也許真是不如皇叔懂得多！但是，侄兒卻知道，一國君主必須要做到的，是能夠廢私欲而取公義，愛百姓而略己身，守疆土而興社稷，順天道而利民心！可是皇叔您呢，對內，濫用朝廷公器，大肆賣官售爵，廣收地方賄賂；對外，荒滅國家尊嚴，縱容外族略侵，換取奇珍異寶！皇叔啊皇叔，既然您老人家的胸懷之中，絲毫不存一點公心，那索性乾脆永世為王而不問國事算了！侄兒覺得，以我大明今日那浩浩蕩蕩的國力，不是完全可以保障皇叔吃喝玩樂，享盡榮華富貴嗎？侄兒實在是弄不明白，您又何必非得以私欲而禍害國家不可呢？」

朱高煬一聽，頓時氣急敗壞，指著朱瞻堂破口大罵：「你……你這個孽侄，居然敢辱罵長輩！你知道不知道，這可是我們朱家家法所容忍不得的事情！難道，你就不怕皇叔今天援引祖宗的遺訓，殺了你這個忤逆不孝的後生？」

朱瞻堂異常傷感地說道：「皇叔要殺侄兒嗎？唉，皇叔恐怕不會隨隨便便地把侄兒殺了吧？這是在皇宮之中，是聖上護國君與甯王的爭論，這畢竟是國事而不是家事！今天，皇叔要是殺了侄兒，明天，皇叔又如何向六部九卿交待？如何向滿朝的文武大臣們交代呢？殺了侄兒，皇叔豈不真是擔了那竊璽篡國的罪名？侄兒倒還真不害怕皇叔把侄兒給殺了，但是侄兒聽了皇叔的這句話，簡直難過得整個心都破碎了！皇叔啊皇叔，莫非這個皇位面前，真的就容不下一絲親情了嗎？」

朱高煬盯住朱瞻堂，凝望再三之後，終於下了決心：「竊璽篡國？哼，侄兒啊侄兒，你跟皇叔繞了好幾個圈子，現在，總算是點出那個題目來了！侄兒既然已經點出了題目，那倒也好！今天，皇叔也用不再跟你客氣了，咱們叔侄兩人，索性就痛痛快快地把這個題目作完算了！你今天哪裡都不要去了，就待在這裡把一切該想的事情都想想清楚！關於竊璽篡國的這事情，明天早朝的時候，皇權會同你一起到奉天殿上去說的！等到咱們說完了這件事情之後，皇叔再同你細細地敘談親情！」

朱瞻堂長長地歎了一口氣，默默地閉上了眼睛，任憑哀傷的淚水，從痛楚的臉頰上淌過，卻不再言語。

朱高煦突然一聲喝令：「王無庸，你待在宮中，好好地侍候著本王的這位侄兒！」

【三】

夜晚的欽安殿，死氣沉沉。

在宮中數盞燭燈的映照之下，朱瞻堂獨自一人默默地守在洪熙皇帝身旁。

忽然，什麼地方傳來了一聲貓叫。

許久未動一下的洪熙皇帝朱高熾，竟然，隨著這聲貓叫，輕微地顫抖了一下。

朱瞻堂一陣驚喜，急忙撲上前去，聲聲呼喚。

然而，一切皆如以往，朱高熾毫無反應。

朱瞻堂握著床上父親的手臂，一陣難過：「父皇啊父皇，您就不能醒一醒嗎？哪怕只醒一下，醒來告訴兒臣怎麼做！父皇啊父皇，兒臣好為難！國事同家事糾纏一體，皇權與親情針鋒相對，如果兒臣依從了父皇的旨意，尊重國事以朝綱大業為先，而不徇私情，那是一定會傷了皇叔的！父皇啊父皇，您是知道的，在父皇之外，除了皇叔一人，如今兒臣已經再也沒有可以親近的長輩了，所以，傷害皇叔的事情，兒臣實在是不忍做，也不想去做啊！可是，如果兒臣違背了父皇的旨意，將國事與家事等同，凡事統統盡由著皇叔去做，那就又會離天叛道，禍殃山河了！父皇說過，祖上創業艱難，朱家子孫負有守成護國的天職，傷害大明社稷的事情，兒臣不肯做、也不敢去做啊！那麼，您說，在這冰火難容的兩端之間，兒臣到底是應該取哪一頭，而又該捨哪一邊呢……。」

宮外，那隻貓又叫了一聲。

龍榻上平躺著的大明洪熙皇帝朱高熾，卻沒有再動一下……。

深夜，甯王府內的一處秘室裡面，朱高煬站在那方大明傳國之寶面前，凝視了很久之後，突然一步躍入院中，以劍指天，發出了一聲長嘯：「蒼天啊蒼天，你難道還不肯睜開眼睛嗎？你來看看本王的文治武功，有哪一點，是在朱家其他子孫之下？你總不能讓本王一輩子懷才不遇，而無所作為吧？」

隨即，他又以不可遏制的情緒而拔劍起舞，演示了一場精湛無比的劍術

夜至三更時分，欽安殿上，朱瞻堂孤獨地守護在洪熙皇帝的身旁：「父皇啊父皇，我們朱家既然是以自己一姓而擔了天下之任，那麼，兒臣以為，朱家就必須以事事以天下為先，事事以天下為念，事事以天下為重啊！您說對嗎？啊，父皇！兒臣的心中已經有了決斷，我們雖然皇族至高無上，可是，卻也不能夠背離天道，以私廢公！父皇啊，兒臣的這個想法，您是否肯於允諾呢？父皇啊，請您指示給兒臣好嗎？父皇！」

說完，朱瞻堂撲通一下，跪倒在地上，朝著洪熙皇帝磕了一個響頭。

當朱瞻堂以頭觸地的那一瞬間，洪熙皇帝的雙眼緩緩一動，兩顆斗大的淚水，順著臉頰滾滾而落……。

【四】

次日清晨，大明皇宮奉天殿上，聖上監國君朱瞻堂與甯王朱高煬一起，接受著文武百官的朝拜，朱瞻堂帶著一種無私無畏的瀟灑氣度，而朱高煬那一副胸有成竹的表情後面，卻隱藏著少許尷尬和憂慮。

在百官朝拜的禮儀結束之後，朱瞻堂面對一朝文武平平靜靜地侃侃而談：「幾日之前，父皇感覺龍體不適，說是需要靜靜地調養上一段時間，所以便在這大殿之上，親手將傳國之寶，託付給了朕。這也算是我朝的一件大事，吏、戶、禮各部都做了記載，各位也是親眼目睹了的。但是，朕的皇叔甯王後來又對朕說，朕的父皇，在把傳國之寶移交給朕的那天，並沒有明確的旨意，說是讓朕登基為帝。因此，朕雖說是受領了傳國之寶，卻好像還不能算是明正言順的皇帝，而只能說是一位『代君』！為此，朕的皇叔，還特意給朕起了一個稱號——為『聖上監國君』，啊，有點意思吧！可是，朕的這個『聖上』，雖然至高無上，卻又不是唯一。因為，皇叔又說了，我們的大明朝，於朕之外，不是還有一君一王嗎？現在，朕是一君，這另一君，乃是遠在雲南鎮邊的大明護國君朱瞻基殿下。這王嘛，就是朕與護國君兄弟二人的長輩親叔叔，大明甯王朱高煬殿下。皇叔說了，既然是同為朱姓君王，那就要共擔國事！朕好好地想了一下，覺得皇叔的話，實在也是不無道理，可為難之處在於，一天之上，總不能同出三日啊！這怎麼辦呢？於是，朕便又想了一下，覺得，那大明玉璽，既然為我朝的傳國之寶，必然會附有龍氣，所以，不妨請它出來當家作主！朕想說的是，從今天開始，朕、或甯王、或護國君，三人之一，凡行文出語而加印了傳國之寶的，即為我大明王朝的聖旨，普天之下，率土之濱，必須惟命是從，令行禁止！」

肅立於大殿兩邊的文武百官，一邊聽著朱瞻堂的這番驚世之論，一邊面面相覷，不知所以。

甯王朱高煬一聽，朱瞻堂竟然一改昨晚的倔強，當著滿朝的臣子，出了這樣一片言語，簡直是大喜過望，於是，他不顧王者尊嚴，拍著雙手，得意忘形地連聲叫好：「好！好！好！侄兒這句話說得好……啊，不，不，聖上監國君這句話說得好！聖上監國君說得好！說得太好了！」

楊士奇卻被朱瞻堂的這一席話驚呆了，他急忙出班上奏，想提醒朱瞻堂慎思慎言：「啊，聖上監國君的這話，恐怕只是說出來逗臣子們玩的吧？」

一位耆耄老臣也傻笑著出班，連聲附和楊士奇：「啊，是啊！聖上的這番話，差一點把老臣說樂了！傳國之寶，玉璽傳國，那傳國之寶乃皇權之征，自古以來，誰得了傳國之寶，那誰就理所當然是當今的皇帝呀！哪裡聽說過，當著滿朝文武受領了傳國之寶，而又不肯直截了當地做皇帝的事啊……啊……啊……。」

朱高煬急了，趕緊厲聲地制止那位老臣：「嗯？傳國是傳國，玉璽是玉璽，這本來就不是一回事，你老老實實地待在一邊，先好好地聽聖上監國君把話說完了！」

朱瞻堂微微一笑，旋即，卻一改和悅，嚴厲地說道：「哼，多餘的話，朕覺得如今也不必再多說什麼了！現在，當著六部九卿，文武百官的面，咱們就把這件大事定下來？吏、戶、禮各部卿何在？」

三位大臣急忙出班，對著朱瞻堂行禮：「臣等在！」

朱瞻堂一聲響亮：「聽朕旨意，當廷記錄！」

三位部卿連忙答道：「臣等謹記！」

朱瞻堂莊嚴宣告：「記！大明新律——聖上監國君朱瞻堂殿下、甯王朱高煬殿下、護國君朱瞻基殿下三君之中任何一位，凡行文出語而加印傳國之寶者即為大明聖旨，全國臣民必須唯命是從，令行禁止！抗旨者即為反叛，各衛兵馬立行誅殺！」

朱高煬一聽朱瞻堂如斯之語，喜不自勝，禁不住雀躍朝廷，高聲呼喚：「好！好！好！你們都聽明白了沒有？你們都記清楚了沒有？這件事情，就按聖上監國君的旨意辦！這可是我大明朝的新律啊！啊？」

楊士奇慌忙地背著甯王繞到朱瞻堂的面前，以手勢比劃著傳國之寶的形狀，壓低聲音，再三提醒：「聖君啊，您的意思……這可是一件要緊之極的事情……啊，老臣的意思是……您應該……聖君啊聖君，您的這道旨意一出，那麼，今後誰拿著傳國之寶，誰可就是皇上了呀！」

朱瞻堂銜著楊士奇微笑了一下：「啊，是啊！這句話如果不繞著來說，的確就是這個意思！可是，現在有話不就是得繞著來說嗎？」

楊士奇再次提醒：「聖君啊聖君，老臣提醒您，有話，您可千萬得繞清楚了之後再說！這……這……這可實在不是一件開得了玩笑的事情啊！」

朱瞻堂燦爛地一笑：「那當然了，自古以來宮中無戲言！朕，怎麼敢拿著這樣一件朝廷大事，來同皇權及各位大臣們開玩笑呢？來！來！來！閒話少說，既然，楊少傅公是管理著四海文官的當朝宰相，而皇叔則是統帥一國軍馬的大明甯王，那麼，咱們今天就麻煩一下兩位，當著吏、戶、禮等部卿，再聯合兵、刑、工各位尚書的鑒證，來書寫公文，昭曉天下吧！」

朱高煬忙不迭地擊節喝彩：「好！好！好！聖上監國君這件事情辦得明白！辦得利索！辦得痛快！來！來！來！咱們這就來行文傳旨，馬上以八百里加急的廷寄文書，昭示四海，公告我大明的全國上下！」

【五】

楊士奇府中，楊士奇退朝後，對朱瞻堂當著文武大臣們宣佈的那條新律，百思不得其解，心煩意亂地在院中轉悠著。

突然之間，朱瞻堂以一個乳燕歸巢，無聲無息地越牆而入，輕盈地落在楊士奇的面前。

楊士奇急忙上前詢問：「唉呀，龍天大俠，您總算是來了！您趕快跟老臣說說，今天早朝上，您繞的到底是怎麼一回事？老臣可實在是繞不明白呀！」

朱瞻堂望著楊士奇那一臉的焦慮，忍不住微微一笑：「唉，楊少傅公啊，這你還有什麼繞不明白的呀？楊少傅公不妨想一想，如果沒有皇叔的這道手令傳達下去，就算是坐在那塊美麗的石頭印章上面，又有誰，能夠調動得了中、左、右、前、後五軍都督府以及全國七十二個衛所兩百餘萬大軍之中的一兵一卒呢？」

楊士奇一拍額頭，頓開茅塞：「噢，所以您才要甯王當朝下令！」

朱瞻堂連連點頭：「是啊，龍天昨日在父皇身旁想了一夜，總算想明白了一個道理——龍天既然已經受了父皇的託付，那麼，龍天只好是先顧國事，而後方可再顧家事，先顧社稷而後方可再顧親情！而且，皇叔又逼得太緊，太急，太甚，太烈，實在也不容龍天再作猶豫了！」

楊士奇稍加思忖，又低聲忠告朱瞻堂說：「龍天大俠的這個決定，實在是大明之幸事！可是，那一方美石，如今可並非擺在皇宮裡頭，而是秘密地掌握在甯王手中，現在，又加上了今日早朝時，向全國發佈的那兩道明令，這對於甯王來說，無疑是理順了皇權歸屬的名義，實在如虎添翼，但對於您這位聖上監國君來說，卻昭顯出了禪讓帝位的意圖，以後，您若是再想同甯王來抗爭，那可就真得是難上加難了呀！」

朱瞻堂顯現出一臉剛毅的表情，攜帶著深深的感慨地說道：「沒有什麼以後了！不瞞楊少傅公，今日子夜，龍天自然有辦法，來讓那一方美石與皇叔分手！」

楊士奇恍然大悟：「噢，原來如此，好！這樣就好！這樣就好！」

朱瞻堂略一思考，鄭重地對楊士奇說道：「可是，龍天卻還有一件事情，心裡沒底，所以，專程來到楊少傅公的府上，以便當面請教明白！」

楊士奇趕緊說道：「有什麼事情聖君的心裡沒有底，不妨說給老臣聽聽！」

朱瞻堂神情凝重，出語莊嚴：「在取回了那傳國之寶之後，龍天就果真能夠君臨天下，令行禁止了嗎？」

楊士奇認真地思索了一會之後，誠懇地答道：「文官方面，老臣完全有辦法做到舉國上下唯命是從，不生出一是一非！但是，武將方面，老臣卻是力不從心，鞭長莫及了，所以軍隊上的事情，還得靠聖君您自己，來好生地把握和運籌啊！」

朱瞻堂聽了，點了點頭：「好！既然是這樣，那麼龍天就在楊少傅公的府內，先睡上他半個好覺，然後於午夜時分出發，跑上一趟皇叔的王府，去收回父皇的所賜之物！」

拾

俠女依劍立誓言

【一】

夜晚，甯王府中，在早朝時占足了上風的朱高煬，得意洋洋地設了家宴，敬天謝地，暴飲狂歌。

門客何其澤見到主子喜慶，自己也如同得道的雞犬似的，歡快無比，圍著桌子，繞前繞後地，一再巴結地向朱高煬敬酒：「來！來！這杯酒，愚生先獻給咱們的甯王殿下，甯王殿下您實在是一條有上天眷顧輔庇的潛龍啊！」

朱高煬喜酒衝頂，早已頭昏腦漲：「你說什麼……上天輔庇……潛龍……真的嗎？」

何其澤連忙吹捧：「真的！真的！昨天夜晚觀測天象時，愚生親眼看到了一條五彩神龍，破雲而出，游向北斗，托起了紫微星！」

朱高煬一聽，樂得酒醒了一半：「什麼？你剛才說什麼？神龍托出紫微星？你可不要瞎編一個故事來哄本王高興啊！本王問你，你可是當真看到了神龍托出紫微星的事情嗎？」

何其澤舌頭一捲，吉慶之語如瀑布一般：「唉呀呀，這種事情豈能向壁虛造，無中生有？愚生看得一清二楚，神龍口吐蓮花，托著那顆紫微星，從北方冉冉而生，噴薄而起，那可真的是氣象萬千、明亮耀人、璀璨無比，極顯一星壓百豆的莊嚴氣勢呀！所以，愚生才敢於對甯王說，上天有眼，的確是在冥冥之中暗示著人間將有新皇出現啊！」

朱高煬聽了，酒又上頭了：「如此說來，我的那位侄兒，倒是也還真的有一些悟性，懂得順應天意的道理！嗯，侄兒不錯！啊，侄兒不錯……他能夠懂得順應天意就好啊……。」

何其澤趕緊加油添醋，急忙又是一陣瞎掰：「是啊，是啊，今日早晨的這一堂朝會，不是已經把事情擺明了，認定我們的大明朝實在是需要請您出來指點江山嗎？這可是預示著甯王殿，即將登基為帝的一大吉兆啊！」

【二】

晚空之中，流雲閉月。

龍天無聲無息地躍入了甯王府院內，先是隱藏在花壇樹叢之中，凝望了一下映在窗影中酩酊大醉的朱高煬，忍不住一聲歎息。

隨即，龍天來到秘室門外，見到那兩名守衛，伸長鼻子，嗅著甯王夜宴的酒香，顯得十分嚮往。

龍天出其不意，一個精彩漂亮的醉跌，以泰山壓頂之勢，將兩名守衛同時砸死，從從容容地走了進去，用一塊黃綢，將供臺上的傳國之寶包裹妥當，然後，瀟瀟灑灑地躍出了院牆。

半晌之後，有幾個巡兵，打著燈籠走了過來，一不留神，發現了那兩名守衛的屍體，嚇得巡兵們連聲呼叫。

「唉呀，不好了！有刺客呀！」

「快來人哪！有強盜進府殺人了！有刺客了呀！趕快來人呀！」

朱高煬聞訊一驚，一身的酒氣，全都驚散了，他三步併作兩步，急急忙忙跑進秘室，一眼望去，條案上面供奉的那方傳國之寶，已然無影無蹤了！

朱高煬勃然大怒，氣得臉色由紅變白：「好一個大膽的孽侄，真得是狡詐透頂！竟然跟本王玩了這麼一手！」

何其澤一看，主子遇到了壞事，連忙裝傻：「唉喲，甯王殿下呀，這是出了什麼事情啊？」

朱高煬氣急敗壞地吼道：「出了什麼事？你他媽的沒看見嗎？傳國之寶不見了！」

何其澤故作驚訝：「啊，傳國之寶不見了？什麼人物竟然有如此大的膽量，敢跑到甯王府中來行賊做竊？」

朱高煬咬牙切齒：「還他媽的能有什麼別的人物？當然只有本王的那個孽侄了！」

何其澤趕緊借坡下驢：「您是說剛才聖上監國君來過了？」

朱高煬惡狠狠地哼了一聲：「哼！當然是他了，來無蹤，去無影，於瞬息之間，竟然一聲不響地連殺了這兩個武藝高強的守衛，除了本王的那個孽侄，別人，哼！哪裡能有這等功夫！」

何其澤急忙點破迷津：「如此說來，那今天早晨在朝會上面，所發生的那些事情，大概，也是聖上監國君使出來的一項計謀了吧？」

朱高煬氣得火冒三丈：「是呀，到底皇家子弟，果敢機智過人！本王竟然上了這個孽侄的當了！今天在早朝之上，他哄著本王，樂樂呵呵地給全國中、左、右、前、後五軍都督府以及七十二個衛所的將領們，下達了命令，說是他、本王、再加上雲南的那個護國君，我們這三個朱姓君王之中的任何一位，凡持有傳國之寶者，行文出語即為聖旨，可以調動指揮全國兵馬！這一下子倒好，那邊，朝中的廷寄，剛剛才發佈出去，這邊，這個孽侄便跑到本王這裡偷走了傳國之寶！你說，他這不是預先埋好了一個套兒，然後再哄騙本王，來給他這個孽侄來做嫁衣裳嗎？狡猾！真的是太狡猾了！」

何其澤傻傻地想了一下，連忙出主意：「既然，那命令是由甯王殿下發出去的，那麼，甯王就再下達一道新命令，把早上的那個命令收回來，不就完事了嗎？」

朱高煬狠狠地瞪了何其澤一眼：「你懂得個狗屁！軍國大事，豈有朝令夕改的道理？朝廷的命令，若是如此這樣改來改去的，那軍中的將領們，恐怕便有了起兵造反的口實！而且，這道命令是在今日的朝會上，由吏、戶、禮、兵、刑、工等六部鑒證過的，本王一個人，也沒有辦法隨意地加以更改或者撤銷啊！」

何其澤急忙向前一步，瞪大眼睛胡謅八扯：「那甯王打算怎麼樣？愚生提醒甯王殿下，那天上的神龍和紫微星，可也不是肯隨隨便便地顯現出來呀？」

朱高煬一愣，再三再四地想了半天，終於開口說道：「嗯，神龍……紫微星，神龍……紫微星……罷了！這件事情，倒是也沒有什麼可怕的！現在天色已經這麼晚了，這個孽侄從本王這裡盜走傳國之寶之後，還能夠去哪兒呢？北京城中，他似乎也沒有什麼可以容身的地方，所以，除了回宮之外，本王諒他是再無去處！」

何其澤一聽，有了路子，趕快提醒：「甯王說得倒是很對！不過，等到聖上監國君帶著傳國之寶，回到了皇宮之後，甯王若是想把那塊傳國之寶再索要回來，恐怕，還得另費上一番周折啊？」

朱高煬連連點頭：「哼，這句話說得明白！本王豈能夠讓那傳國之寶回到宮中？來人哪！」

幾名心腹一齊大聲應答：「末將在！」

朱高煬惡狠狠地一揮手：「快馬傳信，命令守衛皇宮的兵將們，立即包圍整個紫禁城，兩步一崗，執手相連，千萬給本王嚴加防備著，一旦發現有人深夜闖宮，第一不必上前詢問，第二不必進行拘捕，依照本王的命令，只管瞄準了那闖宮之人而萬箭齊發，將其射死便是！在他的身上，無論發現了什麼東西，任何將士一律不准打開，更不准私自觀看，立即派遣專人，將東西護送到本王府中！告訴他們，無論是誰，只要敢於違抗此令，滅九族！」

【三】

清早，晨陽初起，朝霞未散，郊外山谷之中，大地受春風所沐，顯現出一片芳菲。忠信鏢局的旗幟，在晨風之中獵獵飄揚。

易天慈手下的幾名鏢師，各持兵器，威風凜凜地站在鏢局的旗幟下面。幾匹駿馬也聚集在鏢旗下，偶爾發出幾聲雄壯的嘶鳴。

易天慈颯爽英姿，舞動起那把寒鐵劍，在青草鮮花之間，穿梭跳躍，將一套劍法演練得出神入化。

鏢師首領陸運風看得興起，忍不住讚歎起來：「天慈姑娘，今日妳舞起這把古劍來，可真的是漂亮極了！」

鏢師林中嘯也連聲誇耀：「是啊，天慈姑娘，妳的這一套劍術，真的是太好看了！不過，今天的這一套劍法，怎麼和咱們老鏢主往日所演練的動作不大相同啊？」

易天慈聽到鏢師們的稱讚，心中甜美無比，得意之餘，卻又佯裝怒容，與鏢師玩笑起來：「好啊，如今，父親已經把咱們鏢局的事務交給了我來執掌，你們兩個卻還叫我天慈姑娘，是不是在心裡頭對本姑娘不肯服氣呀？」

陸運風一向木訥，連忙對易天慈真摯地說道：「唉，天慈姑娘俠肝義膽、武藝高強，我們哪裡會不服氣呢！」

林中嘯卻從來頑皮得很，聽了易天慈的笑語，馬上裝出一副五體投地的樣子，戲言道：「唉啊！我們怎麼忘了呀！這可是咱們的新任鏢主啊！好！好！好！那麼，從今往後，我們就管妳叫天慈鏢主好了！」

易天慈被惹得哈哈大笑：「唉，唉，唉，算了！算了！天慈鏢主，聽著好彆扭兒啊，算了！算了！大夥還是叫我天慈姑娘吧！」

陸運風不理他們的玩笑，卻堅持不懈地追問易天慈的這一套新劍術。

易天慈得意洋洋地告訴他說：「我告訴你吧，本姑娘今天所舞的這一套劍法，名叫『彩鳳朝天』是古劍譜中的一種獨特的女兒劍術。女兒劍術嘛，父親當然不會去練它了！但是，前天晚上交代完了鏢局的事情之後，父親給本姑娘講解了這套劍法，本姑娘好好地悟了兩天，今天，還真的是把它給悟出來了！怎麼樣？不錯吧！」

林中嘯油腔滑調地說：「豈止是不錯，簡直是如同舞蹈，美不勝收！我說天慈姑娘啊，咱們一路上扮個戲班子算了，不僅能另掙上一份錢，說不定還能紅出來一位刀馬旦！」

陸運風一拳把林中嘯打得不敢再貧嘴，懇切地對易天慈說道：「天慈姑娘，再給我舞上一回兒，讓我看仔細了！」

易天慈美美地一笑，揮動寒鐵劍再度起舞，正舞到精彩處時，身後突然傳出一陣掌聲。

易天慈一個鏇子拔地而起，於半空之中轉過身來，穩穩當當一個白鷺銜魚，將劍鋒精準地指向掌聲響起的地方。

一片矮矮的灌木叢中，朱瞻堂雙手抱拳向易天慈施了一禮：「好一個彩鳳朝天！天慈姑娘巾幗豪情起，揚眉劍驚天，今天可真的是讓龍天大飽了眼福呀！」

易天慈得意地一笑：「哈哈，原來是你龍天！我說怎麼時間已到了，卻再三等你不來！沒想到，你竟然悄悄地躲藏在這裡偷看本姑娘練劍！」

朱瞻堂開心地說道：「這也算是天賜良機了！龍天其實早於三更之際，便已經來到了這裡，知道時辰尚早，便臥在樹叢之中小睡了一會兒，剛才，因為被天慈姑娘那如仙似道的劍氣所驚醒，這才有緣欣賞到了這場奇玄豔麗的彩鳳朝天啊！」

易天慈臉頰上飛出一片紅暈，喜悅難禁地說道：「哈哈，你這個龍天，雖然身上的武藝平淡，那嘴上的功夫倒還出色，說出話來總是甜膩膩兒的！」

朱瞻堂連連搖頭：「不過實事求是而已！實事求是而已啊！」

【四】

易天慈環顧左右張望了一番，奇怪地問道：「唉，怎麼只有你一個人來呀？你讓本姑娘押運的那件鏢，帶來了嗎？」

朱瞻堂急忙鄭重地說道：「請天慈姑娘護鏢的，原本只有龍天一個人哪！不過，天慈姑娘啊，龍天的這件鏢，只能說是護送，而不能說是押運呀！」

易天慈撇了朱瞻堂一眼：「你可真是會耍嘴皮子啊，這押運、護送的，還不都是一個意思嗎？總之，你讓本姑娘把東西送到哪裡，本姑娘就替你把那東西送到哪裡，不就完了嗎？唉，我說那件鏢，你到底帶來了沒有啊？」

朱瞻堂藉著晨陽的照耀，從灌木叢中捧出一個用紅色綢緞嚴密的包裹，以雙手恭恭敬敬地端向易天慈，鄭重地說道：「龍天所托之物在此！」

易天慈凝神注視了一陣之後，心覺有些奇怪，便隨手揮起寒鐵劍，想將那塊綢緞挑開，以便看個究竟：「怎麼，難道說，你以一千兩黃金，讓我們所押送的，就僅僅是這麼一件東西嗎？來，讓本姑娘看看，這到底是個什麼寶貝？」

朱瞻堂則急忙將身一閃，異常謹慎地躲避了過去：「天慈姑娘不可莽撞！龍天的這一趟鏢，確實是非同尋常，而且甚為機密！因此，除了那受鏢者本人以外，四海之內，普天之下，其他的任何一個人，可都絕對不可以輕易地窺看啊！」

易天慈上前一步，打算伸手取過：「啊，有這麼嚴重？難怪你為了此鏢，而不惜屢屢地探訪各大鏢局！好，你的這趟鏢，本姑娘接了！」

朱瞻堂再次閃身躲過：「天慈姑娘且慢！龍天請問天慈姑娘，妳還記得三日之前，龍天在令尊大人面前，所說的那一番話嗎？」

易天慈點頭答道：「記得呀，那天，你不是說你的這一趟鏢，是重於泰山的嗎？怎麼只有這麼小呢」？

朱瞻堂帶著一份神聖的態度，莊重地說道：「天慈姑娘啊，龍天這一份鏢雖然細小，可是，它卻維繫著天下平穩，關乎到四海安危啊！所以，龍天請天慈姑娘，一定要加以敬重，千萬千萬不可以對它有一絲輕蔑，有一絲小覷呀！」

易天慈突然有些不知所措：「那，你究竟要我怎麼樣？」

朱瞻堂鄭重之極：「龍天希望，能夠得到天慈姑娘的一句誓言！」

易天慈一愣：「噢？你是說，本姑娘在接鏢之前，先要對你立下一句誓言？」

朱瞻堂急忙搖頭：「啊，不！天慈姑娘倒也不必對我而誓！天慈姑娘手中所持的這把寒鐵劍，不是由上天所賜與的嗎？那麼，這把寒鐵劍上一定附著了上天的意願！龍天想聽到的是，天慈姑娘在自己手中的這把寒鐵劍面前，所立下的一句誓言！」

易天慈仔仔細細地打量了朱瞻堂半晌兒：「我說，你到底是什麼人物？怎麼說出話來，老像個皇帝似的，一會兒四海怎樣，一會兒上天如何的呀？」

朱瞻堂卻一臉莊嚴：「龍天不過只是江湖之中一名小俠而已！可是，龍天委託天慈姑娘送往雲南護國君府上的這一份鏢，卻不是一件等閒之物！因為事關重大，牽動萬方，龍天真的是不敢掉以輕心啊！所以，還是請天慈姑娘先行誓言吧！」

易天慈稍加思索：「你龍天既然如此鄭重，那麼好吧！本姑娘今天什麼事情都不問了，就在祖上所傳的這把寒鐵劍面前，為你立下一句誓言好了！」

說罷，易天慈將手中的寒鐵劍拋向天空，寒鐵劍在空中飛舞了幾圈之後，筆直地落下插在易天慈的面前。

易天慈面對寒鐵劍雙膝跪下：「伏羲大帝的神靈在上，易家祖先的忠魂在上，易天慈在此立下誓言——奉父親之命，易天慈今日接護龍天所托之鏢，易天慈必然會謹遵鏢局操守，珍重武林信譽，而將此鏢完好無損地送達於受鏢之人！現在，易天慈就憑著這把祖傳寒鐵劍的那天賜神威，來向伏羲大帝，來向歷代祖先們做出保證，此番護鏢，易天慈一定會做到人在則鏢在，鏢失則人亡，絕不辱沒伏羲大帝所賜這把寒鐵劍的神威！絕不辱沒我們易家的萬世英名！」

易天慈的誓言剛畢，朱瞻堂便非常虔誠地跪在地上，向著那把冷光如冰的寒鐵劍磕了一個響頭：「華夏先祖伏羲大帝的神靈在上，龍天乞求大帝的神靈，我大明朝萬代承傳，永世繁榮！龍天乞求大帝的神靈，保佑此鏢平安穩妥，盡速送達！朱瞻堂乞求大帝的神靈，保佑天慈姑娘此行順利，不遇險阻！龍天乞求大帝的神靈，保佑我們華夏民族的這一片大好河山，日昌月盛，永享太平，千萬不要再次受到那兵火暴亂的塗炭啊！」

易天慈凝神看著朱瞻堂那一副莊嚴的神情，雙手將傳國之寶放入鏢箱，雖然，她對朱瞻堂的身份甚有猜測，卻沒有再度去加以詢問。

朱瞻堂以江湖規矩，恭恭敬敬地向易天慈抱拳施禮。

易天慈鄭重地回施了一禮之後，親手封鎖了鏢箱，辭別了朱瞻堂，然後，便率領著自己的眾鏢師們，跨上馬背，慢慢地登程上路了。

望著漸行漸遠的易天慈，朱瞻堂的心中，突然奔騰出一種難以忍耐的愛慕之情，他禁不住衝動地以輕功追上了易天慈，呼喚了一聲：「天慈姑娘！」

易天慈坐在馬背上回過頭來：「你還有什麼事情嗎？」

朱瞻堂望著馬背上英姿颯爽的易天慈，忍不住脫口而出：「龍天還有一句心裡話，格外想對天慈姑娘來說！」

易天慈的美麗的雙眼飛快地眨了一下，盡可能不動聲色地說道：「噢，心裡話？那麼，你就說吧！」

朱瞻堂誠懇地盯著易天慈的雙眼，動情地說道：「這一路上，要是真的遇到了什麼兇險之事，天慈姑娘……妳可一定要首先珍重自己的性命啊！」

易天慈儘量掩飾著起伏的心潮，平靜地詢問：「你不像一個普通的俠士！告訴我，你龍天到底是個什麼人？」

朱瞻堂默默地搖了搖頭：「現在還不知道……也許……龍天只是一個愛慕天慈姑娘的人！」

拾壹

聖上平常心

【一】

正午時分，光天化日，紫禁城中，皇宮之內。

甯王朱高煬掛著一臉市井無賴般的霸氣，一言不發地，將手緊緊握在腰間的寶劍上，好像一尊兇神惡煞，嚇得人們不敢接近。

內廷總管王無庸完全一副小人得志的模樣，吆五喝六地，指揮著內廷太監們，撲天蓋地，翻箱倒櫃地在到處搜查。

朱瞻堂昂首闊步走入午門。

王無庸帶著太監們仍舊忙於搜索，居然沒有向朱瞻堂行禮。

朱瞻堂見了這種離奇的情景甚覺驚異，便開口問道：「唉，王無庸，你們這是在幹什麼呢？」

王無庸桀驁不馴地輕輕彎腰致意：「啊，聖上監國君您回來了！奴才們……奴才們……奴才們這是奉了甯王的旨意，在為聖上監國君來打掃皇宮啊！」

朱瞻堂望了一望滿宮的太監，又望了一望眼前那一片紛亂不堪的場面，想了半天，終於恍然大悟，不禁輕蔑地譏笑了一聲：「哼，打掃環境？說得可真堂皇啊？」

王無庸又一次淺淺地向朱瞻堂彎腰致意：「回稟聖上監國君，奴才們的確是在為您打掃環境啊！」

朱瞻堂怒氣衝天，一腳將王無庸踹出了十幾尺遠，然後深惡痛絕地罵道：「打掃皇宮？哼，你們這一群狗奴才，真的是有心來為朕打掃皇宮嗎？你們恐怕不是在打掃皇宮，而是想在朕的這座皇宮裡頭，找出點什麼東西來吧？」

王無庸連滾帶爬地掙扎起來，頓時收斂起了剛才的無禮，如同一隻斷了脊樑骨的賴皮狗一樣，點頭哈腰地說道：「唉喲……回聖上監國君的話，奴才們……奴才們就是……打掃……打掃皇宮啊！奴才們不找什麼東西！啊，對了，甯王殿下說……甯王殿下說……讓奴才們，找找塵土啊……什麼的……唉喲……。」

朱瞻堂譏諷地發出一聲冷笑：「哼，好！好啊！好啊！那你們就認認真真地，在這座皇宮裡面來尋找塵土，打掃環境吧！願意打掃到什麼時候，就打掃到什麼時候，可千萬不要偷懶呀！」

說罷，朱瞻堂不再理睬正在大肆搜查的太監們，氣宇軒昂地穿過了皇宮的那一扇扇大門，不料，卻與一動不動站立在白玉欄杆後面，焦急地等待著王無庸搜查結果的朱高煬打了一個照面。

朱高煬一見到朱瞻堂，馬上不顧一切地向著朱瞻堂撲了過來，兇相畢露地追問起來：「好你個大膽的孽侄，說！你，你，你說！你昨天晚上去哪裡了？」

朱瞻堂平淡地一笑，不乏譏諷地說道：「啊，是皇叔啊！怎麼，如今連打掃這樣的小事，也需要皇叔您親自出馬了嗎？侄兒可真的是有勞皇叔了呀！」

朱高煬氣極敗壞地喝問：「你少說廢話，趕快告訴我，昨天晚上，你到底去了哪裡？幹什麼去了？嗯？」

朱瞻堂一聲冷笑，一邊拂袖離去，一邊硬邦邦地扔下一句話：「皇叔啊皇叔，您不看黃曆嗎？今日驚蟄，侄兒到西山捉蟲子去了！」

朱高煬惱怒萬狀，而又無可奈何：「你……。」

【二】

坤寧宮中，一片狼籍。

酥娉滿面憂慮，淚痕未乾，不言不語地與幾名宮女一同收拾著那太監們翻騰過後的混亂房間。

朱瞻堂大步流星地走了進來。

酥娉驚喜萬狀地迎上前去，率領著眾宮女們，匆匆忙忙地向朱瞻堂行跪拜之禮：「唉呀，聖君您可回來了！剛才，可真的是把臣妾給嚇壞了！臣妾正在擔心聖君到底出了什麼事呢？這下可是好了！聖君您可算是回來了！聖君回來了，那就一切都好啊！」

朱瞻堂一步上前，親切地扶起酥娉：「愛妃！愛妃快快起來！別擔心，愛妃千萬別擔心，妳說，朕能出什麼事呀？」

酥娉的眼淚奪眶而出：「聖君既然沒有什麼事情發生，那可真的是太好不過了！剛才，皇叔進來的時候，臣妾還壯起了膽子，向皇叔問起過您聖君來了呢！可是，皇叔他卻只管虎著個兒臉，連一句話都不肯對臣妾來說！所以，臣妾便以為，聖君真的是有什麼不好的事情發生了呢！唉，實在是把臣妾都快要急死了啊！」

朱瞻堂聞言一愣，這才注意到了原來坤寧宮裡也是一片紛亂，他頓時怒火沖天，憤恨地問道：「怎麼？難道說，連妳酥妃的這座坤寧後宮，皇叔他居然也進來搜查了嗎？」

酥娉連連搖頭歎息：「這……這……唉，誰知道皇叔他老人家，到底是什麼意思啊？」

朱瞻堂怒不可遏，氣不忿地說道：「唉，竟然連尊卑長幼的身份也不肯顧及，皇叔做得真是太過分了！」

宮女蓮兒負氣不止，撲通一下跪倒在朱瞻堂的腳下，淚珠連連，聲聲淒涼：「奴婢斗膽回稟聖上監國君，還是在天色剛剛亮起的時候，奴婢們正在侍候娘娘梳洗，突然之間，甯王殿下就帶著王無庸和一大群太監闖了進來，翻箱倒櫃地折騰起來了，也不知道他們是要找人，還是要東西！娘娘問他們話，他們也不搭理，那一幅場面，可真的是厲害極了呀，把婢女們都快要嚇死過去了！」

宮女春蘭也哭著跪倒在了朱瞻堂的腳下，哭泣著控訴：「就是，尤其是那個內廷總管王無庸，最不像話了，他竟然連我們娘娘睡的那……那張床鋪底下，也鑽了進去，好傢伙，爬過來、爬過去的，這一通兒亂翻亂找，差一點就要把那張床給拆散了！聖上監國君啊，您說，他們這到底是要幹什麼呀？」

朱瞻堂忍不住脫口說道：「哼，幹什麼？他們還不是為了要奪璽而篡位嗎！」

酥娉聽了不禁一愣，急忙問道：「奪璽篡位？怎麼？皇叔此番前來，難道還是為了那塊傳國之寶？」

朱瞻堂一聲冷笑：「當然了，若不是為了父皇所賜的那一方傳國之寶，他皇叔還能為了什麼事情，如此地無視國法尊嚴，如此地不顧長幼男女，闖到這座皇宮裡來翻天覆地呢？」

酥娉十分不解，疑惑地問道：「真是這樣嗎？臣妾記得，早在幾日之前，皇叔不是便已經派遣人來悄悄地把那塊傳國之寶給偷……啊，拿走了嗎？」

朱瞻堂看了看酥娉，得意地說道：「哼，愛妃所言不差！不過，愛妃大概是不知道的，昨夜子時，朕從皇叔的府中，又將那一方傳國之寶給悄悄地取了出來！」

酥娉頓時恍然大悟，歎息著說道：「悄悄地取了出來！噢，原來如此，難怪皇叔的臉上掛著一股怒火沖天的殺氣啊！」

朱瞻堂點了點頭說道：「是啊！傳國之寶得而復失，皇叔又豈能是不恨啊？」

說著，朱瞻堂轉身向仍舊跪在地上的宮女們連聲勸慰道：「來！來！來！起來吧！妳們幾個也別老是再在那裡跪著了，都趕快起來吧！這整個皇宮之中，好像還從來都沒有人肯對朕下跪！單單讓妳們幾個跪在這裡說話，連朕的心裡都甚是覺得不公啊！」

酥娉一聽，急忙鄭重地說道：「聖君千萬不要這樣想，別說您乃是皇上所欽定的聖上，即便就是普通的夫君，臣妾和奴婢們跪您，那也是在禮數之中的事情啊！我們又怎麼能夠去學他王無庸的那種無禮呢？」

朱瞻堂不由得感慨萬千，忍不住環顧四周，長歎了一聲：「唉，看來，朕也只有在走進了這坤寧宮裡面之後，才能夠體會到一點身為聖上的那種感覺呀！愛妃啊，妳們儘管放心好了，朕早晚要把王無庸那個毫無禮義廉恥的狗太監殺了，再抽筋剝皮，以便來洗雪愛妃今日所受到的這份羞辱！」

酥娉聽了，卻慢慢地搖了搖頭：「聖君您言重了！其實，臣妾所受到的這一點羞辱，倒實在還是小事，真的沒十分要緊！可是，皇叔他既然是對這塊傳國之寶，如此地耿耿於懷，那麼，可就真的是一件很要緊，很要緊的大事情了呀！」

朱瞻堂一聽，馬上覺察到酥娉話中有話，便急忙問道：「愛妃怎麼說？」

酥娉十分憂慮地說道：「聖君啊，您不妨仔細地來想上一想，既然，皇叔今日敢於興師動眾地，率領著太監們在皇宮裡面公開搜索，如此肆無忌憚地蹂躪國家法度，如此肆無忌憚地踐踏朝廷禮儀！甚至，還不避男女長幼之界，闖入到臣妾的這個後宮中來！這不是已然十分透徹地證明了，皇叔不但是對那塊傳國之寶，懷有一份志在必得的心思，而且，也完全不肯再顧及到您聖君的這個身份了嗎？臣妾擔心，這樣鬧下去，很快便會鬧到那種水火不容，兵戎相見的地步啊！臣妾暫且先不去說聖君同皇叔之間，如果再這樣繼續鬧下去，不但會傷盡了叔侄之情的這一項家事，就是在那國事方面，聖君也肯定是會一籌莫展，難有作為的呀！所以，臣妾還是那句話，這傳國之寶，聖君啊，您乾脆就相讓了吧！」

朱瞻堂聽了酥娉的這一番話，不禁微微一笑，豪邁地說道：「愛妃啊愛妃，為什麼妳總是要堅持地認為，朕於國事方面就肯定會一籌莫展，難有作為的呢？是不是剛才被皇叔所施的那種暴虐行徑，把膽給嚇破了呢？」

酥娉突然一下子跪在地上，真心誠意地對朱瞻堂說道：「聖君說錯了，臣妾不是被嚇破了膽，其實，臣妾原本就是沒有這份膽量的！臣妾無膽，臣妾胸中所有的只是一顆對聖君的誠摯之心！臣妾只是想天天陪伴著聖君，太太平平地度過此生！」

朱瞻堂一陣心慟，他俯下身去，深情地拉起酥娉，誠懇地說道：「愛妃之心，真的是至善至美！不過，樹欲靜而風不止啊。父皇既然在自己的病重之際，而將我大明朝的那一國之重，鄭重地託付給了朕，妳說，朕如何能夠忍心讓父皇失望？而皇叔這邊呢，既然今日已經開了殺戒，那麼今後便絕對不會再存善念的！如此看來，朕與皇叔之間的這一場大搏殺，恐怕是絕對免除不掉的呀！」

酥娉卻不改心志，堅持勸道：「如今，皇叔手握兵符，掌握著一國的兵馬軍戎，聖君您的手中卻沒有一兵一卒可以調用！而且，此時此刻，皇叔又調來了自己的親信兵馬，取代了父皇所選的御林軍，將這整座皇城，包圍得水泄不通。所以，聖君的旨意，莫說是想傳遍天下了，而是根本就難出午門啊！因此，臣妾實在是擔心，聖君若是真的想要與皇叔來進行這一場搏殺，那恐怕也完全是一件力不從心，難以成就的事情啊！」

朱瞻堂一抱起酥娉，親切地說道：「愛妃啊，朕明確地告訴妳，以前嘛，朕還真的是有一點孤掌難鳴、力不從心的感覺，但是從今天早晨開始，終於有人在真心誠意地幫助朕了！」

【三】

紅陽當頂，白雲飄舞，春色明媚，日麗風和。山野之側，驛道之中，易天慈率領鏢師們，騎在馬上正趕著路，易天慈的馬背上面於坐人之外，還穩穩當當地馱著一個鏢箱。

大家走著走著，鏢師首領陸運風突然開口問道：「天慈姑娘啊，妳一向都是那麼心高氣傲，放蕩不羈的，今天怎麼竟然會如此地聽從那個龍天的話，他一讓妳立誓，妳馬上便仗劍服從了呢？」

鏢師林中嘯立刻摻和進來，同易天慈開起了玩笑：「是啊，天慈姑娘，妳幹嘛這樣聽龍天的話，是不是心裡喜歡上那個龍天了呢？」

易天慈臉上一聽，頓時飛起了一片紅暈，可嘴上卻依然硬硬的：「你們幾個少在那裡胡說八道的！人家龍天以禮相求，一而再，再而三地說，他的這一趟鏢重若泰山，非同小可。我們身為鏢家，既然接受了人家的託付，那麼，給人家一個放心，原本也是我們這行之中尋常的規矩嘛！再說了，從這一趟鏢開始，今後本姑娘就要獨自挑著咱們忠信鏢局的這杆兒大旗，來闖蕩江湖了！所以，在那祖先所傳的寒鐵劍面前，先立下一聲誓言，那也是應該的事情呀！」

陸運風聽了易天慈的這一番話，連連點頭稱是：「對！對！對！天慈姑娘這話說得倒是十分得體！可是，我怎麼總是覺得，在你們兩個人的眼神之間，分明是彼此都在流傳著一種明顯的好感啊！」

那個陸運風實實在在，這位原本就十分調皮的林中嘯，卻沒完沒了地跟易天慈鬥上嘴了：「就是啊，眼神不對！眼神不對！我覺得，就算是我們天慈姑娘，沒有看上那個龍天，最起碼，那個龍天，也絕對是對我們天慈的姑娘有情有意了呀！」

易天慈連忙否認：「純粹是在胡說八道，本姑娘和那龍天素昧平生，只不過是打了一架而已，哪裡來的什麼情意？」

林中嘯馬上反駁：「嗯，以前素昧平生，以後可不見得就不能夠結為連理的呀？別看你們只是打了一架，在那江湖之中，打架打出來的恩愛夫妻，那可是有得是啊！」

陸運風也一下子來了精神，他正經八百地說道：「是啊，是啊，天慈姑娘，我看那個龍天，其實還真的不錯，儀表堂堂，舉止文雅，還真的是與我們天慈姑娘很般配的啊！」

易天慈被這兩個鏢師說得有一點不好意思，急赤白臉地嚷嚷起來：「亂說！亂講！龍天不過是本姑娘的手下敗將而已！和本姑娘般配什麼？」

【四】

甯王府中，一片狼藉，朱高煬因為翻遍皇宮，卻沒有找到傳國之寶，而煩躁不堪，摔盤打碗、暴跳如雷。

部屬和奴僕們嚇得紛紛避讓，沒有一個人敢輕易上前。

何其澤小心翼翼地站在一旁搜腸挖肚，苦思冥想如何能夠為主子出出主意，獻獻計策，排憂解難。

連踢帶砸地折騰了半天，朱高煬終於摔打累了，一屁股坐在椅子上，垂頭喪氣地叫嚷：「只是一夜之間的功夫，這個孽侄究竟能夠把那件東西，送到哪裡去呢？」

何其澤連忙趨身上前附和了一聲：「按說，這聖上監國君除了皇宮之外，實在，也沒有什麼別的去處啊！」

朱高煬忽然說道：「唉？莫非，他是藏進了那老狗楊士奇的府中？來人……。」

隨著朱高煬這一聲吆喝，幾員部將戴甲挎刀，立刻走到了大堂裡面。

何其澤見狀，急忙攔住了狂躁不安的朱高煬：「唉，唉，唉，甯王且慢！甯王殿下您且慢！愚生覺得，那楊少傅公，雖然說是洪熙皇帝跟前的一大忠臣，可是，他與這位聖上監國君的交往，好像也未必有多深！這傳國之寶，可是天大的一件事情，愚生覺得，聖上監國君不見得敢這麼輕易地，將此物交托於他啊！而且，甯王殿下在文臣之中的知己，原本不多，這楊士奇乃是本朝三孤之一，文臣首領，又兼任著兵部尚書，今日，甯王殿下若是沒有實證，就輕易地同他撕破了臉面，以後，恐怕就不太好拉攏了呀！」

朱高煬略一思忖，沖著何其澤點了點頭，一伸手揮退了部將，煩躁不安地說道：「嗯，本王的這個孽侄，生性雖然狂妄，可心機倒也一向十分的細膩！想來，他大概也是知道的，本王連那皇宮都敢搜查，又怎麼會對一個小小的宰相府門前，而有所顧慮呢？可是，你說這傳國之寶，他究竟又能夠藏到哪裡去呢？」

何其澤一邊挖空心思地琢磨著，一邊嘗試著開口說道：「這……這……唉，甯王殿下不是多次說過，聖上監國君一向喜歡在江湖中行走，也算得上是一個武林俠士嗎？您說，他會不會……會不會是將這傳國之寶，秘密地交給了民間的哪一路武俠呀？」

朱高煬不假思索地連連搖頭：「唉，不會！不會！這傳國之寶，乃皇權象徵，他把這東西交給民間武俠幹什麼呢？他畢竟是我們朱家的皇子，難道，還會煽動著老百姓們聚嘯山林，扯旗來造自家的反嗎？啊，不可能！不可能！這絕對是絲毫都不可能的事情啊！」

何其澤急忙擺手向朱高煬解釋道：「啊，不！不！不！甯王殿下誤會愚生的意思了！愚生的意思是，聖上監國君會不會把這個傳國之寶密封起來，當作一件普普通通的鏢物，而委託武林中的哪一個鏢師，來傳送給某一位特殊的人物呢？」

朱高煬聽了仍然不解其意：「傳送給某一位特殊的人物？傳送給什麼特殊的人物？」

何其澤趕緊說道：「現在，洪熙皇帝大病在床而不省人事，帝位的傳承之事至今尚未明確，而我朝之中，又有您、聖上監國君和護國君這一王兩君。愚生想提醒甯王一下，那位護國君，可是聖上監國君的同胞兄弟呀！另外，洪熙皇帝病倒之前，不是也曾經傳旨捎信給他，想讓那位護國君出面，從甯王殿下的手中來奪回兵權的嗎？愚生覺得，這一回兒，聖上監國君從甯王殿下這裡盜走了傳國之寶之後，一定是重演洪熙皇帝的作法，而又運用了自己的所長之項——以他少年依照大明皇室的規矩，入少林寺為僧時，所獲得的那個法號『龍天』的名義，冒充民間俠士，在江湖中尋找到了一路鏢師，想把這塊傳國之寶，秘密地傳送到雲南護國君的那裡，以便讓那位護國君手持著這塊傳國之寶出面，同他聯手來與甯王殿下為敵呀！」

朱高煬一聽，連連點頭：「嗯，對！對！對！本王的那個護國君侄兒，雖然遠在雲南靖邊，可他的手中，卻掌握著兩鎮精銳之師，倒的確是本王的一個心腹大患！不過，本王對此倒是早有預防，皇兄病倒的那一天，本王不是就已經派出了南京衛指揮使司協同右軍都督府的兵馬，南渡長江，進軍四川、貴州一帶，監視著雲南方面的動靜了嗎？哼，在他們那十萬大軍的嚴密封鎖之下，本王諒那塊傳國之寶，恐怕也是進不了雲南的！」

何其澤聽了，急忙搖了搖頭，小心翼翼地提醒朱高煬說道：「甯王殿下話說得很對！不過，愚生以為，那傳國之寶乃是大明皇權的象徵，每時每刻都應該掌握在甯王殿下的手中，如今，讓這傳國之寶就這麼在外面待著，那總是一件讓人不放心的事情啊！」

朱高煬想了一下，點頭說道：「嗯，你這話說得不錯！」

隨即，朱高煬一聲高呼：「來人哪！」

隨著朱高煬的喊聲，幾個彪悍的武將應令而出齊聲答道：「末將在！」

朱高煬一揮手：「立即派出兵馬；封鎖一切通往雲南方向的路口，嚴查各個南行的鏢局，無論如何，也要把那件東西給本王拿回來！」

【五】

西部邊疆，伊黎河谷的一個早上，蘭溪城鎮的集市裡面和平常一樣，人來車往，熙熙攘攘。

當地那些少數民族群眾，正在擺攤設市，吆喝叫賣，內地來的漢族商販們，擠來擠去地挑三揀四，討價還價，整個蘭溪集上一片熱熱鬧鬧的繁榮景象。

突然之間，遠處塵囂四起，旌旗飛舞，馬蹄聲震，呼聲大作。

集市上的人們，從從容容地朝著塵起人來的方向掃視了一下，並無幾人驚詫。

有個遠方來的客商奇怪地詢問：「咦，哪裡跑來這麼多的兵馬呀？」

當地人不禁譏笑起來：「這有什麼稀罕的？那當然是大明王朝戍邊的軍隊呀！」

正說著，那支軍隊轉眼來到了蘭溪集上，他們騎著快馬，揮舞著刀劍，衝殺了過來，對著街市中那些手無寸鐵的居民們，瘋狂砍殺，大肆搶掠。

鎮上的民眾這才醒悟過來——原來是境外異邦馬婁托夫大公的軍隊，闖入國門，燒殺搶掠來了！

集市上的人們東躲西藏，四處逃竄，呼天搶地，奮力抗擊。

可是，和平的百姓哪裡頂得住那些虎狼之師的殺戮？轉眼之間，蘭溪集市上便血流成河，屍骸遍地了。

常年在集市上賣烤餅的老漢巴紮爾躺在血泊中，掙扎著對身邊一個叫艾買提的年輕人吩咐：「快！快！快！艾買提，那馬婁托夫的匪兵闖入國境，你快去阿拉卡兵站，趕快去找我們大明的軍隊呀！」

艾買提一聽，卻突然趴在地上嚎啕大哭起來：「唉，昨天傍晚，我趕著毛驢拉核桃回來，正好經過兵站，親眼看見我們大明的軍隊，正在悄悄地起寨拔營了，我還好奇地上前問了一句，一個常吃我核桃的伍長告訴我——說是奉上面的命令，阿拉卡兵站棄守了！現在，也不知道他們都去了哪裡，阿拉卡兵站已經是空無一人！讓我們到哪裡去找大明的軍隊呀？」

巴紮爾老漢聽了大吃一驚：「怎麼？你說我們大明的軍隊，全部都起寨拔營，而不知去向了？」

旁邊一個賣羊肉的青年也說道：「是啊，還不光是阿拉卡兵站，昨天晚上，所有的大明軍隊，全部都撤出了伊黎河谷，統統向南而去了！」

巴紮爾老漢的眼淚奪眶而出：「你說什麼，我們大明的軍隊，統統撤出了伊黎河谷？」

他們幾個人正在說話之間，一群馬婁托夫的士兵騎著馬衝了過來，揮起刀劍，幾個人頓時血肉橫飛。

巴紮爾老漢於臨死之前痛苦地呼叫：「大明的軍隊呀！大明的軍隊！你們究竟在哪裡啊？」

街市上，一名老婦俯在親人的屍體上面，淚流滿面悲聲地哭喊著：「天啊……天啊！我們的那些士兵都跑到哪裡去了呀？怎麼就由著他們闖進來，殺人放火呀……。」

玉石攤前，老闆伊爾格捶胸頓足，悲憤而絕望地聲聲叫喊：「朝廷啊朝廷，你們為什麼不出動大軍，來趕走這些入侵國境的匪兵呢？難道說，你們真的是不要我們伊犁，不要我們這片國土了嗎……。」

拾貳

易天慈喋血失鏢

【一】

豔陽當頂，微風拂面，山明水秀，花紅草綠。

山野之間，驛道途中，易天慈率領著鏢師們，愉快地騎在馬上行走。

前方不遠處的一個三叉路口上，突然奔來了一隊官兵，他們在參軍劉仲生的指揮之下，迅速地展開了隊形，然後又齊刷刷地亮出了刀劍，緊急地封鎖了整個路口。

鏢師首領陸運風手握刀柄，警惕地提醒易天慈：「妳看！天慈姑娘！前面這是怎麼回事？」

鏢師林中嘯也驟然一愣，急切地說道：「是啊，瞧，陣勢這麼大，他們這是在幹什麼？」

易天慈仔細地張望了一下，平淡地說道：「噢，原來是官兵啊！官兵，我們怕什麼呀？咱們又不是土匪！繼續走吧，沒有什麼可怕的！」

陸運風卻仍然疑惑不解，他一邊策馬前行，一邊奇怪地說道：「這官兵嘛，倒的確是官兵！可是天慈姑娘，大白天的封鎖道路，又這麼亮刀明劍的，如臨大敵一般，妳說，他們這是要幹什麼呢？」

易天慈慢慢搖了搖頭，猜測著說道：「他們幹什麼，我也不知道。唉，人家是官兵嘛，肯定是在執行公務而已，不是演習兵法，便是在緝捕賊寇！沒有關係的，我們只管走我們自己的路，不要去擾亂了人家，也就是了！」

易天慈一行繼續前進，剛剛行走到三叉路口時，陣中的那個參軍劉仲生忽然用劍指向易天慈等人，嚴厲地一聲大喝：「下馬！」

易天慈一愣：「唉？這位將軍，請問你有什麼事情嗎？」

參軍劉仲生警惕地以手中寶劍指著易天慈，厲聲吼道：「奉甯王殿下的軍令，檢查所有南下的鏢局！下馬！你們統統給本將下馬，接受檢查！」

劉仲生手下的官兵也齊聲喝道：「下馬！」

易天慈大惑不解，她驚異地問道：「檢查鏢局？唉，我說這位將軍，我們鏢局可是一向受到大明律法所保護的呀？」

劉仲生把手中緊握著的劍，狠狠朝著易天慈一伸，大聲斥責道：「怎麼，受大明律法保護的，難道就不能夠檢查了嗎？有甯王殿下的軍令在，誰敢違抗？你們都給我下馬！趕快下馬！」

易天慈一聽，更加疑惑：「甯王殿下的軍令？甯王殿下檢查我們鏢局幹什麼呀？」

劉仲生被問得不耐煩了，他一抖寶劍，高聲喝令：「妳哪裡來的那麼多廢話？趕快下馬，接受檢查就是了，甯王殿下的軍令妳也敢問！難道妳一個小小的女子，還敢違法抗命不成？還不趕快給本將滾下馬來？」

那些官兵也再次齊聲喝道：「立刻下馬！接受檢查！」

【二】

易天慈出於對國法和官兵的尊重，順從地跳下了馬背。

那個參軍劉仲生帶著一群官兵，立刻擁上前來，首先十分警惕地將易天慈等人團團圍住，然後才去檢查鏢車馬匹。

檢查之際，劉仲生發現易天慈馬背上面綁著的那個鏢箱，立即舉劍喝問易天慈：「嗯？這是什麼？」

易天慈：「鏢箱啊！」

劉仲生：「鏢箱？這鏢箱之中，所裝何物？」

易天慈雙手一攤：「裝著鏢主所托之物，是人家鏢主自己親手放入這個鏢箱之中的，本姑娘還真的不知道是一件什麼東西！」

劉仲生舉起寶劍：「怎麼，妳竟然會不知道自己所運之鏢，是什麼東西？」

易天慈儘量心平氣和地對劉仲生解釋著：「是啊，鏢行之中，歷來就有秘鏢的規矩！鏢師收了秘鏢銀子，便不可再加以詢問，這也是大明律法中寫明瞭的條款！總之，人家鏢主讓我們運送什麼，我們就運送什麼！我們護鏢之人，哪裡能去管人家鏢主的那麼多閒事呀？」

劉仲生聽完之後，厲聲地說道：「哼，妳不管倒也無妨，不過本將今天既然奉了甯王殿下的軍令，卻是非管不可的了！來人哪！開箱檢查！」

易天慈急忙上前攔住：「唉！唉！唉！不行！不行！人家鏢主特意囑咐過的，此鏢非同尋常，除了那受鏢者本人以外，任何人都不能打開觀看的！你現在要是打開了這個鏢箱，那，你讓本姑娘如何來向人家鏢主交待呀？」

劉仲生一把推開易天慈，惡狠狠地說道：「本將只遵甯王殿下的軍令，哪裡管得了什麼你那個鏢主的事情？來人！開箱檢查！」

易天慈再次上前阻攔，急衝衝地說道：「不行！本姑娘在鏢主面前有過誓言，人在鏢在！這鏢箱，你今天開不得！」

劉仲生頓開大怒：「啊，大膽！難道妳要來違抗甯王殿下的軍令嗎？」圍在四周的那些官兵也一擁上前，高聲喝令：「甯王殿下有旨！抗令者殺！」

劉仲生更是揮舞寶劍，厲聲喊道：「閃開！妳想找死嗎？」

鏢師首領陸運風終於忍無可忍，他猛然發力，一個掃堂腿，踢翻身邊數名官兵，又運起一連串的纏絲手，掀開了官兵們持刀提劍的臂膀，好似猛虎出叢林，一下子衝到了劉仲生的面前，出口如山崩：「讓開！」

鏢師林中嘯也不甘寂寞，他以犀利的折葦指，一連撥倒好幾個官兵，對著劉仲生怒斥道：「你這個將軍太過糾纏！我們鏢主已經給你說清道理，為何還不放行？」

劉仲生勃然大怒：「你們竟敢襲擊官兵，哪裡是什麼鏢師？分明是一夥山賊！弟兄們，給我上！」

官兵們一齊高呼：「奉甯王殿下令，殺！」

易天慈一通連環掌，打開一條路，飛身上馬：「哼，天慈乃民間女子，尊重的只是那江湖之中的信譽！誰管你什麼甯王的軍令？兄弟們，不理他們，趕快隨著本姑娘走！」

劉仲生急忙向著易天慈揮劍劈去。

一大群官兵也蜂擁而上，刀山劍林剎那間橫於易天慈的馬前。

易天慈騎在馬上，居高臨下，一把抽出了寒鐵劍，攻防兼備，虛實莫測，瀟瀟灑灑地撥開了那個劉仲生和官兵們手中的兵器，率領著鏢師們衝出包圍，快馬加鞭，奪路而去。

那個參軍劉仲生則急忙帶領眾官兵們，大聲地呼喊著，拚命追趕起來。

劉仲生氣急敗壞：「這個刁蠻的女子，一定就是甯王殿下命令我等所緝拿的要犯！趕快追！千萬不能讓她跑掉啊！」

官兵們急匆匆跨上戰馬，一路吼著，追趕了上去。

「山賊們停下！停下！」

「衝啊！趕快站住！站住！」

【三】

雖然是白天，皇宮裡面卻十分安靜，坤寧宮的門關著，窗戶上面掛著遮擋陽光的簾子。已經將傳國之寶委託給易天慈，往雲南護國君朱瞻基那裡護送的朱瞻堂，躺在榻上安心地休息。

忽然，一名宮女上前稟報：「稟報聖君，楊少傅公來了，說是有要緊的事情要對您說！」

朱瞻堂一聽急忙翻身而起，對宮女吩咐道：「噢，楊少傅公來了？快！快！趕快請進！」

宮女應命而去。

隨即，楊士奇在宮女的引領之下，快步走入宮中，他顧不上行禮，便十分急切地對朱瞻堂報告：「聖君，事情很是不妙啊！聖君請鏢行出面，秘送傳國之寶的這件事情，好像是被甯王所識破了！剛才老臣接到了線報，說是甯王已經派遣出大批的強兵悍將，緊急封鎖了通往雲南的一切路口，說是要檢查所有南行的鏢局，要把那傳國之寶給找出來呀！」

朱瞻堂一聽大驚失色，不禁脫口說道：「什麼，封鎖了一切路口，掃蕩天下鏢局？不好！護鏢的天慈姑娘，恐怕是會出事的啊！」

【四】

荒山野嶺之中，反擊了查鏢官兵，奪路逃走的易天慈等人，被參軍劉仲生一夥緊追不捨，那劉仲生又讓人朝天燃放煙炮通報，使附近的幾路官兵迅速地包圍了過來，眼看著情況越來越不妙。

鏢師首領陸運風見狀急切地對易天慈說道：「天慈姑娘，妳趕快找一條小路先走！我和林中嘯各帶幾個兄弟為妳斷後！」

易天慈哪裡肯聽，一聲女兒音喊得十分豪壯：「胡說！易家沒有拋棄同夥的毛病！」

林中嘯也趕過來說道：「什麼叫拋棄同夥？後有追兵，前有攔阻，妳趕緊走啊！」

易天慈又是一聲響亮：「大不了與各位兄長同葬一處！」

陸運風急了，衝著易天慈連連大喊：「天慈妳好糊塗！鏢在妳身上，妳想毀了忠信鏢局的信譽嗎？別忘了妳面對寒鐵劍的誓言！」

易天慈聞言一愣，林中嘯策馬過來，用刀背重重地在易天慈的馬屁股上拍了一下，那馬一驚，馱著易天慈飛快地奔馳而去……。

【五】

天色越來越暗，易天慈孤獨地騎在馬背上，身下那匹馬呼哧呼哧地喘著粗氣，易天慈不忍再行鞭打，任馬兒慢慢地在黑濛濛的道路上行走。

突然之間，眼前一亮，易天慈定睛一看，前面的原野上齊刷刷地冒出來一片火把，易天慈一驚，尚沒有來得及做出任何反應，身前身後和左右兩旁，已然是光把林立，照耀著小小的包圍圈，如同白晝一般。

易天慈心頭一凜，被迫跳下馬來，一手提起鏢箱，一手拔出寒鐵劍，然後飛起一腳，狠狠地踢向自己的坐騎，旋即做好了拚死的準備。

馬朝著那道火把圍成的圓圈奔跑了過去，不料，幾隻標槍驟然從火圈外飛來，隨著血水飛濺，那匹馬長長地哀嘶了一聲，翻倒在了地上。

易天慈一陣疼痛，脫口罵道：「一群沒有心肝的東西！一匹馬也不肯放過！」

火把之中，參軍劉仲生站了出來，指著易天慈喝道：「交出妳手中的鏢箱，本將或許會給妳一條生路！」

易天慈仰天持鐵，一聲高呼：「天上的伏羲大帝啊！請您助我！」

參軍劉仲生一聲令下：「奪鏢者，賞金百兩！」

官兵們瘋了一般地衝殺過來。

易天慈拚盡全力，揮劍抵擋，卻被一批又一批的官兵們團團圍住，無法脫身。

在大戰之中，易天慈的寒鐵劍斬殺了一個又一個兇悍的官兵，她的肩上也中了劉仲生的一處劍傷，雖然她仍在奮力搏鬥，但是久戰之中，體力卻已經漸漸不支了，幾個官兵衝過來，糾纏之際，一個標統縱馬襲來，趁著易天慈以劍對敵的當口，一把奪過易天慈右手緊緊握著的鏢箱，旋即狂奔而去。

易天慈大驚失色，她狂呼一聲：「還我鏢來！」

隨即一個蛟龍躍步，猛地撲將上去。

然而，在劉仲生指揮下，官兵們齊刷刷地舉起刀槍，飛快地擺出了一個荊棘捕飛仙之陣，逼得易天慈只能拖劍而返。

正在這種危急萬分的時候，一個黑衣人突然踏著輕功，從天而降。

黑衣人揮舞刀劍，迅猛異常地一連砍翻了好幾個正緊緊地包圍著易天慈的官兵，隨即使出一個猛虎擒龍功，攔腰挾住易天慈，縱身一躍，跳出了火把圈外，轉眼便消失在了漆黑的夜幕之中。

拾參

深深愛著天慈姑娘的男人

【一】

一個叢林密佈的山谷中，朱瞻堂將易天慈放下，又除掉了自己臉上的面罩，關切地問道：「天慈姑娘！天慈姑娘！妳沒事吧？」

易天慈頓時吃了一驚：「唉呀，龍天！怎麼是你呢？」

朱瞻堂連忙點頭答道：「是啊，是我！聽說甯王竟然派出重兵來與各路鏢局為難，龍天實在是放心不下天慈姑娘，所以便立即趕了過來！」

易天慈異常遺憾地連聲抱怨：「唉呀！唉呀！既然你來了，那麼，為什麼僅僅救我出來，而不肯顧及你的那份鏢呢？你不是再三地說過，你的那一份鏢，是關聯四海，重於泰山的嗎？」

朱瞻堂帶著極大的真誠說道：「聽我說，天慈姑娘！龍天的那一份鏢，的確是關聯四海，重於泰山！可是四海之內，以人為上！所以，剛才在那一片亂軍之中，龍天只顧著要救天慈姑娘的性命，而顧不上那件鏢了呀！」

易天慈聽了朱瞻堂的這一番話，不由得心頭一燙，然而感動之餘，卻又面露疑惑：「龍天啊，你托本姑娘所護送的那一份鏢，到底是件什麼東西？為什麼，竟然會惹出了甯王的兵馬，前來追殺呢？」

朱瞻堂正要回答，卻發現了易天慈肩膀上面的傷痕，他急忙一把抓起易天慈的胳膊，心疼地問道：「唉呀，天慈姑娘妳受傷了！」

易天慈沒有抽回自己的胳膊，但仍然堅持地問道：「皮肉之傷，沒什麼要緊！倒是你的那份鏢，究竟是怎麼一回兒事？今天，你可一定得給本姑娘說明白了！」

朱瞻堂誠懇地回答：「龍天托天慈姑娘所護送的這一份鏢，的確是一件至尊至上，至善至美之物！龍天是對易天慈姑娘說過了的——它真的是關係著我們大明朝的山川之完整，四海之安定，百姓之飽暖，萬物之和平啊！」

易天慈有些迷惑：「真的是如此嗎？那麼你說，甯王他又為什麼要派遣這麼多的兵馬來掃蕩鏢局，搜索此鏢呢？」

朱瞻堂稍一思忖，感歎地說道：「龍天不妨以直言相告，龍天的這一份鏢，普天之下，人人敬重！而唯獨那甯王，對它既是十分地喜愛，又是十分地懼怕，所以這才一心一意地，想要奪下那鏢啊！」

易天慈依然不解：「本姑娘聽說，那位甯王是當朝一位極其尊顯的人物，他為什麼會是既喜愛又懼怕你龍天的這份鏢呢？」

朱瞻堂長歎一聲，望著易天慈的一臉迷惘，終於決定直言相告：「唉，甯王所懼怕的，是龍天的這一份鏢落入護國君的手中！那甯王雖然身為龍脈一支，繫我朝棟樑。然而，他卻又以私欲而廢公義，踐踏國家法度，濫用朝廷公器，縱容貪官污吏，禍殃四方百姓！他甚至還勾結了那異族外邦，屢屢侵入我國境內，殺我人民，搶我財物，亂我中華！而龍天之所以要如此鄭重地委託天慈姑娘，將這一份鏢平平安安地送到雲南護國君的手中，其實全部的目的，也就是為了阻止甯王來繼續禍亂國事啊！」

易天慈仔仔細細地端詳了朱瞻堂半晌之後，遲疑地說道：「如果，你說的這些都是真話，那麼你的這份鏢，可真的是關聯四海，重於泰山的啊！」

朱瞻堂點點頭，鄭重地說道：「龍天怎麼會對天慈姑娘說假話呢？龍天的這一份鏢，確實是關乎國運，非同凡響啊！」

易天慈想了一下，突然站起身來，拔劍要走：「那好！我易天慈既然對你有過誓言，就一定會遵守的，本姑娘現在就趕回去，去把你的那份鏢給找回來！」

朱瞻堂急忙一把拉住：「別！別！現在我們是寡不敵眾。而且妳又身受刀傷，休養要緊啊！請天慈姑娘放心好了，那一份鏢，雖重於泰山，但其實又是失卻不掉的！何況那天下之事，從來都是邪不勝正！改日，龍天自然會有辦法將它再一次交到天慈姑娘妳的手中！」

【二】

已經過了三更，甯王府中仍然一片燈火通明，朱高煬坐立不安地在正堂上走來走去。

何其澤則賠著小心，手忙腳亂地在一旁侍候著。

朱高煬不斷地向門外張望，心煩如火焚，舉起個茶杯送到嘴邊，可一口沒喝，又放在了桌子上，他實在是有點沉不住氣，完全失去了往常那種山崩於前面不改色的王者氣度，像個丟失了最後一枚銅板的乞丐般，不斷地抓耳撓腮：「這到底是怎麼回事啊？這都大半夜了，怎麼連一個報信的快馬，都不見呀？」

何其澤趕緊上前勸慰：「甯王殿下！這沒有快馬來報，未必不是好事啊！」

朱高煬一聽，更是氣不打一處來，他以對門客少有的粗暴對何其澤訓斥道：「你這不是胡說八道嗎？啊！幾路兵馬派出去，過了這麼久的時間，連個消息都沒有！還未必不是好事？」

何其澤急忙說道：「您想啊，甯王殿下！按照傳國之寶被盜的時間來推算，那受了託付的鏢局，最快已經到了河南，最慢也到了河北邊界呀！您派出的兵馬，先得佔據各個南去的路口，還得對各個鏢局進行盤查，就算一下子就把那件鏢物給查出來了，立馬就趕回來報告，這時間也不夠啊？愚生之所以說必不是好事，那是覺得甯王殿堂派出的兵馬，認真於軍務，沒有隨便溜達一圈兒，就回來交差呀！」

朱高煬聽了何其澤的這一番話，頓時心緒平緩了不少：「嗯！你說得的確是一番道理！有一番道理！」

正說著，門外突然傳來衛士的一聲報告：「啟稟甯王殿下！右軍都督府武德衛千戶左參軍劉仲生求見！」

朱高煬一聽，急忙連聲高呼：「快讓他進來！快讓他進來！快！」

隨著朱高煬的高聲喝令，劉仲生帶著一身的戰傷，雙手捧著易天慈的那個鏢箱，走了進來，面對朱高煬跪拜稟報：「部將劉仲生啟稟甯王殿下，部將在河北邊界奉命檢查南下鏢局，截住一名女鏢師，經過激戰，奪下了這個鏢箱！」

朱高煬的雙眼，頓時閃出了兩道期待的光彩，他連忙吩咐：「快打開這個鏢箱！」

衝著朱高煬一聲遵命，立刻抽出腰刀要撬開鏢箱。

何其澤急忙朝著劉仲生一聲高喊：「且慢！」

朱高煬不解地望著何其澤問道：「嗯？怎麼回事？」

何其澤趕快對甯王殿下低聲示意：「甯王殿下！那箱中之物，不宜示人啊！」

朱高煬一拍腦門，連忙對何其澤說道：「唉呀，險些忘了！快，接過那鏢箱！」

何其澤從劉仲生的手中取過鏢箱，輕輕放到案臺上，小心翼翼地撬開箱蓋，屏住呼吸，緊張地將包裹一層一層解開，那綢絹裡面的傳國之寶，赫然顯現了出來。

何其澤忍不住興奮地驚呼：「啊呀！您看！恭喜甯王！恭喜甯王！愚生恭喜甯王殿下啊！」

朱高煬急衝衝地湊過腦袋一看，頓時大喜若狂：「好！好！好！快！快！重重賞賜！重重地賞賜！重重地賞賜這位將軍！哈……哈……哈……。」

劉仲生一聽，連忙叩首謝恩：「謝甯王！部將謝謝甯王殿下的賞賜！」

何其澤掃視了一下劉仲生的那一身傷痕，悄悄地對朱高煬說道：「甯王殿下！愚生看這位將軍，大約是個忠勇可用的人啊！」

朱高煬聞言望了望仍然跪在地上的劉仲生，親切地問道：「你叫什麼名字來的？目前官居幾品？」

劉仲生趕緊回答：「啟稟甯王殿下！部將劉仲生！任右軍都督府武德衛千戶左參軍一職！武官從六品銜！」

朱高煬略一思忖，伸手一指劉仲生，開口說道：「從今日起，你調任右軍都督府宣武將軍，轄鎮南、龍虎兩衛，授正四品武官！」

劉仲生一聽，大喜過望，忙不迭地連連磕頭謝恩：「部將劉仲生謝甯王殿下恩典！部將劉仲生必以死效忠甯王殿下！」

朱高煬哈哈一笑，隨手取下一枚戒指：「這個給你！從今以後，本王視你為王府親將！必要時，憑此戒指，你可以持此物為甯王令，臨機處置，先斬後奏！」

【三】

那個劉仲生剛剛離去，何其澤便撲通一下，跪倒在了朱高煬的腳下。

朱高煬被何其澤這個意外的舉動，嚇了一跳，他急忙問道：「唉……唉……唉……你這是怎麼啦？起來，起來，有什麼事情起來說嘛！」

何其澤卻堅定不移地跪在朱高煬的面前，衝著朱高煬大聲地說道：「愚生懇求甯王殿下擇日登基！」

朱高煬一愣，隨即又微微一笑：「擇日登基？唉，說一句實話，本王倒也並非是不想登基！可是本王的那個侄兒，恐怕是不會答應的啊？」

何其澤馬上陰險地說道：「其實，此事完全在於甯王殿下自己而已，只要是甯王殿下您這裡下定決心，也就輪不到他答應與不答應的了！」

朱高煬聽了一愣：「嗯？你想讓本王下什麼決心啊？起來！起來說話！」

何其澤站起身來，慢慢地說道：「甯王殿下，這回兒，傳國之寶失而復得，雖然乃是承上天之意，可是您總歸是不想讓這塊傳國之寶，再這麼丟來丟去的吧？」

朱高煬雙手一擺：「當然不能再讓它丟失了！這一回兒，本王乾脆就把這塊傳國之寶供奉在這正堂之上，讓本王的貼身衛士們，日夜看守著，看他哪一個人還能再偷得走它！」

何其澤望著朱高煬重重地搖了搖頭說道：「甯王殿下啊，愚生以為，凡事治標不如治本！甯王殿下何必只顧著來看守這傳國之寶，而不去看守起那個盜璽之人呢？」

朱高煬聽了又是一愣：「看守盜璽之人？你又有什麼主意？來，說給本王聽一聽！」

何其澤連忙俯耳過去：「甯王殿下，愚生聽說，那個內廷總管王無庸，不是從來都對甯王殿下俯首貼耳，言聽計從的嗎？愚生覺得，甯王殿下不妨就先讓這個內廷總管王無庸，率領著宮內全體太監們，來宣誓效忠甯王殿下，並且做好準備，只要等到聖上監國君一回到宮裡，便立即動手，將聖上監國君拿住，不就萬事大吉了嗎……。」

朱高煬一聽，勃然大怒，他一改平日裡對這個師爺的和藹，一個耳光將何其澤搧出去好幾步遠，隨即極其嚴厲地對何其澤說道：「再敢胡言亂語，本王割了你的腦袋！」

【四】

多日之後，何其澤小心翼翼再次來到甯王府的大堂上。

朱高煬想起那天打了何其澤的事情，心中略微覺得有一些歉意，便趕緊露出來一個笑臉給他。

何其澤卻像個沒事人似的，指著案台上供著的那塊傳國之寶，樂融融地告訴朱高煬，說自己昨天夜裡夢見這塊傳國之寶了，他比比劃劃地對朱高煬說道，這塊玉璽如何如何在天上飛著，如何如何飛著飛著就變成了龍，而那龍的臉龐，又是如何如何酷似朱高煬的模樣。

朱高煬知道這個何其澤是來編著吉祥話討好自己的，為了搧過人家一個耳光，便也不去說破，只管去觀賞那塊玲瓏剔透的傳國之寶。

何其澤圍繞在朱高煬的左右，樂呵呵地巴結著：「甯王殿下，今日，傳國之寶失而復得，這可實在是於冥冥之中證明了那龍靈不散，而天意昭然啊！」

朱高煬喜不自勝，得意洋洋地說道：「哈哈，龍靈不散，天意昭然！你說，真的是龍靈不散，天意昭然嗎？」

何其澤趕緊趁機煽動：「唉呀呀！我的甯王殿下！這還有什麼好說得呀？若不是龍靈不散，天意昭然的話，這傳國之寶，怎麼能夠這麼快又回到了您的手中呢？甯王殿下啊，天意昭然，這大明江山實在是非您莫屬！為了天下蒼山，河山社稷，您千萬不要再謙虛退讓了！」

朱高煬看了何其澤一眼，帶著一絲猶豫，反問道：「謙虛退讓？」

何其澤突然雙膝一彎，撲通一下，又一次跪倒在朱高煬的腳下，重重地磕了一個響頭，以極其強烈的誠懇鄭重地說道：「甯王殿下！為了中興大明，為了富強華夏，臣堅持懇求甯王殿下擇日登基！」

朱高煬望著跪在自己面前的何其澤，心裡油然升起一份感動，他俯下身去，伸出雙手，用力將何其澤從地上拉了起來，真心誠意地說道：「來！起來！起來說話！」

何其澤順從地站立起來，臉上沾滿淚花。

朱高煬親切地對他說道：「何先生，你的忠誠與智慧本王心裡十分清楚，你儘管放心，本王一定賜你一生的榮華富貴！」

朱高煬的話剛剛說完，何其澤卻如受驚了似得，連連搖頭擺手：「不！不！不！甯王殿下真的是誤會愚生了！愚生乃一介書生，布衣素食向無厭倦，自從進府以來，殿下屢屢賞賜，愚生已經難以承受，何敢、何須、何必再要什麼榮華富貴？愚生不要這些！愚生更無心於這些呀……。」

朱高煬似有所悟，急忙截過何其澤的話頭，真誠地對地說道：「本王知道！本王知道！待這件大事完畢之後，本王更要倚重於你！這樣……到時候，本王封你……封你為太子太師兼領吏部尚書從一品文官，月俸七十二石，與楊士奇的太子少傅領兵部尚書，並駕齊驅！你看如何呀？」

不料，何其澤卻仍然是忙不迭地擺手搖頭。

朱高煬一下子愣住了，他呆呆地盯著何其澤，看了半天，驚愕地問道：「那……你究竟想要什麼呀？」

何其澤撲通一下又跪在了地上：「中興大明！富強華夏！此外，一無所求！」

這次，朱高煬沒有再伸手拉他，兩道犀利的目光攜帶著審視，筆直地射向何其澤。

何其澤跪在地上，挺直了腰杆，高仰起面龐，端著一臉的神聖，對朱高煬侃侃而談：「我華夏大地，自從盤古開天地，三皇五帝到如今，一向系由我漢族人為主體民族，率領滿、蒙、藏、維、回五族共和，興建社稷，張揚文化，繁衍子孫，開疆辟土，這才有了中華泱泱，夏域廣廣。千百年來，我們尊從天道，順乎人倫，春耕夏種，秋收冬藏，君臣父子，男尊女卑，從不肯亂方寸，壞綱常，方得年輪流轉，世代永繼。不幸，元賊殘暴，南宋滅亡。五十年後，終於爆發了太祖起義，經過多年征戰，建立了西吳，至正二十八年，稱帝位，明照山河，光復大地，迫使蒙元北逃，終於再次實在了我大漢民族一統天下的局面！洪武三十一年，明太祖駕崩，建文帝無力治國，依賴惡吏，燕王朱棣，不得不起兵靖難，鞏固大明皇權，登基為仁宗，無幾日，便使政治清明，強國富民，促百業甦醒，令萬民景仰。」

「靖難之役，令我朝先有了永樂盛世，繼而又有仁宗之治。而如今，我大明王朝再生不幸——洪熙皇帝癱啞於床，且旨意不明，傳承不定，造成一朝三君的亂局。被授玉璽者，無兵無權，且長年遊樂江湖，何堪國事？而傳家書者，遠在邊陲，又僅僅掌握兩鎮兵馬，焉能當政？唯我甯王殿下，手握虎符早非一日，執掌天下已然多年，若肯登基為帝，則一不會生廷亂；二不會生兵變；三不會生民非，如此，朝野除卻震盪，官兵省去流血，百姓免遭塗炭，使我大明多了平安，少了災禍！甯王殿下啊！如此，這才是愚生一心一意所想要的呀！」

朱高煬再一次被感動了，他被何其澤的這一番話深深地震撼了，他被一種神聖的，偉大的，甚至是動人的氛圍，完整地籠罩了起來——原來，自己去與侄兒爭奪這個傳國之寶，並非是帝位吸引，權慾薰心，而是要振興大明，造富萬民啊！

朱高煬沒有再去攙扶跪在地上的何其澤，而是急促地轉過身去，快步走出了大堂。

朱高煬沒有力氣去攙扶何其澤了，他渾身上下都在激動地顫抖。

朱高煬沒有辦法再去攙扶何其澤了，他的一雙眼睛熱淚奔湧，已然是滿頰淚珠了。

這個尊貴的甯王只好立馬離開，一個馬上就要當皇帝的人了，怎麼好在臣子面前痛哭流涕呢？

毫無辦法，朱高煬只好走了，當他的一隻腳跨出門檻的時候，朱高煬帶著十足的疼惜，夾雜著愛憐的哽噎，努力地喊了一聲：「平身！」

拾肆　你究竟是什麼人？

【一】

深夜時分，星高月朗，萬籟寂然，山谷之中，朱瞻堂與易天慈並肩坐在一個火堆旁邊。在火光的映照之下，易天慈顯得格外美麗。

朱瞻堂凝視著身邊的易天慈，禁不住一陣一陣情心激蕩。

他慢慢地伸出雙臂，輕輕地攬過了易天慈，凝望著她的面孔，以極致的溫情呼喚了一聲：「天慈姑娘！」

易天慈端詳著朱瞻堂的雙眼，迷惑地詢問：「能告訴我，你究竟是什麼人嗎？」

朱瞻堂溫柔地擁抱著易天慈，半晌不語。

當易天慈再度相問時，朱瞻堂終於說道：「或許，龍天什麼人都不再是。龍天，可能僅僅只是一個鍾情於天慈姑娘的人！」

火堆旁的朱瞻堂終於深情地吻向了易天慈的臉頰，火光映照之下，朱瞻堂與易天慈相擁相抱，慢慢地躺倒在了火光的照耀之下。

在朱瞻堂緊緊地擁護之下，易天慈喃喃地低語：「告訴我，你是什麼人？」

朱瞻堂輕輕喘息著，動情地說道：「如果，沒有日月天地，龍天真的只想做一個深深愛著天慈姑娘的男人……。」

清涼的晨風慢慢熄滅了夜晚的火堆，一輪炎紅的太陽悄悄升起，朱瞻堂緊緊地擁抱著易天慈，安詳地沉睡在那青翠覆蓋的山谷。

【二】

晨風之中，遠遠地吹來了一陣一陣的呼喊聲。

「喂……龍天大俠……龍天大俠……。」

楊士奇府上的一些家丁們，正在滿山遍野地尋找著朱瞻堂。

「龍天大俠！龍天大俠！」

「龍天大俠，您在哪裡？」

朱瞻堂聞聲而翻身起來，連忙躍上高頂向山下張望，很快便認出了楊士奇府上的家丁。

朱瞻堂急忙向他們揮手示意：「喂……龍天在此！」

楊士奇府上的總管楊梅坤急忙爬上山，氣喘噓噓地跑了過來，對著朱瞻堂納頭便拜：「啊，大俠！龍天大俠！我們可算是找到您了！」

朱瞻堂見狀不免有些詫異：「唉，你們有什麼事情？怎麼竟然找到這裡來了？莫非，也是為了那件鏢嗎！」

楊梅坤急衝衝地向朱瞻堂奏報：「稟報龍天大俠，楊少傅公已經知道了甯王殿下派兵劫鏢的事情。不過，楊少傅公急著派遣我們前來尋找龍天大俠，倒還不是為了那劫鏢一事，而是另外有兩件更加緊急的大事，必須馬上報告給龍天大俠啊！」

朱瞻堂聽了微微一愣：「噢，是什麼事情如此緊急？居然會比那件鏢更加重要？」

楊梅坤連連點頭：「是的！是的！」

他一邊說一邊從懷中取出了一封信件，忙不迭地雙手呈遞給朱瞻堂：「楊少傅公說，此兩件事情實在都是十萬火急！命令我們一定要找到龍天大俠！這是楊少傅公寫給龍天大俠的親筆信，請龍天大俠自己看吧！」

朱瞻堂一把奪過信件，站在崗上急匆匆地將信封拆開。

滿山遍野尋覓朱瞻堂的那些楊府家丁，也陸陸續續地圍攏了過來。

朱瞻堂展開信件，忍不住朗朗有聲：「臣大明少傅楊士奇書奏聖上監國君御覽，臣已接到密報，得悉甯王殿下劫鏢成功之後，立即進入皇宮，連夜召見內廷總管王無庸等全體太監，威脅之餘，復加利誘，從而策動宮中太監悉數叛變，並且集體宣誓，背棄聖君，唯以甯王軍令是從！聖君一旦返回宮中，則必然會遭遇不測！故爾，臣特緊急傳書，奏報聖君，此時此刻，聖君萬萬不可回宮！另據信報，西域民族敗類阿甫杜拉、熱爾木茲等人，在同境外之敵馬婁托夫大公反覆密謀之後，已經達成了協定，準備以年貢重金的條件，來賄通甯王，使我大明守軍撤出，以便宣佈獨立，從而將北起塔城，南至察布查爾的這一大片國土，從我大明朝的版圖之中分裂出去！現在，他們雙方所派赴京晉見甯王，請求批准條約並下令撤軍的密使，應該已經穿越蒙古草原，而到達了我國河北境內，此份條約，倘若一旦被甯王所批准，那我大明王朝則會喪失疆土，辱滅皇威，實為國家之大不幸也！臣特將此事，一併奏明聖君，盼望聖君能夠設法阻止，並對上述奸細及民族敗類們加以制裁……。」

朱瞻堂讀到此處異常悲憤，兩行淚水奪眶而出，情不自禁地仰天長歎：「唉，皇叔啊皇叔，您老人家為何要這樣地不擇手段，為何要這樣地喪心病狂啊？您怎麼就不想一想，身為當朝王爺，為了一張雕龍的座椅，煽動閹奴造反，禍害自家朝綱，不惜與敵為友，出賣大明國土，如此下去，就算是做侄兒的肯相讓於您，難道，那頂上的蒼天也肯於容您嗎？」

【三】

朱瞻堂被親叔叔的不義之行氣得罵天恨地，楊士奇派來的那些人，自然個個噤聲，不敢做響。山谷中剛剛醒來的易天慈，覺得鄰近陣陣有聲卻又聽不清楚，不知發生了事，便急匆匆地走過來詢問：「怎麼啦，龍天，這些是什麼人？發生了什麼事情嗎？」

朱瞻堂見到易天慈發問，竟為自己的叔叔有些難堪，顧左右而言他支吾了一番之後，才指著楊梅坤等人回答道：「他們幾個都是京城楊士奇少傅府內的家人，是來給我報信的！」

易天慈聽了一愣，她瞪大眼睛迷惑不解地望著朱瞻堂，忍不住脫口問道：「你說什麼？京城裡的楊大人來給你報信？你究竟是什麼人啊？怎麼會認識當朝的宰相？」

朱瞻堂忽然意識到自己說溜了嘴，連忙掩飾：「不是認識當朝的宰相，而是認識宰相的家人……噢，這位便是楊少傅府上的總管楊梅坤！」

楊梅坤一聽朱瞻堂提到了自己，急忙上前向易天慈行禮：「這位女俠大約就是忠信鏢局的新任鏢頭易天慈姑娘吧？」

易天慈匆匆回禮：「本姑娘見過楊總管！楊總管星夜趕來，一定是有大事吧？」

朱瞻堂略一思忖，接過了話題：「唉，楊總管找我的確是有事！也的確是有大事發生！而且還不是一件，而是兩件啊！」

易天慈趕緊關切地問道：「大事？兩件？到底是發生了什麼事情啊？你趕快說給本姑娘聽聽！」

朱瞻堂凝眸端詳了易天慈很久之後，才猶豫地說：「天慈姑娘，請問妳的傷勢，現在如何了？」

易天慈馬上領悟到朱瞻堂一定有事情委託自己，她眉睫一揚，豪爽地說道：「經過了你的一夜照料，肩膀上面的那一點刀傷，已經完全不礙事了！你快說吧，到底是發生了什麼事情？」

朱瞻堂稍加思索，對著易天慈十分鄭重地說道：「天慈姑娘，龍天請問妳一句，假如，有那民族敗類，想要勾結朝廷親王，妄圖拋棄祖宗，背離先賢，分疆裂土，出賣我大明江山，傷害我國家主權，禍亂我華夏天地，天慈姑娘，將何以處之？」

易天慈想都沒想，馬上舉起手中的寒鐵劍，莊嚴地回答道：「我們易家，乃是伏羲大帝的後人，怎麼能夠容得了這種背叛祖先的敗類？易天慈的祖上先人早就在那伏羲大帝的面前立下過誓言，只要有人敢不顧天意，禍亂國家，殃及華夏，則此劍必出！龍天，你快說吧，到底發生了什麼事情？」

朱瞻堂伸手一指站在身邊的楊梅坤，痛心地說道：「這下，龍天剛剛接到信報，楊士奇楊少傅已經查明——西域地區的民族敗類阿甫杜拉、熱爾木茲等人，勾結夷邦的馬婁托夫大公，妄圖宣佈獨立，歸依外敵，將伊黎河谷一帶的大片國土劃分出去，背叛我大明王朝！如今，他們已經派出了密使，打算以私利來賄通甯王，讓他下令，促成我們的守軍撤退，以便使他們的陰謀得逞啊！」

易天慈一聽，不禁怒火中燒，憤憤然地對朱瞻堂說道：「哼，簡直是癡心妄想！你說，這些個民族敗類現在哪裡？本姑娘願意替天行道，為國除奸，這就持著這把天賜的寒鐵劍去一一斬了他們！」

朱瞻堂望著易天慈的那份鐵肩擔道的英豪之氣，充滿嘉許地連連點頭：「這封信上說，此時此刻，馬婁托夫大公派遣的代表依萬亞布林和那一群西域的民族敗類，應該已經進入到蒙古與我們河北交際的地界了！」

易天慈忍不住急衝衝地說道：「那還等什麼啊？本姑娘這就下山，尋找到這些背叛祖先的敗類們，以他們的血來祭一祭伏羲大帝所賜的這把寒鐵劍！」

朱瞻堂帶著無限的敬意對易天慈雙手抱拳，隆重地行了一個江湖之禮：「那好！兩件大事，妳我二人，一人辦一件。現在，龍天就懇請天慈姑娘替天行道，為國除奸，上從伏羲大帝的旨意，下順我華夏人民的心願，去誅殺了那些民族的敗類！千萬要將他們手中所持著的那一份賣國條約給奪回來！」

易天慈亦對著朱瞻堂抱拳回禮：「放心吧，本姑娘絕對不會放過他們的！可是，你呢？你又要到哪裡去？」

朱瞻堂滿懷深情地說道：「為了天下的安定，現在龍天必須去辦另外那一件大事，天慈姑娘，我們兩人暫時又要分離了呀！」

易天慈一擺手，豪氣沖天地說道：「我們武林中人，既然有了國事在肩，又何懼分離？不過本姑娘想知道，你現在要去辦的，又是一件什麼事情呢？」

朱瞻堂沉吟著說：「先要去消滅掉一群無恥的反賊，然後還要奪回龍天所失的那一件鏢！」

楊梅坤急忙擠過來說道：「龍天大俠，那我們幹什麼呢？請龍天大俠吩咐！」

那幾個楊府的家丁，也一齊上前請戰：「是啊，龍天大俠，讓我們幹什麼？請龍天大俠吩咐就是！」

朱瞻堂一揮手：「留下一個人，趕回楊少傅的府上，替龍天去報個信！其餘的，你們就都跟隨著易天慈姑娘，去殺奸賊，護國殤吧！」

【四】

易天慈在那群家丁們的簇擁之下，義憤填膺地向山下走去。

朱瞻堂則向那名負責送信的家丁，仔細地交代：「你趕快回去，轉告楊少傅公，那些前去晉見甯王的西域秘使們，已經由易天慈姑娘帶著人去剷除了！龍天現在要先上一趟少林寺，七日之後，龍天將帶著和尚們進入皇宮來做法事，你告訴楊少傅公，讓他做好準備，到時候，一定要想方設法打開宮門！記住了嗎？七日之後，龍天帶著少林和尚們進宮來做法事，一定要讓楊少傅公打開皇宫的大門啊！」

家丁恭恭敬敬地答道：「在下記住了——西域秘使已由易天慈女俠前往剷除！七日之後，龍天大俠將帶著少林和尚進宮來做法事，請楊少傅公準時打開皇宮的大門！」

朱瞻堂一點頭：「對！你小心地去吧！」

楊府家丁領命而去，山崗上留下朱瞻堂一人，望著即將遠去的易天慈，朱瞻堂不禁心生感慨，凝望片刻，他突然使出輕功一連幾個蜻蜓點水跳，縱身躍到了易天慈的面前：「天慈姑娘！」

易天慈聞聲回眸相望：「龍天，還有什麼事嗎？」

朱瞻堂充滿感情地對易天慈叮囑：「龍天聽說過，那西域的武功，一向鬼謐無常，怪異多端，天慈姑娘，妳此行可千萬千萬要多加小心啊！」

易天慈不屑地說道：「我中華武功，凝聚著日月神威，天地精華，哪裡怕他什麼鬼謐無常，怪異多端的呢？龍天，你就儘管放下心來，去辦你的那件事情好了！」

朱瞻堂又說道：「沒有得力的人在你身邊，妳切切不可以輕敵！凡事一定先要保全好自己，方可再言其他呀！」

易天慈點點頭說道：「你放心吧！昨天與截鏢的官兵混戰時，本姑娘的鏢師陸運風、林中嘯等人引敵他去，與我走失，不過我們約好了聚合的地方，恰好在前行的路上，我與他們會合之後，雖不敢說人強馬壯，但殺那幾個西域奸細和民族敗類卻是易如反掌！」

朱瞻堂聽了連連叫好，然後從懷中取出一個精美的佛像玉佩，深情地遞到了易天慈的手中：「天慈姑娘，剷除了那些西域秘使，民族敗類之後，請妳直接前往嵩山少林寺中，去找那寺中的主持達奚法師。妳只要將這塊玉雕的佛像，交給那達奚法師去看上一看，他就一定會好好地照顧天慈姑娘的！」

易天慈點了點頭，又輕聲問道：「那麼你呢？什麼時候，我能夠再見到你呢？什麼時候，你能夠將昨天所失的那一件鏢，再相交於我呢？」

朱瞻堂鄭重其事地說道：「請天慈姑娘放心，等到龍天辦完了手中的事情，也會馬上趕到少林寺中，去與天慈姑娘相見的！」

易天慈凝神望了朱瞻堂很久，再次問道：「龍天啊，我看你絕對不是一個普普通通的人物，告訴我，你究竟是什麼人啊？」

朱瞻堂輕輕吻了一下易天慈的面頰：「龍天真的是一個深深愛著天慈姑娘的人！龍天答應妳，等到我們把這兩件大事辦完之後，龍天定會向妳詳詳細細地剖白身份，並且，龍天還要與天慈姑娘共結連理，比翼雙飛，同天並老的！」

拾伍

宦官造反，太監叛亂

【一】

清晨，嵩山少林寺中，佛樂高奏，香煙彌漫。

少林寺主持方丈達奚法師，端端正正地跪在大雄寶殿的那尊佛像面前，莊重地誦讀著佛經：「喃喃唱誦如來涅盤日，娑羅雙樹間，阿難沒憂海，悲慟不能前。優婆初請問，經首立何言？佛教如是者，萬代古今傳……。」

朱瞻堂雙手合十，恭恭敬敬地站立在達奚法師的身後，靜靜地傾聽著。

等到達奚法師誦讀完畢，站起身來之後，朱瞻堂急忙上前，端正心緒，整飭顏容，莊嚴地唱頌了一聲佛號：「阿彌陀佛！」

不料，達奚法師連頭都未回，一拂袖子，十分冷淡地走出了佛堂。

朱瞻堂不敢怠慢，趕緊又提高聲音，恭敬地再次唱頌：「阿彌陀佛！」

達奚法師終於停下了腳步，帶著斥責回覆朱瞻堂一句：「一聲佛號一聲心，山自高兮水自深，不落宮商閑曲調，鐘期未必是知音。」

朱瞻堂連忙上前，向達奚法師施了一個弟子禮：「師父！龍天好久沒有聽到師父誦經了！」

達奚法師淡淡地說道：「是啊，你雖然依太祖訓誡，曾經奉旨出家，在這少林寺中讀學經法，可畢竟塵緣未了，原本就不是我佛門之中的人物啊！」

朱瞻堂匆匆忙忙地又施了一禮，急急慌慌地說道：「不過，龍天卻一向都是敬畏佛祖的！而且，龍天也一直都非常喜歡聽師父來誦讀這道《金剛般若波羅蜜經》！」

達奚法師輕輕地瞥了朱瞻堂一眼，歎息地說道：「唉，《金剛般若波羅蜜經》本是佛祖勸人善定，寧靜致遠的經文，而你卻面帶急躁，身攜暴戾，五形之中怒光燭天。這與佛經又有何干啊？」

說完之後，達奚法師抬腳便欲離去。

朱瞻堂忽然一轉身，筆直地跪倒在那尊釋迦牟尼的佛像面前，字正腔圓地誦讀起了佛經：「喃喃唱誦如來涅盤日，娑羅雙樹間，阿難沒憂海，悲慟不能前。優婆初請問，經首立何言？佛教如是者，萬代古今傳……。」

終於，達奚法師不動聲色地走到奉台旁邊，悄無聲息地顯出疼惜，輕輕地為朱瞻堂擊了一鼓。

朱瞻堂感激地呼喚了一聲：「師父！」

達奚法師緩緩地詢問道：「龍天，你不在宮中好好侍候著洪熙皇帝，而這樣急急忙忙地跑上少室山來，恐怕，絕不僅僅只是為了來誦讀這段佛經的吧？」

朱瞻堂雙手合十，哀傷地說道：「阿難沒憂海，悲慟不能前！」

達奚法師聞言微微地愣了一下：「噢？如此說來，大約是朝廷之中，發生了什麼事情吧？」

朱瞻堂重重地點了點頭：「師父真的是慧目如劍，洞察分明啊！」

達奚法師卻慢慢地搖了搖頭：「然而，佛法無邊卻有戒律，出家之人，是不問那紅塵俗事的！」

朱瞻堂急忙對達奚法師說道：「師父，龍天所問之事不俗，它關係著我們大明王朝山川之完整，四海之安定，百姓之飽暖，萬物之和平，絕非一件尋常的俗事啊！」

達奚法師平靜地說道：「山川之完整，四海之安定，仰賴於帝者英明，政務通和。百姓之飽暖，萬物之和平，全靠著朝廷仁義，百姓勤奮。哪裡用得著老納這一班出家的和尚來操心呢？」

朱瞻堂言語中透露出無奈與懇求：「師父，眼下是帝者遇危難，朝廷起奸雄，眼看著就要使山河分離，社稷暴亂！因此龍天才不得不前來求助於師父啊！」

達奚法師微露驚異，言詞卻依舊謹慎：「帝者遇危難，朝廷起奸雄？阿彌陀佛！龍天啊，我佛素來以慈悲為本！你此行若是為了給洪熙皇帝治病，老納可以立即從少林寺中，挑選出最好幾名的醫僧，馬上就隨你進宮。可是，你所說的那奸雄一事，老納則是絕不會插手的！」

朱瞻堂雙手合十，懇切而焦急地說道：「多謝師父的仁愛之心！不過，如今父皇已然病入膏肓，靈氣盡散於天，只餘殘骨在床，實在已經是無藥可醫的了！然而，龍天疑惑，難道，師父您真的就是只肯醫人，而不肯醫國的嗎？」

達奚法師卻把一番話說得心平氣和：「醫人，只需辨症論疾，施以仁心仁術，使用技藝加以藥草，消除軀體病痛而已，這樣的事情，老納做得到！而醫國，則必須辨善惡，識忠奸，滅四方邪魔，揚天下正氣，老納身居山林，不過是個一心向佛的和尚，哪裡能夠管得了那些國家政務啊？」

朱瞻堂異常感慨地說道：「師父謙虛了！龍天知道，少林寺從來不是只誦讀佛語而閉目天下的廟堂。我少林僧侶，一向都是身居寺宇，而胸懷五洲的！寶剎院中，唐太宗所賜『少林寺主教碑』肅然而立，佐證著隋朝末年，叛將王世充、王仁則等惡人不尊天意，背棄人倫，起兵滋事，禍害中原之際，我少林法師惠場、曇宗、志堅等十三名棍僧，慨然下山，執杖討逆，義救秦王李世民，從而牽引出一段大唐盛世的那不朽往事；藏經閣中，史書萬卷，記載著北宋晚期，金人入侵中原，華夏兵戈四起，使天下騷然，令百姓塗炭，我少林僧徒，由高僧宗印所率領轉為軍士大戰洛陽，替佛祖懲凶魔，為黎民除惡寇，抵抗金兵而拯救國家的英雄事蹟；少室山中，勒石琢玉，銘刻著南宋景炎年間，元軍進犯漢地，縱兵禍殃中華，渡航、渡眾兩位大和尚，帶領著全寺的武僧，挺身而出，上陣殺敵，血薦軒轅，護我河山，所演繹出的那一場千僧抗元的萬古佳話！」

達奚法師兩手合十，雙目閉鎖，唱頌了一聲佛號，沉著地說道：「阿彌陀佛！往日之事如同那煙雲一般，皆已經隨風而去了，今日何必再提？不過，老納以為，出世弟子，齋壇眾僧，既然跳出三界外，不在五行中，還是不向塵事，而一心敬佛的為好啊！」

朱瞻堂帶著明顯的激動對達奚法師說道：「師父啊，那《法華經》中有云，倘若行世俗忍，不治惡人，令其長惡，敗壞正法，即為惡魔！而禪宗，則更是主張我佛門子弟一定要度眾為善，禁人為惡。少林先祖達摩法師之所以要將禪宗之德、醫宗之德、武宗之德這天下三美，結合為一體，不也正是為了號召我們，勇於扶正去邪，揚善懲惡的嗎？」

達奚法師再次搖頭，鄭重地對朱瞻堂說道：「龍天，你的這一番話說得並沒有錯！無奈，老納卻沒有辦法來分得清楚你們朱氏皇族之中的是是非非啊……。」

【二】

蒙古草原與河北交界處，一個開闊的荒原上，馬婁托夫大公派遣的代表依萬亞布林以及西域地區的阿甫杜拉、熱爾木茲等人騎在馬上，一邊向北而行，一邊議論著。

依萬亞布林在馬背上回過頭去，眺望著身後的那一片綠油油大草原，興奮中帶著沉重的壓抑說道：「唉，多少年來，那明朝的大軍，一直都壓得我們抬不起頭、喘不過氣來！」

阿甫杜拉隨聲附和，話語之中仍然夾帶著幾分餘悸：「可不是嗎？這一次，多虧了馬婁托夫大公派人出面，才使得甯王下達了命令，把他們的軍隊調出了伊黎河谷，要不然的話，明朝的邊防軍，哪裡肯容我們過境一步啊！」

熱爾木茲也喜不自禁地湊上前附和地說道：「是啊，那明朝的大軍總算是撤退了！這一回兒，我們可算是鬆了一回氣啊，從今往後，我們終於可以想要怎麼樣地幹，就能夠怎麼樣地去幹了呀！」

阿甫杜拉忽然又有了一絲恐懼：「唉，現在，還不能夠算是真正地得到了自由啊！等到這次甯王批准了我們所簽訂的獨立條約之後，那麼我們才可以放心大膽地說，我們已經真正地獲得了自由，從此能夠為所欲為了呀！」

熱爾木茲也擔憂地問道：「你們說，那個朱高煬真的能夠批准我們的獨立條約嗎？」

馬婁托夫大公的秘使依萬亞布林得意洋洋地誇下海口：「哼，你們都儘管放心好了！現在甯王缺的不是疆土，而是起兵奪取皇帝位子的軍費，有我們馬婁托夫大公的金銀財寶在，你們的那個甯王殿下，是一定會批准你們獨立的！」

幾個秘使聽了會心，便齊聲大笑了起來。

【三】

甯王府中，大明王朝的傳國之寶，覆蓋著一塊金黃色的綢緞，被安放在大堂的一個供案上面，四個衛士持刀護衛在供案兩旁。

朱高煬背著雙手，在大堂上不停腳地來回走動著，時不時得意洋洋地端詳一會兒那塊他爭奪再三，失而復得的傳國之寶。

門客何其澤一步不落地緊緊跟隨在朱高煬的身後，陪著一副笑臉同朱高煬議論著今後的事宜：「甯王殿下喜笑顏開，連外面的天氣也隨之晴朗了許多！」

朱高煬忍不住喜笑顏開：「你這張嘴可是真甜啊！」

何其澤卻把話說得一本正經：「可不是嗎，天意煌煌，萬事皆知，上天既然已經將這一國的大任，降到了甯王殿下的肩頭，那當然便是紅日當空，雲消霧散了！」

朱高煬以少有的謙虛，樂呵呵地說道：「紅日當空不假，不過那雲消霧散，現在卻還不能夠說呀」！

何其澤連忙問道：「甯王殿下是在擔心那聖上監國君的事情吧？」

朱高煬攜帶著一絲淡淡的憂慮，點了點頭說道：「是呀！本王問你，打聽了沒有，皇宮裡面的情況怎麼樣啊？」

何其澤趕快回答：「打聽了！打聽了！王無庸已經全部都安排好了，四個宮門都有太監們帶著兵器、繩索，全在嚴密地把守著，只要聖上監國君一回到皇宮，他們就會把聖上監國君給……給綁起來的……。」

朱高煬一聽，立刻鄭重擺起臉色，嚴肅地問道：「那王無庸說了沒有，綁起來之後，怎麼辦啊？」

何其澤忙不迭地答道：「啊，說了！說了！王無庸說，綁起來之後，就把聖上監國君，護送到那坤寧宮裡頭去，先得跪地磕頭，自搧耳光，賠禮請罪，還要每日三膳，盡心盡意好好地伺候，讓聖上監國君與酥妃娘娘，好好地待在一起，啊……說是也好日日歡娛，夜夜笙歌，絕不能有一絲一毫的怠慢！」

朱高煬終於心滿意足了，朱瞻堂畢竟是他的親侄兒。他要的僅僅是那張龍椅，並不願讓自己的侄兒受苦受難，於是他忍不住連聲稱讚：「日日歡娛，夜夜笙歌？哼，好！好！好！這個王無庸還他媽的真是會辦事！好！」

【四】

晨光初起，少林寺院中，一群武僧們已經在操練了。

達奚法師平靜地站在廟宇的大殿上觀看。

朱瞻堂恭恭敬敬地立在達奚法師的身後，繼續試圖說服達奚法師：「師父，早年，龍天在這裡學習少林武功的時候，師父就曾經教導過龍天，說是少林武功，採天地之正氣，聚世間之忠義，所以一旦學到了少林武功，不但要勇於弘揚天道，匡扶正義，並且還要敢於剷除罪孽，以武禁惡的嗎？」

達奚法師顯示出一臉無動於衷的表情：「匡扶正義者，先要清楚義在何方，以武禁惡者，必須明白惡在所處！」

朱瞻堂堅持不懈地追著達奚法師說道：「師父，龍天以為，對於皇家帝者而言，執政當朝力圖振興社稷者則為義，而持國家公器營私舞弊為惡；威服天下維護山川完整者為義，而裡通外夷分疆裂土為惡；德行四海促使百姓安康者則為義，而強征暴斂不顧民生則為惡！」

達奚法師終於轉過身來，望了朱瞻堂一眼，由衷地稱讚了一聲：「阿彌陀佛！此言真得是大善不謬呀！皇家子弟能出此言，這可實在是山河之幸，社稷之幸，黎民之幸啊！善哉！善哉！」

朱瞻堂急忙向達奚法師施以弟子禮：「龍天謝師父的誇獎！但是，龍天現在是有其志，而不能行之，也只好是徒出此言，而聊表心意啊！」

達奚法師緩緩地搖了搖頭，嚴肅地對朱瞻堂說道：「你既然已經貴為天子，卻言有其志，而不能行之。這一番話，又讓老納怎麼去聽呢？」

朱瞻堂連忙上前一步，誠惶誠恐地對達奚法師說道：「師父，父皇洪熙皇帝由於中風而病癱不起，在他發病之前，曾經當著滿朝文武百官的面，將我大明王朝的那塊傳國之寶，親手傳授給了龍天，飭令龍天承襲帝位，執掌皇權。可是皇叔甯王卻不肯遵從父皇的旨意，先是派人入宮盜走了傳國之寶，繼而又策動那皇宮之中的太監們，集體叛變了朝廷，手持兵器，伏於宮內，企圖加害龍天。此時此刻，他們正張開羅網在等待著龍天，只要龍天一回到皇宮，他們便要對奉旨繼位的龍天下手了呀！」

達奚法師一邊聽著，一邊快步向大雄寶殿走去。

朱瞻堂則一步不落地緊緊跟隨著達奚法師。

達奚法師一邊走一邊問道：「龍天，老納問你一句，你要憑著佛心實話實說——除了與你爭奪皇位這件事情之外，你的那位親叔叔甯王，在其他的方面，可有惡行啊？」

朱瞻堂趕緊說道：「師父，正是由於皇叔他老人家，不能遵循天道，而善處國事，卻屢屢去做那些不義的惡事，龍天才不肯將帝位相讓的啊！」

達奚法師不動聲色地側目看了朱瞻堂一眼，又問：「噢，那你不妨就對老納來說一說，你的叔叔甯王，都做了哪些不義的惡事呢？」

朱瞻堂不假思索，脫口說道：「執政不公，貪贓枉法，縱容手下官員，私加稅賦，強征暴斂，從而使得地方糜爛，田地荒蕪，民不聊生；擁兵自重，藐視朝綱，將國家軍隊視作私人家丁，使得將士們只遵從王命，無視於朝廷；勾結奸細，私通外國，擅自撤退國防守軍，拋棄大明邊境領土，使得外邦兵馬能夠長驅直入，民族敗類敢於分疆裂土！」

達奚法師突然一下停下了腳步，嚴厲地對著朱瞻堂問道：「龍天，你所說的這些事情，可都是真的？」

朱瞻堂雙手合十，含著兩眶淚水，誠懇地對達奚法師說道：「佛祖在上，師父知道龍天是從來不說謊話的！何況，皇叔是龍天的嫡親長輩，若不是罪孽昭然，證據確鑿的話，龍天又怎麼肯於來中傷他老人家呢？」

說著，朱瞻堂從懷中取出一封信件，雙手呈遞給達奚法師：「師父請看，這是少傅公楊士奇，派遣家丁們給龍天送來的密報！」

達奚法師沒有去接朱瞻堂手中的那封密報：「阿彌陀佛！出家之人沒有必要窺看紅塵俗界的機密，甯王重權輕社稷，老納也是聽說過的！不過，身為王者，若是以權害民，以權害國，以權而害山川社稷的話，那可就真的是就連佛祖都不允的大惡之事了呀！」

朱瞻堂連連點頭：「師父說得對！其實師父是知道的，龍天自從在此出家，學得了少林武功之後，便一向喜歡漫遊四海，浪跡在江湖之中，對於當朝理政的那些事，本來也沒有多麼大的興趣！如果，皇叔他老人家，坐朝而行善社稷，執權而忠於國事，以德政行天下，用威嚴服四海，能夠使大明江山繁榮昌盛，能夠使黎民百姓安居樂業，能夠使普天之下太平祥和，別說是龍天情願將那皇權奉上，就是父皇，也一定會將帝位禪讓給皇叔的啊！」

達奚法師認真地端詳了朱瞻堂片刻，再次詢問：「那麼，老納問你，事到如今，你又準備如何來面對呢？」

朱瞻堂一片真誠地說道：「師父，身為人子，在父皇面前，龍天有著一句承諾！身為皇族，在社稷面前，龍天有著一份責任！龍天實在是沒有辦法選擇的，因此，也只有是將自己的生死安樂置於度外，挺身而出，以國家大義為重，而不惜去獲罪於皇叔了！師父啊，龍天已經下定了決心，或者，一肩挑起這錦繡山川萬里江河，或者，為大明引出一位愛國愛民的真龍天子！總之，不能任由著皇叔他老人家，去勾結外寇，禍國殃民吧？」

達奚法師聽了朱瞻堂的這一番話之後，半晌無語，思想了一下又問：「那麼，你此番前來寺中尋找老納，又是為了哪一件事情呢？」

朱瞻堂雙手合十，低聲懇求：「龍天僅僅是請求師父，派遣師兄師弟們下山，弘揚佛法，以武禁惡，剷除皇宮之中那些叛亂的太監，讓龍天有個安全的地方，以便能夠料理國事！其他一切，概無期冀！」

達奚法師轉過身去，又望了朱瞻堂一眼：「你跟隨老納去誦讀佛經吧，其他的事情，明天再說吧！」

拾陸

一聲佛號一聲心

【一】

紫禁城的四門之內，大批大批的太監們，手持兵器，緊張地把守在皇宮各處。

內廷總管王無庸手裡拿著一把刀，在幾個手持刀槍棍棒貼身太監的護衛之下，沿著宮牆，瞪著雙眼，一路細細地巡查了過來：「嘿，大家都機警一點！甯王殿下可發話了，誰要是把那個人給放跑了，就砍誰的腦袋兒！」

司禮太監劉相符急忙上前，對著王無庸行禮回話：「是！小的們聽從甯王殿下和王公公的吩咐！」

王無庸向劉相符點了點頭，帶著護衛太監走到東華門附近，看見周邊並沒有什麼人，便氣急敗壞地大吼大叫起來：「唉，人哪？都死到哪裡去了？你們這裡到底弄得怎麼樣了？」

敬事房太監馮秀雲，嗖地一下子，從樹杈上面跳了下來，手裡拿著一個繩網，向著王無庸比比劃劃地說道：「請王公公放心，我們這邊已經全都準備好了，只要人一進來，我們就用這個繩網，一下子把他給套起來！」

王無庸伸出手去，用力拉了幾下那個繩網，然後指著馮秀雲的鼻子問道：「嗯，你小子比我的心還要狠啊！知道要套的是什麼人嗎？啊？」

馮秀雲一聽，兩隻眼睛瞪得圓圓的急忙裝傻：「不知道！反正從東華門進來的，那一定是賊！套住了完事！」

王無庸連連點頭稱讚：「好！好！好！不知道是什麼人最好！你小猴崽子就是精！千萬要小

心！說什麼也不能讓他給跑了！要不然的話，我們大家可就都沒有命了啊！」

馮秀雲面露猙獰地說道：「王公公！您就放心吧！只要賞金給足了，拿這個繩網，從上往下這麼一套，就是老虎也跑不了啊！」

王無庸陰冷地一笑：「好！還是你小子想的實惠！」

當王無庸帶著那幾個貼身太監，巡查到另外一處時，司禮太監房子實忙不迭地迎上去，揪著王無庸的衣袖，一個勁地嘟囔：「我說王公公啊……我說王公公啊……行不行啊……這行不行啊……。」

王無庸幾次甩手，想掙脫房子實的糾纏不清，不料房子實卻使足了勁，揪住不放，氣得王無庸一再瞪眼：「唉，唉，唉，有話快說，有屁快放！你一個勁地老在那裡揪我袖子幹什麼呀？」

房子實掛著一臉惶恐不安的表情，仍然死死地揪著王無庸的衣袖不放，嘴巴裡面不停地嘟嘟囔囔：「可是……可是……您老人家，讓咱們去捉的人……那……那可是咱們大明朝的……聖上監國君啊！王公公，您說，咱們這是不是在謀反啊？」

王無庸狠狠地一甩胳膊，總算是把自己的那半截衣袖，從房子實的死攥著的手中抽了出來，他趁勢舒展了膀子，一巴掌搧在房子實的那張哭喪臉上，然後低聲地訓斥道：「謀什麼反呀？啊？謀什麼反呀？唉，我說什麼叫謀反呀？小子兒，你可鬧清楚了——咱們這是在給甯王殿下幹活！」

房子實急慌慌地趕緊又伸出手來，還想去揪王無庸的袖子，王無庸連忙閃開，撲了個空的房子實刷白臉地對王無庸說道：「啊，是啊，王公公，我鬧清楚了！我鬧清楚了！可是……可是……咱們這些當太監的，本來不是伺候人家主子的奴才嗎？您說，這會兒，怎麼反倒逮起人家聖上監國君來了呢？」

王無庸盡顯出一副奸佞小人的嘴臉，他伸出手指狠狠地戳著房子實的腦門，連聲訓斥：「我說你啊，這腦袋兒是怎麼長的啊？你說你這個腦袋兒裡面，裝的到底是什麼腦漿啊？啊？咱們當太監的，下邊沒了，眼睛也沒了嗎？你怎麼也不好好地瞪大眼睛看看，看看如今這大明朝，什麼人是你該好好伺候的主子？看看如今這大明朝，是什麼人在當家呀？甯王！知道不知道？告訴你，小子兒，如今，這朝廷裡面當家的人是甯王殿下！」

【二】

坤寧宮內，酥娉和衣站立在窗前，聽著那滿宮太監們的騷亂之聲，臉上顯示出一片焦慮和不安的神情。

蓮兒與春蘭兩名宮女，站在酥娉的身後，默默地伺候著。

酥娉輕輕地歎息了一聲：「唉，這個王無庸，領著那些太監在皇宮裡面，前前後後，左左右右，跑過來，跑過去，沒完沒了地，這麼一個勁地折騰！妳們說，他們這到底是要幹什麼呀？」

宮女蓮兒急忙上前說道：「回稟娘娘，剛才那個王公公捎過話來，說是奉了甯王殿下的命令，要在皇宮裡面抓一個賊人！」

酥娉微微一愣：「抓賊？哼，這皇宮裡面，哪裡來的什麼賊人！」

宮女蓮兒一聽，馬上附和地說道：「是啊，娘娘，奴婢的心裡也覺得有些不對頭，您說，這皇宮裡面，怎麼會有賊人敢來呢？」

宮女春蘭也一臉疑惑地說道：「可不是嗎，他們這樣如臨大敵，興師動眾地，到底是什麼樣的賊人，有這麼厲害呀？」

酥嫮聽罷，冷冷一笑：「哼，哪裡有什麼賊人啊？恐怕，他們又是在與咱們的聖君為難吧？」

宮女蓮兒趕緊說道：「是啊，娘娘，那個王公公還讓人告訴我們，說是外頭亂，叫我們不要出坤寧宮呢！」

酥嫮慢慢地搖了搖頭，輕輕地發出一聲長歎：「唉，如今，連皇宮裡面，都亂成了這個樣子，那麼這天下，又怎麼能夠來保持安寧呢？」

宮女春蘭雙手合十，低聲祈禱：「但願蒼天保佑，保佑咱們的聖君平安無事！」

酥嫮不由得也合起了雙手：「是啊，如今，皇叔不斷地苦苦相逼，宮中的太監們，又跟著興風作亂，聖君他也只能依靠那蒼天來保佑了！」

宮女蓮兒一聽，急忙連聲勸慰：「沒事的娘娘，聖君胸懷坦蕩，正義無邪，蒼天有眼，一定會保佑我們的聖君平安無事的！」

酥嫮對著蓮兒點了點頭，又一次輕聲歎道：「唉，但願如此吧！」

宮女春蘭見狀，也趕快上前勸慰酥嫮：「娘娘放心，奴婢的心裡，也覺得那蒼天，一定會保佑咱們的聖君，平安無事，順利歸來的！」

【三】

晨陽未起，一陣強勁的山風，吹過了少林寺，使寺中雨簷下懸掛著的風鈴叮鐺做響，正在客舍中休息的朱瞻堂，突然之間被寺院裡面的鐘聲所驚醒。

那鐘聲，在晨風之中，飄蕩，震響，鏗鏘有力，沉穩有序，宏亮無比，撼天動地。

朱瞻堂聽到那熟悉的鐘聲，臉上頓時飄蕩起一片振奮的激情，他急忙一個鷂子翻身，縱身而起，衝出屋外。

鐘聲在晨風中陣陣傳揚著：「噹……噹……噹……。」

在那一陣又一陣鐘聲的催促之下，少林寺各堂中所有的武僧們全都迅速地跑了出來，飛快地奔向大雄寶殿前面的廣場，整整齊齊地集合著了起來。

那今人振奮的鐘聲繼續在敲響：「噹……噹……噹……。」

大雄寶殿中，達奚法師率領著寺內的幾位高僧，跪在如來佛像前，齊聲誦讀佛經：「喃喃唱誦如來涅盤日，娑羅雙樹間，阿難沒憂海，悲慟不能前。優婆初請問，經首立何言？佛教如是者，萬代古今傳……。」

大雄寶殿前，上千名武僧刹那間列隊完畢。

朱瞻堂也精神抖擻地來到大雄寶殿之前。

鐘聲慢慢地平靜了下來，達奚法師及各位高僧們誦讀佛經的聲音，在寺中回蕩，響徹雲霄：「喃喃唱誦如來涅盤日，娑羅雙樹間，阿難沒憂海，悲慟不能前。優婆初請問，經首立何言？佛教如是者，萬代古今傳……。」

大雄寶殿前，千名武僧威風凜凜，排列得整整齊齊。

朱瞻堂雙手合十，恭恭敬敬地肅立在大殿前面。

片刻之後，達奚法師與眾高僧們，誦讀佛經完畢，健步走出大雄寶殿。

全體武僧馬上一同雙手合十，齊聲誦讀：「鏗鏘有力如來涅盤日，娑羅雙樹間，阿難沒憂海，悲慟不能前。優婆初請問，經首立何言？佛教如是者，萬代古今傳！」

達奚法師走到廣場，高唱佛號：「阿彌陀佛！」

全體武僧亦齊聲唱頌：「阿彌陀佛！」

達奚法師望著面前集合的武僧嚴正地說道：「佛說，天道昭然，法眼無邊，我佛慈悲，亦懲惡人！」

武僧們齊聲誦道：「天道昭然，法眼無邊，我佛慈悲，亦懲惡人！」

達奚法師對武僧們詢問：「你們身為武僧，肩負著弘揚佛法，助善除惡之責！有人禍亂國家，危害社稷，塗炭生靈，傷殃天下，你們，當何以處之？」

全體武僧一聲斷喝：「匡扶正義，以武禁惡！」

達奚法師再度唱頌佛號：「阿彌陀佛！現在，皇宮之中，宦官造反，太監叛亂，危害天子，禍亂朝綱，把一個和平的國家推向了戰火之災。面對此種大逆不道的罪惡，少林武僧，當何以處之？」

武僧們再次齊聲喝道：「替天行道，剷除亂賊！」

達奚法師：「阿彌陀佛！惠明、普海！」

隨著達奚法師的一聲呼喚，惠明、普海兩位武僧，雄赳赳氣昂昂地走出了佇列：「阿彌陀佛！」

達奚法師一指肅立在側旁的朱瞻堂，對他們兩個說道：「國家興亡，匹夫有責，我佛慈悲，不容惡事！惠明、普海！你們兩個點出四百武僧，隨著你們的師兄龍天下山行義，前往北京城中，皇宮之內，去超度那些叛亂的太監吧！阿彌陀佛！」

【四】

日間，蒙古草原與河北交界處，一個開闊的荒原上，藍天白雲，草青沙黃。

馬婁托夫大公派遣的代表依萬亞布林以及西域地區的那幾個民族敗類阿甫杜拉、熱爾木茲等人，帶著隨行的七八個西域衛士，大搖大擺地騎在馬上，得意忘形地一路向北而行。

馬婁托夫大公的那個代表依萬亞布林，看到遠方逐漸浮現出來的一片青翠，興奮地呼喊了起來：「嘿，你們看，你們都快來看呀！那前面遠遠的地方，好像是有農田和村莊了！」

西域地區的那個民族敗類阿甫杜拉也驚喜地連聲高呼：「噢，是呀！是呀！我們總算是走出了這一片茫茫的大草原，馬上就要進入到河北的地界了！」

賣身投靠馬婁托夫大公的熱爾木茲，頓時樂得手舞足蹈：「是啊，是啊，我們很快就要進入到河北地界了！這樣一來，最多再走上兩天的路程，我們就可以到達北京城了！」

依萬亞布林回過頭去，望瞭望身後的那一片黃沙，舔了一下乾裂的嘴唇，忍不住說道：「咱們辛辛苦苦地趕了這半個多月的路程，也不知道到了北京城裡面之後，那個甯王殿下到底會怎樣招待咱們？」

阿甫杜拉連忙說道：「唉，這你就放心好了，我們都是對甯王非常有用的人物，這次又帶來了這一份可以讓甯王大發一筆橫財的《納貢獨立條約》，你說，他甯王殿下又怎麼會虧待我們呢？」

熱爾木茲夾帶著自己的一番幻想，指地劃天地描繪起來：「可不是嗎，北京城裡面又有的是美酒佳餚，天姿國色，想來那個甯王殿下是一定不會虧待我們！一定不會讓我們孤單的！」

熱爾木茲這幾句酸溜溜的話，頓時引起了那幾個敗類的一陣狂笑。

依萬亞布林連聲附和：「是啊，是啊，完成了這一件使命，讓我們西域的這幾個部族，不再受那明朝的管轄，而最終可以宣佈獨立，我們應該也算得上是那種開天闢地的人了！那個甯王殿下又怎麼捨得讓我們孤單呢？」

阿甫杜拉放肆地大笑了起來：「對呀！對呀！說不定，那位甯王殿下，還會派出幾個美麗的漢族宮女，來好好地侍候、侍候咱們呢？啊，對不對啊……。」

【五】

易天慈率領著楊士奇府中的數名家丁，騎著駿馬，在田野上奔馳著，努力地搜索著馬婁托夫大公派遣的代表依萬亞布林和西域的那幾個民族敗類。

偶爾，她們遇到一些牧羊人和趕路者，易天慈等人便會勒住馬頭，上前詢問打聽：「喂，請問你一下，你看到過一夥西域來的人嗎？」

牧羊人搖了搖頭說道：「沒有！沒有見過！」

片刻之後，又有一位趕著毛驢車從西邊過來的老人家行走過來，易天慈急忙策馬過去，禮貌地詢問：「請問這位大伯，您看到過一夥從西域來的人，從附近走過嗎？」

著毛驢車的老人家搖頭說道：「從西域來的人？沒有！姑娘，我沒有見過！我從來沒有見過什麼從西域來的人！」

【六】

北京城裡，甯王府中，朱高煬坐在大堂的椅子上面喝茶，何其澤恭恭敬敬地走上前來，雙手呈上一封密信：「稟報甯王殿下，馬婁托夫大公托人捎來了一封信，說是派來了一位特使，還帶著西域地區的部族首領阿甫杜拉、熱爾木茲等人以及幾個隨員，要一起到北京來晉見甯王殿下。信上說，他們幾個人的手中，有一份今後每年定期向甯王殿下進貢金銀財寶的條約。」

朱高煬放下茶杯，接過密信，草草地閱讀了一遍：「噢，出來已經半個多月了，現在他們走到哪裡了？」

何其澤連忙說道：「啟稟甯王殿下，愚生估算了一下，如果不出意外，現在他們大概應該已走進了河北地界了吧！甯王殿下，這些人都是我們大明王朝的朋友，而且身上又攜帶著這樣一份至關重要的條約，您看，是不是派出個人去接他們一下啊，免得……免得……在路上出事！」

朱高煬聽了微微一愣：「嗯？你是說出事，出什麼事？」

何其澤趕快湊上前去，低聲說道：「噢，啟稟甯王殿下，愚生所擔心的是，聖上監國君既然是能讓忠信鏢局的那個女鏢師，在暗中悄悄地來遞送這塊傳國之寶，這便足以證明了，他對於國事還是懷著一份野心的！而如今，聖上監國君卻仍然在外面活動，並沒有回到宮中，另外，這塊傳國之寶，雖然是又回到了甯王殿下您的府中，可是那個為聖上監國君來傳遞，護送傳國之寶的女鏢師，畢竟還沒有被抓住！所以，愚生擔心……擔心那位聖上監國君，萬一要是聽到了什麼消息的話，會不會做出一些與甯王殿下的意願相反的事情來呢？」

朱高煬聽了何其澤的這番話，略略地思忖了一下，對何其澤說道：「嗯，你倒是想得仔細！」

何其澤趕緊低下頭，對著朱高煬鞠了一個躬：「謝甯王殿下誇獎！愚生為甯王殿下效命，不敢不把一切事情都想仔細！」

朱高煬一揮手：「這樣吧，你去把那個左參軍叫進來！」

何其澤一聽，連忙提醒朱高煬說道：「啊……是日前截獲傳國之寶，被甯王殿下調任右軍都督府宣武將軍，轄鎮南、龍虎兩衛，授了正四品武官的，那個前左參軍劉仲生吧？」

朱高煬頓時領悟，微笑著一點頭說道：「噢，對！對！對！這小子，如今已經是宣武將軍了！叫他來！叫他來！」

片刻，剛剛升了官的劉仲生應命而至，他一進大堂，便撲通一下子跪倒在地上，對著朱高煬磕了一個響頭，高聲說道：「部將參見甯王殿下！」

朱高煬微微一笑，和藹親切地對那個劉仲生說道：「嗯，將軍請起！將軍請起！」

劉仲生堅持不懈地跪在地上，高聲說道：「在甯王殿下的面前，部將願意永遠跪著！甯王殿下，部將謹聽甯王殿下吩咐！」

朱高煬對著劉仲生點了點頭說道：「好！馬婁托夫大公，托人捎來一封信，說是派來了一個特使，還帶著西域地區幾個部族首領的代表，要到北京來晉見本王！我們大明朝乃是禮儀之邦，冷落了人家恐怕不好！你帶上一隊兵馬，以本王的名義，前去迎接一下好了！」

劉仲生急忙又對著朱高煬磕了一個響頭：「部將遵命！」

朱高煬笑了笑又說：「還有，你要是再碰到忠信鏢局的那個女鏢師，千萬不要放過！一定要想方設法把她給本王抓住，如果實在抓不住的話，那你們就亂箭齊發，直接把她給本王亂箭射死便是了！」

劉仲生再次磕頭回答：「部將遵命！部將謹遵甯王之命！」

拾柒

外寇覬覦大中華

【一】

廣闊的原野上，易天慈率領著楊士奇府中的家丁，策馬奔馳，仍然在不停地繼續打聽尋找著那些西域秘使。

行進間，易天慈勒住馬頭，向一群行路人詢問：「喂，請問你們一下，你們有沒有看到過有一夥西域來的人，從這一帶走過呀？」

行路人搖頭回答：「西域來的人？沒有！沒有見過，我們從來沒有見過從西域來的人！」

行進了半晌，易天慈又一次勒住馬頭，向人詢問：「喂，請問這位大伯，您看到過一夥西域來的人嗎？」

大伯連連搖頭說道：「西域來的人？沒有啊！姑娘，我沒有見到過！」

楊士奇府上的總管楊梅坤有些擔心地對易雲敬說道：「天慈姑娘，我們已經找了這麼久了，卻仍然沒有找到那夥秘使，妳說，他們會不會是已經從這裡走過去了啊？」

楊府的家丁也附和地說道：「是啊，天慈姑娘，我們在這一帶找過來，找過去的，找了這麼久，卻總是找不見他們的人影，也許這幫傢伙真的已經從這裡走過去了？」

另一名家丁焦急地策馬欲動：「怎麼辦？天慈姑娘，要不然的話，我們就趕緊往京城的方向去追一追吧？」

易天慈在馬上沉思了片刻，然後冷靜地說道：「不，不要著急！本姑娘覺得，那些從西域前來的秘使們，衣冠奇特，相貌異常。言談舉止都不同於我們內地的人。所以他們無論是從哪裡經過，都應該是十分引人注目的，看見過他們的人，肯定會記得他們！可是我們在一路之上，詢問了那麼多的人，而所有的人又都說是沒有看到過他們。這就說明，這一夥西域的秘使，一定還沒有從這一帶走過去！也許他們走得慢，還沒有到達這裡吧？這樣吧，我們不如暫時分成兩頭，煩請楊梅坤楊總管率領貴府的兄弟們，繼續向前面再去找一找！本姑娘先去南邊，尋覓一下日前走失的鏢師陸運風和林中嘯，讓他們一同過來，滅寇殺賊！」

說著，易天慈便調轉過馬頭，總管楊梅坤急忙攔住她說道：「天慈姑娘，請妳至少帶上一個人吧！這個楊柳子很機靈也很忠勇。讓他跟著妳，一路上好歹是個幫手！」

【二】

北京城裡，楊士奇的府中，楊士奇正在室內處理公文，一位侍從走進來報告：「稟報少傅公大人，您派出去送信的人回來了！」

楊士奇連忙放下手中的公文筆墨：「噢，他們回來了？快！快！趕快叫他們進來回話！」

侍從一點頭：「是！」

片刻，朱瞻堂派來送信的那個家丁，風塵僕僕地走了上來：「稟報少傅公大人，在下回來了！」

楊士奇急忙問道：「唉，怎麼？就回來了你一個人？快說，你們找到龍天大俠了嗎？」

家丁忙不迭地回答道：「稟報少傅公找到了！昨天清晨，我們是在清風澗附近的一處山谷裡面找到龍天大俠的！」

楊士奇又問：「噢，那龍天大俠怎麼樣？讓你們帶去的那封信，你們交給龍天大俠了嗎？」

家丁回答：「稟報大人，龍天大俠同忠信鏢局的女鏢師易天慈姑娘在一起！我們已經把少傅公大人的信，當面交給龍天大俠了！」

楊士奇趕緊又問：「那龍天大俠怎麼說？他有沒有什麼話，讓你們捎回來？」

家丁連忙回答：「有！有！有！龍天大俠看了那封信以後，把其他的人，都留了下來，只讓在下一個人趕回來，向少傅公大人報信——龍天大俠說，那些個前來晉見甯王的西域秘使們，龍天大俠已經讓易天慈姑娘帶著咱們府上的那幾個人，前往追趕剷除去了！龍天大俠還讓在下轉告大人，說是他現在要先去上一趟少林寺，七日之後，將會帶著一群和尚們回到皇宮來做法事，龍天大俠請少傅公大人做好準備，到時候，一定要想方設法打開宮門！」

楊士奇聽了家丁的報告之後，不由自主地沉吟道：「要先去上一趟少林寺……帶著一群和尚們，進入皇宮來做法事……好！好！好！如果那達奚法師能夠派出少林武僧下山相助，那麼我們的聖君便也就可以轉危為安了！天慈姑娘……前往追趕剷除西域秘使，可是……那些西域秘使，一個個武功高強，詭計多端，那位天慈姑娘，只帶著楊梅坤和那十幾個家丁，能夠勝得了他們嗎……。」

【三】

時值正午，紅陽當頂，馬婁托夫大公的秘使依萬亞布林，帶領著西域地區的民族敗類阿甫杜拉、熱爾木茲一夥人，騎在馬上，繼續向北行進著。

遠方，在那天地交界之處，忽然揚起了一陣沙塵。沙塵之中，漸漸地奔來了一支威武的馬隊，楊梅坤一馬當先，楊府的那十幾個家丁緊隨其後，勇猛地衝殺了過來。

馬婁托夫大公的秘使依萬亞布林眼尖，遠遠地看到了楊梅坤等人，他頓時一陣驚慌，急忙對身旁的阿甫杜拉說道：「不好！我怎麼覺得遠處奔來的那支人馬，似乎是衝著我們來的呀？」

阿甫杜拉定睛望了一望，也覺得詫異，他匆匆地對熱爾木茲喊叫道：「你快看！你快看！那一夥人，是不是草原上的匪幫？是不是來搶劫我們金銀財寶的呀？」

熱爾木茲抬起頭來看了一眼，不屑一顧地說道：「別慌，別慌，就那他們幾個人，也敢稱匪？我一個人就能殺光他們！」

依萬亞布林急忙說道：「熱爾木茲兄弟，不可大意！我們都是擔負著重大使命的人啊！千萬不能在幾個小小蟊賊的手中，耽誤了大事！」

依萬亞布林一邊說著，一邊隨手抽出了腰刀。

阿甫杜拉也警惕地說道：「對！對！對！馬上就要到達北京城了，我們一定得小心提防，不要忘記，我們幾個人，可是身繫著西域的安危啊！」

熱爾木茲大咧咧地拔出佩刀，帶出一股野蠻的兇狠，對著依萬亞布林和阿甫杜拉等人說道：「哼，好久沒有殺過人了，憋得我全身都癢！」

熱爾木茲說著，狠狠一打馬，颼颼颼地衝了出去。

依萬亞布林急忙帶領阿甫杜拉等人一起上前。

楊梅坤率領著家丁們飛馬過來，他抽出腰刀，衝著熱爾木茲大聲喝問道：「站住！你們可是從西域來的？」

熱爾木茲蠻橫地說道：「正是！你們想怎麼樣？」

楊梅坤猛地一揮手中的鋼刀，家丁們立刻圍了上去，衝著熱爾木茲等人齊聲喝道：「西域來的？快滾下馬來！」

熱爾木茲獰笑著對楊梅坤說道：「下馬？好啊！你過來，咱倆兒一齊下馬，好好談談！」

楊梅坤聽了一點頭，策馬來到熱爾木茲面前，持刀對著熱爾木茲嚴厲地說道：「你先下來！」

熱爾木茲連聲說道：「好！好！好！」

說著，以手扶住馬鞍，雙腳離開馬鐙，佯裝出一副下馬的樣子，旋即，卻一個全身翻滾，雙手抓著馬鞍，飛起兩隻腳，凌空向著楊梅坤的腦袋猛蹬了過去，一下子便將楊梅坤蹬得頸骨盡斷，死在了馬上，復而，他又是一個翻滾，筆直地端坐在了馬鞍之上。

楊府的家丁們頓時全都愣住了，剛想持刀上前，依萬亞布林、阿甫杜拉和那些隨行護衛們，早已一擁而至，刀槍劍戟，一陣殺戮，轉眼之間，便把他們的一片屍骸留在了這片蒼冷的土地上。

【四】

荒涼的大漠邊際，易天慈率領著楊士奇府上的那名家丁楊柳子，焦急地策馬奔馳著。

時不時，她會昂首高喊幾聲：「運風師父！中嘯……。」

【五】

一個小鎮上圍了一圈人，為了掩護易天慈脫險而引兵離去的忠信鏢局鏢頭陸運風和鏢師林中嘯，站立在人圈中央四面作揖：「大叔大爺，哥哥弟弟，各位父老鄉親們，我們兄弟倆失了盤纏，幾天沒飯了！今天，給大家獻上幾手，不要一分銀兩，只求各位賞上幾個饅頭、餅子果腹充饑……。」

拾捌

民間有義女

【一】

幾經周折，易天慈終於找到了陸運風和林中嘯兩人，一番感慨之後，易天慈來不及噓寒問暖，便急切地詢問：「你們兩人一路上可曾遇到一夥從西域來的人？」

陸運風隨口答道：「西域來的人？遇見了！怎麼啦？」

林中嘯也跟著說道：「是呀，那幫人很不是東西！沙地裡見人有難，分水分食的規則，一點也不講！天慈姑娘，妳打聽他們幹什麼呀？」

易天慈一聽，馬上急匆匆地說道：「他們往哪邊走了？你們是什麼時候遇到的？」

陸運風和林中嘯見到易天慈如此重視，立刻領悟到這裡面有故事，於是趕快三言兩語，說了個清清楚楚。

易天慈二話不說，拉著陸運風、林中嘯就走：「趕快去追！情況咱們路上說……。」

【二】

馬婁托夫大公派遣的代表依萬亞布林，高傲地騎在馬上，帶著西域地區的民族叛徒阿甫杜拉和熱爾木茲等一干人馬，猖獗地在黃土地上穿村過鎮，一路向著北京城行進著。

易天慈一馬當先，陸運風和林中嘯，遠遠地一路奔馳過來，那個家丁楊柳子緊隨其後。

楊柳子眼尖，遠遠地發現了秘使依萬亞布林一干人馬，他急忙打馬上前，伸手一指：「天慈姑娘，妳看！」

易天慈趕快讓曾經遇見過那夥人的陸運風和林中嘯，觀看確認。

陸運風縱身一躍，站立在馬鞍子上面，舉目眺望了一下，馬上說道：「對，是他們！是他們！天慈姑娘，遠處的那一夥人，就是他們！」

林中嘯瞭望了一眼之後，也跟著說道：「嗯，沒錯！沒錯！奇裝異服，獐頭鼠目，就是那夥西域來的混蛋！」

楊柳子一陣興奮：「啊，咱們可算是找到這幫傢伙了！」

林中嘯從來性急，他趕緊向易天慈問道：「我們怎麼辦？天慈姑娘，妳快吩咐吧！」

楊柳子也跟著嚷嚷起來：「是啊，是啊，請天慈姑娘趕快下令吧！」

陸運風細緻地觀察了一下，對易天慈說道：「他們人多，我們人少，我看，咱們兵分四路，先把他們圍住再說！」

易天慈連連點頭：「好！我們慢慢包抄過去，圍住他們！大家一定要多加小心，千萬不要讓任何一個人跑掉了！」

【三】

田陌草青青，天際雲蒼蒼。

易天慈手舉寒鐵劍中路出擊，左邊，鏢師陸運風手中的一杆紅纓直指蒼穹，右邊，林中嘯揮舞著大刀威風凜凜，他們一路勇猛，向著秘使依萬亞布林和西域叛徒阿甫杜拉、熱爾木茲一夥惡人，衝殺了過去。

依萬亞布林一看，匆忙地大叫了一聲：「不好！又來劫匪了！」

熱爾木茲卻蕩起了一聲譏笑：「哈哈……就那幾個人？其中還有一個女的！搶劫我們？我們不搶劫他們就是面子了！」

阿甫杜拉定睛一看，也隨之說道：「女的？啊，真是女的！還很標緻嘛！」

依萬亞布林連忙勸說：「三四個人就敢前來挑釁，未必簡單！我們還是要小心為妙！小心為妙啊！」

阿甫杜拉一聽，攜帶著一股猥褻的陰笑說道：「好！好！好！小心為妙！我看那個小女子就很妙！一路上，我們清心寡欲，似乎也該到了妙一下的時候了！」

一陣馬蹄滾滾之後，易天慈等人縱馬來到境外秘使依萬亞布林和西域叛徒阿甫杜拉、熱爾木茲的隊伍面前。

阿甫杜拉急忙擺出一副和藹然可親的模樣，微笑著問道：「大路朝天，各走半邊！你們圍著我們幹什麼呀？嗯？」

易天慈一把抽出寒鐵劍，威嚴地指著阿甫杜拉等人厲聲喝道：「我讓你們站住！」

依萬亞布林策馬上前，不可一世地說道：「讓我們站住？你憑什麼？嗯！」

易天慈橫眉冷對，嚴厲地問道：「說！你們是什麼人？從何處而來？到何處去？」

依萬亞布林傲慢地一昂頭：「哼，我們是馬妻托夫大公的秘使！從西域來，到北京去！怎麼樣？」

易天慈冰冷地瞪著面前的依萬亞布林：「本姑娘問你，你們可是要去見那個甯王朱高煬，來簽立什麼條約的嗎？」

阿甫杜拉連忙上前詢問：「啊，是啊，我們西域的各個部族，很快就要獨立了！唉，妳怎麼會知道這件機密的大事呀？請問，妳是什麼人哪？」

易天慈瞪著這一群惡棍，一聲響亮：「中華武士！我們要找的就是你們這些個外國奸細和民族敗類！哼，還不快點給本姑娘滾下馬來，把那份賣國的條約交出來！」

易天慈兩側的陸運風、林中嘯和堵在後面的楊柳子，也齊聲大喝：「下馬！」

熱爾木茲揮動馬鞭，不屑一顧地指著易天慈等人咆哮起來：「哼，胡鬧！簡直是胡鬧！我們是來拜見大明朝甯王殿下的！你們這一群山野刁民，跑來搗得是個什麼亂？啊，快些閃開！」

易天慈策馬向前，逼近依萬亞布林等人，義正辭嚴地說道：「告訴你，大明朝是我們中華民族的大明朝，並不是他甯王一個人的！今天，本姑娘替天行道，就是要管一管這大明朝的事情！」

依萬亞布林蠻橫地叫喊道：「我們是甯王殿下請來的客人，不與你們這些個山野刁民糾纏！有話，你們去找甯王殿下去說吧！趕快把路給我們讓開！」

易天慈一聲冷笑：「給你們讓路？簡直是癡心妄想！快把那份賣國的條約，給我交出來！」

陸運風、林中嘯和楊柳子也跟著大喝：「交出來！交出來！趕快把賣國的條約，交出來！」

阿甫杜拉惱羞成怒，瞪著眼睛衝著易天慈喊道：「哪裡冒出來的野丫頭，給我讓開！你們少管閒事！」

易天慈那美麗清澈的目光中，流動著對阿甫杜拉一夥人明顯的的蔑視，她冷冷地說道：「天下人管天下事，這件事情，本姑娘今天是管定了！告訴你們，不交出那份賣國的條約，這裡就是你們的死地！下馬！」

阿甫杜拉抽出腰間所佩的彎刀，兇狠地吼道：「大膽！妳這個野蠻的潑婦，竟然敢如此地無禮，難道，你就不怕我們西域的神風刀嗎？」

易天慈忍不住哈哈大笑：「哼，真是笑話！我們中華武功，素來天下無敵！哪裡會懼怕你們那些什麼神風刀、鬼風刀的！要是不肯交出那份賣國的條約，你們就趕快前來受死好了！」

阿甫杜拉揮動彎刀，惡狠狠地衝了上來：「大膽潑婦，妳敢來攔我的路，看刀！」

易天慈舞起寒鐵劍，從容地迎上：「民族敗類，本姑娘就讓你來領教領教我們中華寒鐵劍的神威！」

阿甫杜拉揮刀砍來：「多管閒事，我讓妳身首兩斷！」

易天慈一劍斬去：「無恥之尤的東西，膽敢背棄國家，分疆裂土，本姑娘今天讓你在劍下做鬼！」說著，易天慈揮動寒鐵劍，瀟瀟灑灑地策馬轉身，以一個漂亮的游龍刺虎，輕輕鬆鬆地斬殺了那個手持彎刀，撲面而來的民族叛徒阿甫杜拉。

陸運風、林中嘯和楊柳子幾個人，也各自揮舞兵器，向這夥西域敵寇們發起了攻擊。

一場激戰下來，秘使們死傷過半，陸運風、林中嘯和楊柳子幾個越戰越勇，殺得昏天黑地。

那個馬婁托夫大公派來的秘使依萬亞布林見勢不妙，便趕快一連使出了好幾個詭異的狠招，衝出包圍，趴在馬背上面，倉皇地奪路而逃。

易天慈大喝一聲：「大膽的奸細，想往哪裡跑？你給我站住！」

隨即策馬揮劍，緊緊地追趕了上去……。

【四】

驛道途中，塵土飛揚，那個新上任的右軍都督府宣武將軍劉仲生，急著想趕快接到西域來的秘使一夥，以便在朱高煬面前再立新功。

於是不辭勞苦，親自率領著大隊的官兵，騎在馬上向河北邊境飛奔著：「快！快！後面的都趕快跟上，給我全速前進！」

馬婁托夫大公派來的秘使依萬亞布林狼狽不堪地逃竄著，易天慈騎著駿馬，一路揮劍窮追不捨：「狗奸細，往哪裡跑？給本姑娘站住……。」

驛道上面，馬蹄滾滾，劉仲生不停地督促著官兵，加速前進：「快！快！都趕快給我跟上，耽誤了甯王殿下的大事，軍法無情！」

【五】

藍天白雲之下，碧草黃沙之間，易天慈持劍與秘使依萬亞布林對峙著。

依萬亞布林大惑不解地問道：「姑娘，就連你們的甯王殿下，都一向與我們的大公暗中交好！妳一個民間女子，又何苦要跟我們過不去，非得以命相搏不可呢？」

易天慈一句話說得義正辭嚴：「哼，中華乃我中華兒女之中華！他朱明王朝，如果肯於尊民意而愛國家，那麼百姓們自然會加以擁戴。可是，要是有人敢於割裂山河，賣國求榮，我等習武之人首先就容不了他！」

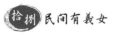

依萬亞布林連連搖頭說道：「姑娘，妳如此拚命，到底是為了什麼？為了錢嗎？如果姑娘是為了錢財，我們有的是金銀財寶！」

易天慈揮動手中的寒鐵劍嗤之以鼻：「哼，只怕你的那些金銀財寶，買不動本姑娘！」

依萬亞布林聲嘶力竭地吼叫起來：「那妳到底是為了什麼？嗯？為了什麼？」

易天慈豪情萬丈，衝著依萬亞布林莊嚴地說道：「為了什麼？本姑娘為的是山川完整，為的是民族大義！」

依萬亞布林驚慌失措地問道：「是什麼人派妳來的？」

易天慈連聲冷笑：「你真的是不知廉恥，沒有教化！中華武士，保家衛國，難道，還需要什麼人來派嗎？」

依萬亞布林咬牙切齒：「妳真的不肯放我過去？」

易天慈狠狠一劍劈去：「你問一問本姑娘手中的這把神劍！」

依萬亞布林急忙舉刀抵擋：「如此說來，妳是非要和我拚一個魚死網破不可了？」

易天慈再度逼近：「承我伏羲大帝的旨意，以天賜寒鐵劍，本姑娘一定要斬了你們這些禍亂華夏的妖魔鬼怪！」

依萬亞布林咬緊牙關，拚死抵抗：「那好！那咱們就來拚上一個你死我活吧！」

【六】

易天慈與依萬亞布林正在殊死絕戰的時刻，遠方，馬蹄滾滾、塵土飛揚，劉仲生所率領的那一隊官兵，逐漸出現在了地平線上。

劉仲生一眼看到了他們兩個人的廝殺，急忙縱馬高呼：「住手！住手！大明兵馬到！甯王兵馬到……。」

被易天慈追殺的走投無路的依萬亞布林，看到了劉仲生帶來的那一隊官兵，如同看到了救星一般，他那驚恐焦慮的臉上，飛快地閃出了一絲喜悅，在拚盡全力，躲過了易天慈劈頭蓋臉的那一劍之後。依萬亞布林急忙轉身，一邊打馬奔逃，一邊向著遠方的官兵們瘋狂地呼救：「快來救我！快來救我！我是馬斐托夫大公的特使！快來救我呀……我是馬斐托夫大公的特使！快來救我呀……。」

易天慈鄙夷地看了依萬亞布林一眼，輕蔑地說道：「哼，賣國賊救不了你的狗命！看劍！本姑娘送你上路！」

說著，易天慈揮動寒鐵劍，使出易家絕技，一個漂亮的回風拂柳，劍如奔雷，氣沖牛斗，猛地一下子，將依萬亞布林斬下馬來。

馬蹄滾滾，塵土飛揚，劉仲生率領著大批的官兵們，迅速地向前衝著。

劉仲生一馬當先，厲聲高呼：「住手！住手！趕快住手！大明兵馬到！甯王兵馬到！」

易天慈望著那正在衝殺過來的官兵，從容不迫地跳下馬來，用寶劍挑開秘使甲的衣襟，找到了一卷密封著的文書。

易天慈拿起那卷文書，仔細地看了一下，然後收在了懷裡，隨即縱身一躍，騎上了馬背。

正領兵衝殺過來的劉仲生，一眼認出了易天慈，他急急忙忙地向官兵們下令：「弟兄們，前面的那個女鏢師，正是甯王殿下通緝的要犯！趕快給我追！千萬不要放跑了她！」
眾官兵齊聲高呼：「站住！站住！」
易天慈不慌不忙地調轉馬頭，雙腿一夾，那匹駿馬立刻順從地奔馳起來。
劉仲生急了，連忙高聲喊道：「抓住那個女鏢師，甯王殿下有重賞！弟兄們，快點追呀！」
眾官兵齊聲高呼：「站住！站住！」
易天慈縱馬，向著遠處飛奔而去。
劉仲生急不可耐地連聲下令：「放箭！放箭！趕快放箭！把她射死！把她給我射死……。」
剎那間，官兵們弓弩齊發，萬箭如雨，撲天蓋地向著易天慈飛射而去。
陸運風、林中嘯和楊柳子幾個人，看到弩箭飛來，一同躍馬縱身，撲上前去，不顧一切地擋在易天慈的身後。
陸運風於半空之中淒厲地叫喊了一聲：「天慈快走……。」
林中嘯來不及發出一絲言語，便背著一身箭，撲倒在了地上。
易天慈哀痛之極，拚命地調轉馬頭，連聲呼喚：「運風！中嘯！我的哥哥呀……。」
她剛要翻身下馬救助，楊柳子卻猛撲過來，一頭撞到馬背上面，用手中緊緊抓住的一支弩箭扎向馬臀。
駿馬一聲悲鳴，載著易天慈飛馳起來，絕塵而去……。

拾玖　少林和尚以武禁惡

【一】

山村田陌之間，朱瞻堂與惠明、普海兩位法師，率領著四百名少林武僧，威風凜凜地前進在通往北京城的大道上一路行走，一路卷起陣陣沙塵。

路邊的百姓農夫看見這樣的陣勢，十分驚奇，便拋棄手中的活計圍上來觀望。

惠明與普海一聲領誦，四百武僧鏗鏘有力地唱頌起了《金剛般若波羅蜜經》：「如來涅盤日，娑羅雙樹間，阿難沒憂海，悲慟不能前。優婆初請問，經首立何言？佛教如是者，萬代古今傳……。」

那渾厚雄壯的誦經聲撼天動地，吸引來更多的人們，一時，道路兩旁萬眾佇立，竟成為了一條長長的人巷。

不少民眾，望著這些整齊如軍隊一般的僧侶，詫異之間，漫加猜測，一位挑著貨郎擔的老哥疑惑地說道：「走南闖北，這輩子和尚沒少見，可呼啦啦一下子冒出這麼多禿腦殼來，沒見過……真沒見過……。」

貨郎身後一個老太太，急忙伸手捶了他一下：「阿彌陀佛！不敢胡說！什麼禿腦殼？小心佛祖怪罪你！阿彌陀佛……阿彌陀佛……。」

貨郎趕緊回過頭來給老太太賠不是：「唉喲，大媽！我哪敢得罪佛祖啊？我就是想知道，這麼多和尚不好好地待在廟裡，出來幹嘛呀？」

那邊一個壯實的大漢搭話了：「出來幹嘛？你連這都不知道，還敢說走南闖北？哼，告訴你吧？肯定是哪個大戶人家遇上事兒了，請這些和尚去做法事！」

貨郎一聽，傻了：「我的天呀！請幾百個和尚做法事，這得是多大的人家呀……。」

【二】

清晨時分，陽光初照。

北京城外，朱瞻堂在惠明、普海等四百名少林寺武僧的護衛下，昂首闊步地前進著。

朱瞻堂伸手一指，稍稍有些擔憂地說道：「前面就是朝陽門了，我們從朝陽門進城之後，只需半個多的時辰，就可以到達皇宮了。但是，卻不知道那楊少傅公是否有把握打開宮門！」

惠明輕鬆地說道：「師兄不必擔心！菩光遠照，佛法無邊，那百尺宮牆，擋不住你為國為民的浩然正氣！」

普海也從容地勸慰道：「是啊，請師兄放心好了，佛說，善無止境，惡事終結，師弟們是有辦法來為你打開宮門的！」

朱瞻堂連連搖頭：「少林武功，神勇無敵，龍天自然是知道的。只是龍天實在不想讓這一場不得已而生出的血光之災，驚擾了這滿朝的大臣和京城中的百姓啊！」

惠明一聽，急忙雙手合十而歎：「阿彌陀佛！師兄慈悲天下，但願那些叛亂之人，能夠迷途知返，放下屠刀，立地成佛！」

朱瞻堂略一思忖，下了決心：「這樣吧，以抵達宮門為限，如果他們懾服天威，肯於悔罪，龍天或者可以放他們一條生路，攆出宮去，牧馬護墳，讓這一群無根之人，各終天年！」

普海高唱佛號贊道：「阿彌陀佛！龍天師兄此言，實在是至良至善啊！苦海無邊，回頭是岸，現在能夠拯救他們的，也只有他們自己了！」

朱瞻堂卻慢慢地感歎了一句：「不過，自古以來，善心難救惡人，有那個喪心病狂的王無庸作祟，恐怕也很難再超度他們了！」

【三】

北京城中，皇宮之內，內廷總管王無庸手中提著一把明晃晃的刀，臉上掛著惡狠狠的殺氣，在各處檢查著叛變太監們對皇宮的防務。

那些宣誓叛變的太監們，則各自手持繩索、兵器，緊張地把守在皇宮內牆的四周。

王無庸走到西華門拐角，揮舞著腰刀，大喊大叫地提醒那些守衛的太監們：「嘿，你們幾個，可全都給我機警一點！誰要是把聖上監國君給放跑了，小心自己的腦袋兒！」

領班太監陳景泰對王無庸嘟囔著說道：「唉，我說王公公，咱們都盯了這麼好幾天了，也沒有見到人家聖上監國君回宮。您說，這位聖上監國君，會不會是不打算再回到宮來住了呀？」

王無庸狠狠地啐了陳景泰一口：「啊，呸！你說的這是胡話呀？那聖上監國君是天子，不回到皇宮裡頭住，要住在哪兒？住在城外的破廟裡頭啊？」

陳景泰有點不服，繼續在那裡嘟嘟囔囔地抱怨：「可是……可是……這都已經過去六七天了，白天晚上的，光看見咱們在這一個勁兒地窮折騰，可連人家聖上監國君的一根毛兒……不是也沒見著嗎！」

王無庸瞪著眼睛沒好氣地說道：「一根毛兒沒見著，你也得踏踏實實地在這守著！甯王殿下明明白白地說了，他在外邊沒地方待，早晚得回來！」

太監黃海子接過話碴，對王無庸說道：「唉，王公公啊，要是讓我說的話，我倒打心眼兒裡盼著，這位聖上監國君永遠都別回來，那才好呢！」

王無庸沒聽明白黃海子的話中之話，直眉瞪眼地反問道：「嘿，你這話是怎麼說的？永遠都別回來？他要是永遠都不回來，甯王殿下那邊，咱們怎麼交差呀？啊！」

黃海子雙手一攤，咬著牙把話說白了：「那有什麼交不了差的呀？甯王殿下交給咱們的差事是他回來，咱們逮人。可人家聖上監國君不回來，咱們又有什麼辦法呢？啊，甯王殿下又沒有派咱們滿世界找去？大不了，咱們不領甯王殿下的賞銀也就是了！可是，只要這聖上監國君一回到宮中，那，咱們的這個罪過，可就大了去了！唉，真的要是把人家聖上監國君給逮起來，往後再怎麼活……王公公，跟您說一句實話吧，我連想都不敢想！」

王無庸又啐了一口：「呸，我勸你還是趕快動腦子，好好地想想吧，這大明朝的天下，到底是誰的？要是違背了甯王殿下的旨意，你小子兒，哼，覺得自己就能接著往下活了嗎？啊！」

太監們見到王無庸走開了，便湊成一堆小聲嘟囔起來。

「唉，您說這甯王殿下與聖上監國君，啊，好好的親叔叔、親侄子，幹嘛就弄到了這種非得誰逮誰不可的地步呢？」

「唉，誰說不是呢？害得我們這些當奴才的人，好像是進了風箱裡頭的耗子一樣，兩頭都受氣！」

「你們說，甯王殿下與聖上監國君這爺倆兒，鬥到最後到底是誰勝誰負啊？」

「我說你這下頭沒了，上頭的腦袋也沒了呀？甯王殿下手握天下兵馬，聖上監國君呢，連個能支使得動的無根奴才都沒有！你說他們誰勝誰負？」

「得！咱們還是聽王無庸的吧……。」

王無庸神氣活現地一邊走一邊喊：「你們各處都給我抖起精神來，該怎麼著怎麼著，全佈置好了，咱得加小心，好好提防一點！說不定啊，咱們要伺候的這個人，今天就要回宮了，我可告訴你們，凡是想留下腦袋兒接著吃飯的人，可千萬別跟甯王殿下打馬虎！啊？……。」

【四】

朱瞻堂在眾武僧們的護衛下，來到京城朝陽門外，早已在此恭候多時的楊士奇，急忙率領家丁們迎上前去，向朱瞻堂行禮。

面對分別多日的朱瞻堂，楊士奇小聲而動情地說道：「聖君！您一路安好？老臣可是日夜企盼，朝夕相掛啊！」

朱瞻堂對楊士奇一笑：「楊少傅公，你暫時還是稱呼朕的俠名龍天為好！聖君的這一稱謂，待我等進入皇宮之後再說吧！」

楊士奇立刻領悟：「好！楊士奇率領合府家丁，恭迎龍天大俠！」

朱瞻堂指著惠明和普海向楊士奇介紹道：「楊少傅公，這兩位是龍天少林寺中的師弟惠明法師和普海法師，他們是承佛祖之意，領方丈之命，隨著龍天進京替天行道的！」

楊士奇急忙向惠明和普海示禮：「多謝二位法師！多謝各位師父！」

惠明與普海恭恭敬敬地對著楊士奇合十唱佛：「阿彌陀佛！見過楊施主！」

說話間，那四百名武僧已經迅速地列成方陣，將朱瞻堂與楊士奇圍在陣中。

朱瞻堂急切地詢問：「楊少傅公，你既是來此接應，想必是已經接到了龍天的資訊。那宮門之事，你安排好了嗎？」

楊士奇面帶羞慚，低聲說道：「回稟龍天大俠，那叛逆王無庸自從接受到甯王的賄賂，領著太監們造反之後，便日日夜夜緊緊關閉著皇宮的四門，除了甯王府中的那個何其澤之外，不肯放任何一位文武大臣進宮，老臣幾次三番地來到東華門外，也被他們以洪熙皇帝病重不見朝臣為由給擋在了門外！老臣無能，進不了宮門啊！」

朱瞻堂義憤填膺，憤慨地責罵道：「這一夥無恥之尤的閹賊們，真的是天德盡散、喪心病狂啊！如此看來，龍天此番不得不以武禁惡，硬闖宮門了！無奈的只是，這樣一來，便要驚擾了滿朝的文武和城中的百姓啊！」

楊士奇慌忙勸道：「回稟龍天大俠，老臣覺得，事情也許還沒到非得攻打皇宮的地步！」

朱瞻堂聞言一愣：「怎麼，除此以外，難道楊少傅公還有什麼其他的辦法，讓那夥叛亂的閹賊們老老實實地打開宮門嗎？」

楊士奇趕快解釋：「回稟龍天大俠，老臣認為，甯王交代給那個叛逆王無庸的差事，應該是讓王無庸率領叛亂的太監們，在皇宮中逮捕聖君，並且加以囚禁，然後，再逼迫聖君當著滿朝文武大臣的面，公開地將洪熙皇帝在大殿之上所親手傳授的那塊傳國之寶，正式地轉交給甯王，以便讓甯王能夠名正言順地登基為帝。所以，別人來了，他們不肯打開宮門，無非是害怕把這一場彌天大罪給洩漏出去。但是，他們一旦見到是聖君親臨宮門，一定會立刻開啟宮門以便下手啊！要不然，他們豈不是連甯王也一起背叛了嗎？」

朱瞻堂一聽，連連點頭：「嗯，楊少傅公這句話說得透徹！龍天，今天就來當上一回兒這皇宮的鑰匙，等到進宮之後，再慢慢地去剝了這個無恥閹賊的皮！」

惠明雙手合十贊道：「阿彌陀佛！楊老施主這一句善言，免除了京城裡的一場血光之災！阿彌陀佛！」

普海也隨之說道：「義行天下，佛光普照！瞻堂師兄，師弟們這就隨你進宮去吧！」

楊士奇連忙阻攔：「各位師父且慢！俗話說，做賊心虛。那滿宮之內，太監的總數也不過只是五百餘人，你們這四百武僧，英氣驚天，豪情蓋地，如果浩浩蕩蕩地一起來到宮門外。只恐怕嚇也把那一幫叛賊們給嚇死了！有哪一個人，還有膽量來開門呢？」

惠明聽了馬上點頭說道：「楊老施主說得有理，龍天師兄，其實，有惠明與普海兩位師弟隨你前往，便已足以掃蕩那宮中的污穢了！」

楊士奇急忙又說道：「當然，當然，老夫知道，惠明法師一人掃千軍如卷席，不過，老夫擔心，擔心進宮的菩薩要是太少了的話，恐怕難以將叛亂的太監們一網打盡。可是，如果讓那些被佛法、天威而驚散了的妖孽們，都紛紛逃出宮去，總歸是後顧之患哪！」

朱瞻堂微微一笑：「楊少傅公，你對此事如何行做，好像已經是有成竹在胸了！來，痛痛快快地說出來，咱們大家一同來定奪！」

楊士奇趕緊點頭說道：「老臣遵命，您派人捎來的那封信中，告訴老臣的是——『請來和尚進宮做法』。老臣覺得，倒不妨乾脆以此為計，請惠明法師先選出十八羅漢，由您在老臣的陪同之下，帶著他們首批進宮為好！而其餘的各位師父們，則不妨暫時掩蔽在護城河外面，待您攜老臣等人，騙過那個叛逆之賊王無庸，先把宮門開了之後，再由普海法師率領著，一同衝入皇宮之中，滅罪戡亂，光復乾坤！」

朱瞻堂擊節大喝：「好！楊少傅公，各位師弟，隨朕啟程，進東華門，關起門來打狗，做法，除惡，拯救我大明朝的錦繡山河！」

【五】

晨陽東升，甯王府內，剛起床的朱高煬正在花園裡晨練，何其澤心神不寧地走進花園，面帶一副欲言又止，猶豫不決的神情。

朱高煬練習完了一套劍術之後向何其澤問道：「你鬼鬼祟祟地站在那裡幹什麼？是不是皇宮裡傳過什麼消息來了？啊？」

何其澤連忙上前行禮：「回稟甯王殿下，是有一點消息，可是，不是從皇宮裡頭傳過來的！是府上的廚子……愚生也不知道，該不該稟報給甯王殿下……。」

朱高煬甩了一把汗：「唉，你有話就痛痛快快地說，本王最見不得你這種吐半句、含半句的囉嗦樣子！」

何其澤趕緊再次施禮：「是，甯王殿下！愚生剛才過來的時候，無意聽到府上買菜回來的廚師們議論，說是在街上碰到了一大幫和尚！」

朱高煬忍不住一聲嗤笑：「唉呀，你是不是沒事閒出毛病來了？啊？廚子買菜碰到和尚的事情，你也值得跑過來向本王稟報啊？」

何其澤連連擺手：「不是，不是，全怪愚生剛才沒有把話說清楚，愚生想向甯王殿下稟報的是，愚生聽到那兩位廚師議論，說這幫和尚由南向北浩浩蕩蕩地行走，那隊伍整整齊齊的，綿延百丈，差不多有三四百人之多呢！而且，廚師們還說，在那一幫和尚們的周圍，好像還有楊少傅公府上的一個家人！」

朱高煬狠狠地瞪了何其澤一眼：「堂堂一位王府師爺，語無倫次，言不及義，唉呀，你究竟想要跟本王說什麼？」

何其澤急忙點頭彎腰道歉說道：「甯王殿下息怒！甯王殿下息怒！愚生覺得，今天也並非是什麼要緊的時令節氣，一大早，這幾百個和尚，跑出來做什麼呢？還有，楊少傅公府上的家人，又跑到和尚們的身邊幹什麼呢？如今，那聖上監國君的下落尚不明確，楊少傅公又一向都對甯王殿下口是心非，所以，愚生一聽到這件事，便覺得眼皮亂跳！我的甯王殿下啊，乾坤再造之時，國家多事之秋，愚生實在是不敢不多長出幾個心眼兒來啊！」

朱高煬聽了，仰天大笑不已：「你是害怕那楊士奇邀集和尚們做法，將長天之上那顆護庇本王的紫微星，從夜空中吹落在地上嗎？哈哈……告訴你，本王家藏玉璽，手握兵符，連三軍造反都不怕，還會懼怕他們一群和尚做法不成？」

何其澤思忖了一下，猶豫地說道：「甯王殿下既然是這樣說了，那麼，愚生懸吊在半空中的心，也就能夠稍微地放低一點了！不過，這一大幫的和尚們，到底是從哪裡來，又到要哪裡去，愚生還是想請甯王殿下留意一下！」

朱高煬寬容地一擺手，大度地說道：「好！好！難得你誠惶誠恐，心細如髮！和尚的事，本王知道了！可眼前最要緊的還是皇宮裡面！我問你，王無庸那裡有報告來嗎？」

何其澤趕快答道：「回稟甯王殿下，王無庸每天午後都是準時有信報的，現在時候還早，所以今日的會報還沒有來。乾脆，愚生馬上去一趟西華門，有事、沒事的，也好讓甯王殿下落個放心！」

朱高煬一點頭：「嗯，本王也覺得，我的那個侄兒，好像是應該回來了！」

【六】

陽光明媚明分，朱瞻堂、楊士奇與惠明率領十八位少林武僧，昂首闊步地來到皇宮東華門外。宮牆上的垛口中，伸出了幾個太監的腦袋兒，鬼鬼祟祟地向著朱瞻堂等人張望著。

楊士奇仰起頭來，向著宮牆上的太監們，高聲地喝道：「東張西望的幹什麼？你們的眼睛都瞎了嗎？聖上監國君陛下回宮來了！你們還不趕快打開宮門，下來接駕！」

司禮太監劉相符，趴在城牆垛口上，伸長了脖子朝下一看，忙不迭地說道：「唉喲，真的是聖上監國君回來了！奴才該死！奴才該死！奴才馬上就去開門！奴才馬上就去叫王無庸開門！請聖上監國君稍候片刻！稍候片刻！」

少頃，內廷總管王無庸驚惶地從宮牆的垛口中，也把頭伸了出來，緊張地向下張望著：「唉喲，果真是聖上監國君您回來了！真是想死奴才了！唉喲，想死奴才了！」

朱瞻堂伸手指著城上的王無庸，厲聲訓斥：「你這個渾帳奴才，光天化日的，你緊閉起宮門幹什麼？你奉了誰的旨意？搞的是什麼鬼名堂？」

王無庸連忙編出瞎話搪塞：「回稟聖上監國君，是甯王殿下見您不在宮中，擔心出事，才讓奴才暫時先把皇宮的門關起來的！」

朱瞻堂昂首一聲怒吼：「渾帳奴才！那你見了朕，為什麼還不趕快滾下來開門？」

王無庸趕緊支應：「聖上監國君息怒！聖上監國君息怒！奴才馬上就滾下來開門！馬上就滾下來開門……只是……只是那些和尚，是怎麼回事啊？」

朱瞻堂又是一聲怒吼：「大膽！朕平日不管你，你反倒管起朕的事情來了！父皇之病，至今難癒，朕難道不可以請些高僧前來做法祈福嗎？」

王無庸一聽，連連點頭：「噢，噢，噢，請聖上監國君恕罪！奴才這就滾下來開門！」

皇宮牆內，王無庸面色猙獰，攥拳咬牙，以破釜沉舟的態度，伸手招來附近的太監，緊張地向他們分配任務：「咱們建功立業，出人頭地的日子到了！拿那個繩網，朝他的頭上套！記住沒有？我現在就去打開宮門，你們都準備好了，等到他一走出城門洞兒，你們就趕緊把這張繩網撒下來，朝他的腦袋兒上套！套住了，甯王殿下封你們為萬戶侯！」

敬事房太監馮秀雲忙問：「有和尚啊，還有那麼多的和尚啊，那和尚怎麼辦呢？」

王無庸狠狠地一瞪眼：「你神經病啊？甯王殿下要的是聖上監國君！你管那些個和尚幹什麼呀！」

東華門領班的太監房子實，忽然之間渾身顫抖，大聲哭泣，尿濕了褲子：「啊！我說王公公，咱們……咱們……真幹哪？這可是弒君之罪呀！要滅……滅……九族的……。」

王無庸從馮秀雲的手中一把奪過腰刀，噗地一下，捅進了房子實的肚子，然後，惡狠狠地對附近的太監們說道：「沒出息的東西！我告訴你們，你們可都是在甯王殿下的面前發過毒誓的！現在，哪個要是敢於臨陣退縮，我滅他十族！」

【七】

皇宮的大門，終於隆重地打開了。

王無庸端出一副卑躬屈膝的奴才相，戰戰兢兢地站在東華門一側。

朱瞻堂等人氣宇軒昂，大義凜然地向宮內走去。

行至宮門時，王無庸不由自主地雙腳一軟，撲通一下子，跪倒在了朱瞻堂的面前。

朱瞻堂止步審視著王無庸，楊士奇與惠明法師相視而顧，交換了一下眼色。

朱瞻堂冷冷地踢了一腳趴在地上的王無庸，輕蔑地說道：「王無庸，朕好像記得，你的膝蓋一向都是強硬的很哪！怎麼，今天你終於想起來應該跪朕了？」

王無庸打了一個哆嗦，順勢向朱瞻堂磕了個響頭：「奴才恭迎聖上監國君回宮！」

朱瞻堂的身後，惠明暗自鬆了一口氣：「阿彌陀佛！」

東華門城門洞中，楊士奇為了保衛朱瞻堂的安全，不顧宮中禮儀，搶先一步，行走在朱瞻堂的前面。

王無庸忙不迭地從地上爬起來，跟隨於朱瞻堂之後。

惠明率領十八位武僧，排成雙隊，行走在門洞的兩側。

楊士奇快步疾馳，搶先踏出門洞，然後馬上回轉過身，慌忙地向內牆上面望去。

一張巨大的繩網，突然之間從牆頭上拋撒下來。

楊士奇剛想呼叫，話到口邊尚未發出，惠明已經先其聲而一步躍至半空，將那張繩網接住，順勢反手一轉，把那個繩網甩了而出，一下子套住好幾個叛亂的太監。

朱瞻堂一個轉身，將身後的王無庸一把揪住，扔進了皇宮，憤慨地說道：「王無庸啊王無庸，朕剛才見你下跪，還以為你迷程知返，正思念著如何能夠饒你一命！誰知道，你行至懸崖而仍然不肯勒馬！唉，無奈的很哪！無奈的很！你實在是喪心病狂，自求絕路啊！」

王無庸面如土色，渾身顫抖地從地上骨碌起來，磕頭如搗蒜：「饒命啊饒命！聖上監國君您得饒我一命啊！奴才伺候老皇帝一生啊！奴才真的是有苦衷啊！聖君！」

朱瞻堂一腳將其蹬翻，連聲訓斥：「哼，苦衷？你王無庸苦衷何在？難道，你不來害朕，朕的皇叔就一定會殺你的頭嗎？嗯？你以為害了朕，那甯王殿下就真的會讓你富貴安詳嗎？唉，王無庸啊王無庸，你無非是邪魔灌頂，利慾薰心罷了！你說，事到如今，你讓朕究竟如何來寬饒你呢？」

王無庸趴在地上，痛哭流涕：「聖君啊，奴才糊塗透了！奴才糊塗透了！看在奴才伺候過老皇帝的份兒上，您就法外開恩，賜給奴才一個速死吧！聖君啊……聖上……。」

朱瞻堂鄙夷地望了望跪在自己腳下的王無庸，憐憫地說道：「好吧，王無庸，就看在你伺候過父皇多年的面子上，朕親手送你上路吧，黃泉水寒，滌蕩污穢，朕，望你能夠洗心換骨，棄惡取善，到西天去做上一名遵守仁義的好鬼！」

說罷，朱瞻堂轉過臉去，冷冷地向王無庸的頭頂甩出一掌。

王無庸一聲未出，無聲無息地癱軟在了東華門內的一塊青磚上……。

貳拾　別有一番風骨的奸佞

【一】

惠明等十八位武僧，風馳電掣地奔赴皇宮各處，剿滅叛亂的太監們。

普海率領著全體少林武僧，排山倒海地衝進宮來。隨著東華門的再度關閉，雄偉壯麗的《金剛經》響徹雲霄，一場以武禁惡的戰鬥，在皇宮之中全面展開。

叛亂的太監們哀聲四起，東藏西躲，紛紛倒斃。

朱瞻堂雙手合十，輕聲誦頌：「如來涅盤日，娑羅雙樹間，阿難沒憂海，悲慟不能前。優婆初請問，經首立何言？佛教如是者，萬代古今傳……。」

西華門外，甯王朱高煬的師爺何其澤，狐假虎威地來到牆下，剛要喝令太監們開啟宮門，不料那宮門卻自行打開了半扇，領班的太監陳景泰急急忙忙地從裡面跑了出來，何其澤一把抓住高聲喝問：「你慌慌張張地幹什麼呀？」

陳景泰左右掙扎著，一個勁地想跑：「不得了……回來了……回來了！聖上監國君回……回來了……。」

何其澤聽了陳景泰這句話，禁不住跺著腳大喜過望。

他以為自己設計的陰謀已經大功告成，誤以為往宮外跑的那個陳景泰，是前往甯王府上去報信的，便將他一把推開，大搖大擺地走入皇宮，欲探查個究竟。

不料，他一抬頭，卻見到滿宮裡各位武僧大施拳腳，叛亂的太監們屍橫遍野。

何其澤頓時一愣，馬上聯想到廚子所說那楊士奇府上的家人帶領和尚進城之事，他未加思索，立刻便明白了有大禍臨頭。

何其澤暗中叫了一聲苦，剛想轉身逃跑，惠明卻橫於路間，將其攔住。

何其澤大驚失色：「你……你……你……要幹什麼？」

惠明一聲佛號，平平靜靜：「阿彌陀佛！請問這位施主，你是何人？來此何事？」

何其澤趕緊狡辯：「我……我……我是路人，啊，我是路人！慌忙之間……走錯門了！啊……走錯門了！」

惠明微微一笑：「阿彌陀佛！原來皇宮之門，也是能夠走錯的。」

何其澤連連退步，無心辯解，只想抽身：「啊，對不起……對不起，我這就走……這就走……。」

惠明卻不肯放過何其澤：「施主且慢！既來之，則安之！還是請施主見過聖上監國君之後再走吧！」

何其澤急忙連連擺著手說道：「啊……不……不……不見……不見……那聖上之人，豈是我們這種小人輕易能夠見的？我馬上走！馬上走！」

惠明又是淡淡地一笑：「施主過於謙遜了吧，有本領走錯皇宮的人，舉世罕見，施主怎麼能夠以小人自稱呢？」

何其澤苦苦哀求：「佛法以慈悲為本，請大和尚不要與小人為難好嗎？」

惠明雙手合十：「阿彌陀佛！佛法慈悲，當辯善惡！貧僧無意為難施主，只是覺得，施主既然已經進了皇宮之門，還是應該陛見過君王之後，再走好些！」

何其澤聽了，心頭一凜，知道自己難過此關，說話的語氣，也不由自主地強硬了幾分：「我要是不肯去見呢？」

惠明平淡地說道：「普天之下之下莫非王土，率土之濱莫非王臣，不知面見君王，施主何難有之？施主還是請吧！如果，施主是惰於行走，貧僧可以背著你去！」

【二】

何其澤與惠明正在僵持之間，朱瞻堂與楊士奇在眾多武僧的護衛之下走了過來。

楊士奇一眼便認出了何其澤：「唉喲，這不是甯王府上的師爺何其澤，何先生嗎！唉呀，本相失禮了！」

何其澤面露驚懼，連忙上前施禮：「愚生給楊少傅公請安！給楊少傅公請安！」

楊士奇一聲冰冷：「唉，給不給本相請安，實在是一件小事情！不過，本相倒是真想請問你一句，你認得我們大明朝當今的聖君嗎？」

何其澤連連搖頭：「回楊少傅公的話，愚生不認得，愚生僅僅是一名小小的門客而已，哪裡有幸仰望天顏啊！」

朱瞻堂一聽，長長地歎了一口氣：「唉，可悲呀可悲！實在是可悲！你屢次三番地設想出詭計譎術，窮凶極惡渴望加害的這個聖君，原來你自己根本不認識！這真是太可悲了吧！」

何其澤知道，自己已經走到了窮途末路，心境反而一下子坦然了，於是，他不卑不亢地對朱瞻堂說道：「回這位大人的話，愚生亦悲亦不悲！」

朱瞻堂聽了有些奇怪：「噢？這句話說得新鮮，請問，你以何為悲，又以何為不悲呢？」

何其澤仰起面孔，侃侃而談：「愚生敢於自詡是個飽讀詩書的學士，懂得士為知己者死的道理。甯王殿下對愚生有相馬之恩，愚生自然要視甯王殿下為伯樂。天緣不湊，未能竟甯王殿下之所願，愚生視為悲；鞠躬盡瘁，事敗垂成之時，得以先於甯王殿下而死，愚生不悲！」

朱瞻堂望著面前這位草履布衣的何其澤，心中不免有些感慨：「唉，難為你如此忠心事主！然而，你身為一名讀書之人，莫非就不知道分涇渭，辯善惡，明是非，承天意嗎？」

何其澤淡淡地一笑：「回這位大人的話，愚生既然取食於甯王殿下，自然要喜甯王之喜而憂甯王之憂，所以在愚生的眼裡，甯王殿下，即為涇，為善，為是，為天！」

朱瞻堂重重地搖了搖頭：「聽到你今天的這一番話，愚忠二字，從此入木三分了！只是不知道，究竟是皇叔誤你，還是你誤皇叔啊！」

何其澤聞言剎時大驚：「皇叔？怎麼，原來你就是……。」

楊士奇厲聲喝道：「天威咫尺，近在眼前，這就是你蠱惑甯王，妄想謀害的大明天子——聖上監國君陛下！你還不趕快跪下來請罪！」

何其澤雙膝微微一彎，然僅一瞬間，復又挺直，他仰面向天，長長歎了一口氣：「唉，有眼無珠啊！」

楊士奇大怒，指著何其澤訓斥道：「怎麼？何其澤！難道你至今還不肯下跪嗎？」

何其澤兩眼大淚長流，雙腿卻挺立的筆直：「不跪！愚生不跪，愚生不願意跪，也不能再跪了！剛才，聖君已有批語，說愚生乃愚忠之人。愚生系甯王殿下的門人，自當與甯王同德同心，甯王不跪的人，愚生也不跪！愚生不跪，尚有一個忠字，可以伴隨著愚生，或上極樂世界，或下冥府地獄。若是愚生跪了，那麼從此之後，愚生便一無所有了！」

楊士奇氣憤不已，指著何其澤怒罵道：「哼，你真的是一個不可救藥之徒啊！」

朱瞻堂卻寬容地笑了笑：「倒也是別有一番風骨！好了！你既然是堅持不肯跪朕，朕也無心怪你！而且，朕還願意替朕的皇叔，來謝一謝你的忠字！不過，朕現在問你一句話，你要是不願意回答的話，也可以閉口不答，但是，如果你肯於回答的話，便一定要對朕實話實說！」

何其澤連忙說道：「請聖上監國君賜教！」

朱瞻堂盯著何其澤的眼睛問道：「今日，如果那個王無庸得手了，你們打算如何來處置朕呢？」

何其澤立刻答道：「回稟聖上監國君——錦衣玉食，在坤寧宮內，侍奉聖上監國君同酥妃娘娘，一生一世，永不怠慢！」

朱瞻堂又問：「這是你的主意，還是皇叔的打算？」

何其澤直言不諱地說道：「回稟聖上監國君，這是愚生反覆揣度到的甯王殿下的心中本意！所以，愚生無奈，也只能是遵照甯王殿下的心意這樣來安置了！唉，若真的是可以任由愚生的意思，恐怕，甯王殿下這會兒已經面北登基了！」

朱瞻堂一笑：「噢，那你的意思又是如何呢？事到如今，不妨也說出來讓朕聽聽！」

何其澤面色蠟黃，顯現出一種瀕死的神色：「天無二日，斬草除根！」

朱瞻堂聽了，感慨萬千地說道：「唉，皇叔，我們到底是一脈相連，血濃於水啊！」

何其澤咬牙切齒：「只恨他甯王殿下，懷抱著婦人之仁，使得功虧一簣呀！」

楊士奇頓時勃然大怒：「你大膽！」

何其澤伸出舌頭，舔了舔自己唇上的血痕，淡淡地說道：「大膽、小膽，也無非就是千刀萬剮了呀！」

朱瞻堂卻緩緩地搖了搖頭，坦蕩地說道：「不！朕不殺你！朕也不囚禁你！你走吧！回去轉告朕的皇叔，天子之威，威在正大光明！帝王之仁，仁在江海同心！如果皇叔能夠做到當朝無私，率政為公，弘揚我中華德義於千山萬水，振奮我大明社稷於地久天長，那欽安殿上的龍椅，叔侄之間，究竟由誰來坐更合適一些，倒的的確確不是一件大事情啊！」

何其澤慢慢地仰起頭來，凝望了朱瞻堂良久：「愚生謝聖上監國君不殺之恩！但是，愚生卻不會為聖上監國君去帶話的。唉，蒼天不肯眷顧，甯王敗局朗朗，愚生……從此……唉，從此……再也無事可做了！」

說罷，何其澤猛然撲倒在一名太監的屍體旁，猝不及防地奪過一把腰刀，唓嚓一下子，插入了自己的胸口。

惠明見狀雙手合十：「阿彌陀佛！」

朱瞻堂亦雙手合十：「阿彌陀佛！」

楊士奇急忙勸慰：「此人屢抗聖心，實在是不堪挽救，更算得上是惡貫滿盈，身名俱滅了！」

朱瞻堂甚有一些悲涼地說道：「哀莫大於心死，他是看到了天道恢宏，罪以功除，所以便肝膽俱碎，無欲偷生了！」

楊士奇連忙點頭稱是：「是啊，聖君，這也算是上蒼有眼，天奪其魄了，希望此人的下場，能夠有助於警戒效尤！」

朱瞻堂最後望了一下撲倒在血泊中的何其澤，攜帶著幾分哀婉，說道：「古往今來，堪為警戒者浩浩蕩蕩，但是，可惜可歎的是，真正肯以史作鑒的人，卻太過稀少了！逝者如斯，厚葬了他吧！」

【三】

皇宮內牆，神武門口，惠明、普海率領著武僧們，與朱瞻堂道別。

惠明真情地對著朱瞻堂說道：「龍天師兄，分手在即，心中雖有萬語千言，卻也難以表達了！如今，這皇宮之中已恢復了潔淨，而舉國上下，是否能夠做到天高氣清，便要依賴於龍天師兄好自為之了！阿彌陀佛！」

普海更是依依不捨：「是啊師兄，皇室宮廷，出家之人，不宜久駐。師弟們，要轉到太廟裡面掛單誦經，好好超度一下這些帶罪的亡靈！」

惠明又一次叮嚀：「妖孽雖除，警護亦失。雖然佛法無邊，但畢竟僧俗有別，無奈的很，師弟們只能留下一座空宮給你，左掣右提，就請師兄自行珍重吧！」

楊士奇也憂心忡忡地說道：「是啊，是啊，各位大師們走了以後，聖君的警衛，馬上就成了當務之急，要不，老臣先把合府的家丁，統統調來！」

朱瞻堂平靜地一笑，從從容容地說道：「不必了，楊少傅公，京城四圍，駐滿了皇叔的大軍，如果，皇叔真的要來攻打天安門，你的那一府家丁，又能夠抵擋幾鎮官兵呢？況且，朕本來也沒有打算在皇宮裡面住下來的！」

楊士奇聽了十分驚異：「聖君不住在宮中！」

朱瞻堂赫赫然一聲決斷：「不住！到坤寧宮裡同酥妃道上一聲平安之後，馬上就走！楊少傅公應該知道，朕不將外面的事情為好，待在宮中是無事可為的！」

楊士奇壓低聲音問道：「聖君是要去取那傳國之寶？」

朱瞻堂一聲微歎之後，悲戚地說道：「唉，朕感覺得到，今天晚上皇叔一定會親自領兵來包圍皇宮的！可是，無論如何，叔侄不能交惡！大明更不可內戰啊……。」

【四】

黃昏已至，天色黯然。

甯王府中，朱高煬急火攻心，焦躁不安，不停地在大堂上轉著圈兒走來走去。

新任的那個右軍都督府宣武將軍正四品武官劉仲生，還有其他幾位將領，一個個握刀提劍，神色緊張地侍立在大堂兩旁。

朱高煬連連踱步之後，驟然停住，猛地轉過身來，大聲地詢問：「皇宮四門，你們都去過了！」

劉仲生急忙向前一步答道：「回稟甯王殿下，四座宮門，部將們都已經去過了！」

朱高煬苦苦地思索了一番，又疑惑地問道：「會不會是那內廷總管王無庸不認識你們，而不敢打開宮門呢？」

劉仲生趕緊回答：「不會的，部將一直高舉著甯王的權杖，喝喊著殿下的口諭，他們應該知道我們奉的是您的旨意而來的！可是，四門寂靜，硬是無人應答！」

朱高煬急赤白臉地又問：「你說，總不會是他們的耳朵全都聾了，聽不見吧？」

劉仲生連忙搖頭擺手：「回稟甯王殿下，是部將親自放的箭，將甯王殿下的權杖，射入到了天安、神武、東華、西華四座宮門之內，就算王無庸他們的耳朵真的聾了，總不至於這一宮太監們的眼睛，也一併全都瞎了吧？」

朱高煬顯得焦躁不安，指著劉仲生和那幾個部將追根究底：「那麼，皇宮之外，其他的地方，你們也都找過了？」

劉仲生那不斷從額頭上面滲出來的冷汗，一滴一滴掉落在地上，砸得粉碎，他既小心翼翼，又老老實實地說道：「回稟甯王殿下，找過了，是部將率領著燕山、通州兩大衛所的弟兄們仔細查找的，從北京城內，涉延四郊一百二十裡路，連一隻老鼠也未敢放過，可是，實在是找尋不見何其澤的蹤影啊！」

朱高煬忍不住扼腕跺足，衝著劉仲生等一干將領咆哮了起來：「那你們說，這個何其澤……這個何其澤……他媽的究竟跑到哪裡去了呢？」

劉仲生和那幾個將領，忙不迭地跪倒下來：「部將無能！部將無能……。」

整個大堂之上，變得鴉雀無聲，朱高煬也停止了走動和咆哮，如死一般地立在那裡，如同一尊雕像。

突然，朱高煬尖叫了一聲：「啊！」

劉仲生和那幾個將領嚇得一愣，還沒有來得及反應，朱高煬一跺腳又叫喊了起來：「和尚！」

劉仲生和那幾個將領不明就裡，跪在地上，面面相覷，誰都不敢吭聲。

朱高煬狠狠地朝著自己的胸口，猛擊了一掌，連聲喝道：「唉……和尚！和尚！本王明白了，本王明白了，一定是那些和尚們！」

眾將領們一個個雲裡霧裡、毫無頭緒，只好趴在地上，不敢抬頭。

劉仲生依仗著心中對朱高煬的那一份死忠，大起膽子問了一句：「和尚？」

朱高煬一轉身，堅定不移地說道：「對！和尚！唉……今天早晨何其澤疑慮的對呀！一定是那幫和尚們進皇宮了！」

劉仲生和幾個將領一聽，卻更加糊塗了：「和尚進宮？」

朱高煬的臉上，驟然升起一股殺氣，他猛地大喝了一聲：「來人！」

劉仲生及眾將領們，剎時間蹭地一下子，全都從地上躥了起來，齊聲答道：「部將在！」

朱高煬望了望門外越來越黑的天空，陰森而低沉地說道：「起兵！隨本王殺進宮去！」

貳壹

天子盜取傳國玉璽

【一】

夜晚時分，星月初照，易天慈帶著一身的疲倦，慢慢地在北京城中行走著。街上，不斷地有大批的官兵，持刀挾槍，狂奔而過，路上的行人則紛紛躲避。

易天慈無奈地被擠在人群之中，她只好一邊疑惑地觀望著那些疾行的官兵，一邊向自己身邊的一位老人詢問：「請問這位老伯，天子腳下，京城之中，怎麼會有這麼多的兵馬奔騰呢？是不是有西域一帶的敵寇闖進來了！」

老人轉過臉，仔仔細細地凝望了易天慈好大一會兒，才開口問道：「姑娘，妳是從外地來的人吧？」

易天慈趕緊回答道：「是呀，我是甘肅人！」

老人點了點頭說道：「噢，難怪妳會問出這樣兒的傻話來，哪裡來的什麼西域的敵寇啊！」

易天慈一時大惑不解：「我傻？噢，我只是好奇怪，既然是太平年景，沒有外敵侵入，那這麼多的官兵，忙忙碌碌地跑著幹什麼去呢？」

老人長歎了一聲，壓低了聲音說道：「唉，年景太平，可是，那皇宮裡面卻不太平啊？」

易天慈一聽，卻更加疑惑了：「皇宮裡面不太平？那皇宮可是皇帝住的地方，皇宮裡面要是都不太平了，那天下還有太平的地方嗎？」

老人警惕地看了看左右，小聲地對易天慈說道：「妳不知道啊姑娘，京城裡的人都傳遍了，說是洪熙皇帝病重了，想讓兒子來繼位，可是，有個當叔叔的人不答應！一家兩輩人，正鬥著呢！這些兵啊，十有八九就是那個當叔叔的派出來打皇宮的！」

聽了老人這一番話之後，易天慈吃驚不小，她忍不住又問道：「啊？那天下不是全亂套了嗎？這個當叔叔的可真夠厲害的，請問老伯，他是誰呀？」

老人以手掩口，用極低的聲音對易天慈說道：「甯王！」

聽到甯王這兩個字，易天慈頓時微微一愣，她突然之間脫口而出：「啊？龍天……。」

【二】

天色漸暗，星冷人稀。

甯王府外，一身黑衣的朱瞻堂，冷靜地觀察了一下四周的情況，然後，縱身一躍，拔地而起，從容地跳越到了院牆之內，無聲無息地落在了地上。

府院之內，各屋燈火通明，人員鮮有走動，只有兩個衛士站立在大堂的門口。

朱瞻堂稍加思考，便在樹影花叢的掩護之下，悄然來到大堂的窗前。

以手指捅破窗紙之後，朱瞻堂看到大堂裡面，八支大燭的照耀之下，那方大明王朝的傳國之寶，赫然地供奉放在案台中央。

朱瞻堂繞過廊柱，移步到門口，一個箭步衝入大堂，供台兩旁，四名持刀看守傳國之寶的衛士，見到朱瞻堂大吃一驚，急忙揮舞著刀劍衝上前來，齊聲喝問：「什麼人？敢擅闖甯王殿下的大堂？」

朱瞻堂從容而又威嚴地說道：「大明天子，這一方傳國之寶的主人！」

衛士們聞言一愣，頓時猶豫了片刻，剛剛上前捉拿，卻被朱瞻堂那拳如奔雷，氣沖牛斗的少林武功，三拳兩腳，打死在地上。

在大堂門口擔任警戒的那兩個衛士，聽到動靜，急忙衝入室內，然而，尚未看清楚屋內究竟發生了什麼事情，就被朱瞻堂一頓伏虎拳擊碎了腦袋。

朱瞻堂立在大堂之中，默默地觀看了一下之後，雙手捧起傳國之寶，神色凝重，面帶哀傷，慢慢地跪倒在了地上：「皇叔見諒！為了我們的大明江山天方地正，侄兒得罪了！皇叔啊，侄兒盼望您，就此幡然悔悟，千萬不要再去做那些禍國殃民的事情了！」

說完這番話，朱瞻堂忽然淚流滾滾，他伏在地上，朝著大堂裡朱高煬平日常坐的那把椅子，重重地磕了一個響頭……。

【三】

皇宮之外，大兵齊至。

萬軍之中，朱高煬突然勒住了馬頭。

朱高煬座下的那匹白馬，驟然發出了一聲如悲如泣的長嘶。

隨著那匹白馬的嘶鳴，所有的將士們一齊停止了步伐。

劉仲生急忙策馬趨近問道：「甯王殿下！怎麼啦？」

眾將領們也齊聲請示：「甯王殿下？」

朱高煬默默地坐在馬上，慘白的月光，照耀在他的臉上，使他的表情，顯得極端複雜。

劉仲生焦急地詢問：「甯王殿下，您有什麼旨意嗎！」

眾將領們再次請示：「甯王殿下！要不要打進宮去？部將在等候著您的吩咐！」

朱高煬在默默地沉思了很久、很久之後，突然間調轉過馬頭，對著馬臀，猛抽了一鞭，拋開眾人，獨自縱馬而去。

隨著那駿馬的奔騰，朱高煬轉頭高喝，把一道命令留在了夜空之中：「分兵列陣，警戒皇宮！」

【四】

夜闌人靜，易天慈走到一個掛著「甘肅會館」匾牌的院落前面，門外紅燈高懸，而那兩扇大門則緊緊關閉著

易天慈悄悄地向四周張望了一下，走上前去舉手拍門。

少頃，門開一側，一位護院伸出頭來，將易天慈上下打量了一番：「請問這位姑娘，妳找誰呀？」

易天慈連忙回答道：「我找易霄漢，他是住在這裡嗎？」

護院又問：「請問，你是他的什麼人？」

易天慈低聲答道：「我是易霄漢的女兒，我叫易天慈。」

護院急忙大開了院門：「啊，原來是天慈姑娘！快請進來！快請進來！」

會館客房中，易霄漢正靠在一把椅子上面飲茶，易天慈激動地呼叫了一聲，撲門而入：「爹

爹！爹爹！您老人家好些了嗎？」

易霄漢連忙高興地起身相迎：「啊，天慈！妳怎麼來了？」

易天慈關切地說道：「父親，女兒一直都在惦念著您的身體，所以便從河北口外的草原上，一路跑到了京城！」

易霄漢聽了有些奇怪：「河北口外？妳不是替那個叫龍天的人，護鏢到雲南去了嗎？怎麼會一下子又跑到了河北口外的草原上了？」

易天慈卻擁到易霄漢的身邊，上下摸索，仔細查看著易霄漢身體各處：「父親，一句話說不清楚！您的身體怎樣？好些了嗎？」

易霄漢一把拉過易天慈，按著她坐在自己的身邊：「為父的身體並不要緊，雖然為了救那些中毒的村民們，耗失了五元真氣，可是，內功廢了，外功還在，大事雖然幹不了了，若是遇上三五個毛賊，為父還是有力量來對付的！女兒啊，為父看妳一臉倦氣，怎麼，莫非妳是發生了什麼事情嗎？」

易天慈一聲輕歎：「唉，女兒所護的那件鏢，丟了！」

【五】

天色微明時分，河南安陽郊外殺聲震天，馬蹄動地，塵土飛揚，旌旗飄舞。

左軍都督府大營鼓角相連，左軍都督王成威正在指揮大軍操練，都府同知陳雲敬站在都督王成威的一側協同指揮。

天地之際，一匹快馬從太陽初起的地方飛馳而來，在那金色陽光的輝映下，漸漸地奔騰了過來。

王成威多少有一些詫愕，他伸手指著那匹馬對陳雲敬說道：「莫名其妙，那是什麼人？竟敢跑到咱們的大營裡來？」

陳雲敬從容地說道：「等他過來再說，也許是從哪裡來的什麼信差吧？」

轉眼之間，那匹快馬一路馳騁，來到了王成威與陳雲敬等人的面前，朱瞻堂瀟瀟灑灑地一個蛟龍躍步，跳下了馬背。

王成威凝聚目光，一下子地認出了朱瞻堂，頓時，他大驚失措，忍不住叫了一聲：「唉喲，怎麼是他？」

陳雲敬轉過頭去望了一下王成威，疑惑地詢問道：「怎麼，都督認得這個人？」

王成威臉上的表情頓時變得複雜起來，他壓低了聲音對陳雲敬說道：「個把月前，在洪熙皇帝最後一次召見文武大臣之時，於大殿之上，本督倒是匆匆地見過他一面！」

陳雲敬聽了一愣：「噢，大殿之上見過，那麼他自然也就是非官即侯了！怎麼辦，列隊迎接？」

王成威雙眉緊鎖，一下子有些不知所措：「為難的是，此人與甯王殿下相競不讓，我們身為甯王殿下的部將，唉，真不知道怎麼辦才好啊……。」

不一會兒，朱瞻堂已經昂首闊步走到了王成威與陳雲敬的面前，王成威急忙閃身躲到了陳雲敬的後面。

朱瞻堂大步上前，嚴厲地喝問：「王成威，躲什麼？難道你不認得朕了嗎？」

王成威心中的主意未定，只好向朱瞻堂裝傻充愣：「啊……你……是什麼人啊？到這左軍都督府的大營中來，有何貴幹？」

朱瞻堂指著王成威的鼻子怒斥道：「王成威，父皇授朕傳國之寶之日，在大殿之上，你明明白白是拜見過朕的！今日相見，你為何故作陌生？」

王成威忽然之間橫下心來：「本督認得洪熙皇帝，本督也認得甯王殿下，可是，本督卻並不認得你！請問你來到軍中，到底是有何貴幹？」

朱瞻堂一聲冷笑：「王成威，朕看你，並不是認不出朕來，而是心存顧慮，而不想來認朕吧？告訴你，朕今天是為了國事，調動你左軍都督府官兵來的！」

王成威心意已定，便話裡有話地說道：「調動左軍都督府的官兵？哼，明告訴你吧，本督所轄的兵馬，只認甯王將令！如果你手中沒有甯王殿下的將令，我勸你，不要招惹是非，還是快快離開吧！」

朱瞻堂一步踏到王成威的面前，義正辭嚴地說道：「國家軍隊，必須聽命於朝廷，更要服務於國家，朕今日親臨軍中，難道還調不動你嗎？」

不料，王成威此時反意已決，他咬著牙喝道：「哪裡來的狂妄之人，膽敢口出狂言，冒充聖君，在軍中惑亂！來人，先給我拿下再說！」

眾將領不明真相，一時猶豫不決：「啊……是……。」

朱瞻堂卻不肯再讓王成威在大軍面前繼續肆意妄為，蠱惑人心，他逼近王成威，以十足的皇家氣派，威嚴地說道：「大膽王成威，朕一而再、再而三地來點撥你，挽救你！而你卻依然冥頑不化！看來，你是反心已絕，是決心要逼迫朕來處決你了！」

說著，朱瞻堂敏捷地抽出王成威腰間的佩刀，身似游龍，迎風旋舞，運轉舒展如綿，動作迅猛凜冽，一下子將王成威一刀兩斷，斬殺於三軍陣前。

眾將領及官兵們見狀大嘩，陳雲敬也迅速地後退了幾步，抽出刀來。

朱瞻堂卻平靜如潭水，從容不迫地打開行囊，取出傳國之寶，高舉在手中，對眾將領們喝道：「朕乃大明天子朱瞻堂，現有我朝傳國之寶在此，難道你們也要學習這個忤逆之臣王成威的樣子，不肯奉旨嗎？」

陳雲敬凝望了朱瞻堂許久，猶豫再三，終於以下級軍官拜見上司的禮節，單膝跪在朱瞻堂的面前，不卑不亢地說道：「我是左軍都督府的同知陳雲敬，從二品武官，由於官職卑小，以前無緣仰望天顏，所以，真君、假君，我們難以識別！但是，大帳之中，存著有一份朝中六部聯合簽署，甯王殿下以八百里加急遞送的廷寄公文，這廷寄公文，附有我朝傳國之寶的印版！請問，你可否將你手中的那塊傳國之寶，暫借於我，讓我與眾將士們一起，同廷寄公文所附帶的印版，加以對照，以鑒真偽？」

朱瞻堂友好地一笑：「好！你所說之言，既出於肺腑，又確實是在情理之中。好，朕就將這傳國之寶暫交於你，拿去鑒別好了！」

【六】

大帳之中，陳雲敬與眾將領的腦袋全部聚集在一張桌子的上面，陳雲敬雙手緊緊地握著朱瞻堂拿來的那塊傳國之寶，在一張白紙上用力地蓋過印跡之後，猛地一下將傳國之寶從白紙上移開，「大明傳國之寶」六個大字赫然而見。

望著紙上清晰的紅字，陳雲敬一聲驚呼：「唉喲，原來此人真的是當今的聖上啊！」

左軍都督府正四品指揮僉事張錦平，帶著極大的顧慮，猶豫地說道：「這傳國之寶倒是真的，可那持璽之人卻未必不能是個假的呀？」

指揮使黃山林馬上反駁道：「這真璽豈有持於假君之手的道理！」

陳雲敬不知不覺地滿頭滿臉都滲出了冷汗，他驚懼不安地對同僚們說道：「是啊，是啊，我看，我們還是趕快去接駕、奉旨吧！」

張錦平仍舊顧慮重重，他提醒各位說道：「可是，我們並沒有接到甯王殿下的軍令啊？一都大軍若是糊裡糊塗地跟錯了人、遵錯了令，那可是要天下大亂的呀！」

陳雲敬再三思量之後，正色說道：「剛才那位聖君說得不差，國家軍隊，應該聽命於朝廷，服務於國家！何況，這道有甯王參與簽署的廷寄公文上，不也是命令我們——只要是大明三君之一，再見到了這傳國之寶，即應該奉為聖旨的嗎？」

張錦平還是左右為難：「聽說，甯王殿下與這位聖君不和，我們要是今天奉了他的旨意，以後見了甯王殿下恐怕不好交代呀！」

陳雲敬一聽，連忙反問道：「那你的意思是……。」

張錦平想了想一咬牙，拍著桌子說道：「反正我們都沒有見過這位聖君，我的意思是，先把他扣起來，等請示了甯王殿下再說！」

黃山林急忙擺手：「不行！不行！既然我們已經判明，這傳國之寶是真的，如果再去扣人，那我們可就是有意謀反啊！」

陳雲敬連連點頭：「黃指揮使說得對！雖然甯王殿下平日待我們不薄，可是我們堂堂大明官兵，畢竟不是甯王府上的家丁，這種抗君謀反的滔天大罪，我們不能去犯！」

張錦平聽了陳雲敬的這一番話，額頭上頓時也冒出了冷汗，他趕緊問道：「那麼，以你之見，我們怎麼辦呢？」

未等陳雲敬回答，黃山林先接過了話頭，他誠心誠意地對陳雲敬說道：「王都督被聖君一刀殺了，你這位從二品的都府同知，便是我們左軍都督府的最高統帥了，你說吧，到底該怎麼辦？我們聽你的！」

張錦平一聽手握實權的指揮使黃山林這樣說，也慌忙表了態：「好！我們就唯你陳同知的馬首是瞻！」

陳雲敬稍加思索之後，一聲斷喝：「那好！我們這就去見駕，奉旨！」

眾將領連忙與陳雲敬做了核對：「見駕，奉旨？」

陳雲敬毫不猶豫：「對！見駕，奉旨」

貳貳 大明將領的一句肝膽之言

【一】

剎時間，鼓角震天，校練場上，左軍都督府三軍人馬肅立，陳雲敬手捧傳國之寶，率領著眾將領們，一起恭恭敬敬地跪在了朱瞻堂的面前。

陳雲敬叩拜過朱瞻堂之後，高聲奏報：「臣左軍都督府同知陳雲敬，率領左軍都督府全體官兵拜見聖上！」

朱瞻堂和悅地向著面前一望無際的官兵們伸出了雙手，激昂地說道：「眾將領請起！眾官兵請起！」

陳雲敬再度叩首：「臣等不識天顏，剛才多有冒犯，請聖上降罪！」

眾將領們亦同聲說道：「臣等不知天威駕臨，請聖上降罪！」

朱瞻堂真誠地又一次伸出雙手：「陳雲敬，你起來吧！眾將領們，請起來吧！眾官兵們，都請起來吧！不知者無罪，朕並不怪罪你們！你們不同於王成威，那個王成威，明明是已經認出了朕的面貌，卻有意抗旨，而且不肯聽從朕的規勸，實實在在是反心如鐵，自絕於朕！所以朕才不得已而殺了他！而你們，則是真的不知道朕親臨軍中，因而心存慎重，查證一下真偽，確實是在情理之中，何罪有之？來，大家都請起來吧！」

陳雲敬再次叩首之後站立了起來：「臣陳雲敬謝聖上體諒！」

張錦平、黃山林等一干將領，也隨著陳雲敬叩首起立：「謝聖上恕罪！」

朱瞻堂望了陳雲敬等人一眼，平和卻又威嚴地說道：「朕不怪罪你們，但是朕卻一定要告誡你們，你們是我大明朝的國軍，吃的是百姓的糧草，拿的是國家的俸祿，所以你們千萬要記住，自己是大明國民的子弟兵，是大明江山的保衛者，一定要時時刻刻心懷國家的利益，時時刻刻聽從朝廷的調遣，千萬不可以天為敵，墮落成為某一個人的家奴啊！」

聽了朱瞻堂的這一番話，陳雲敬心頭一驚，連忙回稟：「多謝聖上教誨！臣等願意為國家效力！」

朱瞻堂點了點頭，繼續說道：「好！朕問你們，那河北保定府的楊承業等人，為飽私利，濫加稅賦，巧取豪奪，強征暴斂，使得無數百姓流離失所，無以為生。這件令人髮指的事情，你們當中，有沒有人知道呢？」

陳雲敬急忙答道：「回稟聖上，此事已經鬧得民怒沸騰，怨聲盈路，臣等雖然遠駐河南，亦是有所耳聞的！」

朱瞻堂馬上追問：「好！那朕再問你們，如此一位貪贓枉法的狗官，何以能夠做到久居知府重任，長期為惡一方，而舉國上下竟無人肯去查處呢？」

眾將領們一聽，面面相覷，一時竟無人敢於回覆，黃山林稍加猶豫，終於開口說道：「回稟聖上，臣……不知道是應該講假話，還是應該講真話！」

朱瞻堂淡淡地一笑，平靜地說道：「噢？那你不妨就將那假話、真話，都對朕來講上一番吧！」

黃山林乍起膽量說道：「臣遵旨！要是講假話，臣有千言萬語，可以為那位楊知府來做開脫，比如，百姓犯亂、小人誣陷、事出有因、查無實據，等等、等等！而如果是講真話，其實，卻只有

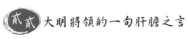

一句……。」

朱瞻堂伸手一指黃山林：「說！一句什麼？」

黃山林狠狠地一咬牙，開口說道：「那楊承業乃是甯王殿下的親屬。而甯王殿下又是手握山河之人，甯王殿下若是不發話。誰又敢於去冒犯那個楊承業呢？何況，甯王殿下與聖上本是血脈相連……這……這楊承業也敢言是皇親國戚呀！」

朱瞻堂重重地點了點頭：「黃山林，你這一番話說得實在是中肯，真可謂是一針見血啊！手握山河，而不顧社稷安危，執政一方，卻使得民不聊生。你說，如果查出實證，就算他是皇親國戚，那個楊承業該殺不該？」

這一次，黃山林實在是不敢開口了，張錦平的頭上大汗橫流，兩條腿也不由自主地哆嗦起來，陳雲敬鼓足了勇氣，終於開了口：「回稟聖上，身為地方長官，而因取私利而糜爛地方，使轄區百姓盡喪生計者，只要是罪證確鑿，那麼，依照我大明律法，那楊承業的確是該殺！」

朱瞻堂再一次點頭說道：「好！陳雲敬，朕再問你一句，執政一方，使得民不聊生當殺，那麼，這手握山河而不顧社稷安危的人，又當如何呢？」

陳雲敬一聽，驚恐萬狀，雙膝一軟，跪倒了在地上：「聖上……。」

朱瞻堂面無表情地喝道：「陳雲敬！」

陳雲敬咚一下給朱瞻堂磕了一個響頭：「聖上……。」

朱瞻堂卻又是一聲斷喝：「陳雲敬！」

陳雲敬汗如雨下：「臣在！」

朱瞻堂揮手指向天空：「你起來！看著那冉冉升起的太陽，對著你所統領的這三軍將士，老老實實地來回答朕的問話！」

陳雲敬長跪不起，聲淚俱下：「聖上……。」

朱瞻堂嚴厲之極：「起來！朕不想要你跪，朕想要的，是我大明將領的一句肝膽之言！」

隨著朱瞻堂這一句斬釘截鐵的話，左軍都督府幾萬名官兵剎那間寂靜了下來，操練場上，只聽得見那獵獵清風吹過刀劍的冷冷呼嘯。

半晌，陳雲敬一動不動。

又半晌，陳雲敬仍一動不動。

再半晌，陳雲敬還是一動不動。

朱瞻堂沒有催促，沒有再度逼問，甚至連看都沒有看他一眼，彷彿這個陳雲敬並不存在，或者，是朱瞻堂本人不存在。

許久，許久。

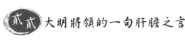

陳雲敬突然一個虎躍，拔地而起，筆直地站在朱瞻堂的面前，攜帶著一副視死如歸的豪壯對著朱瞻堂說道：「黜奪王位，還我江山！」

朱瞻堂默默地凝望了陳雲敬好大一會兒，激動地衝到陳雲敬的面前，帶著無以倫比的振奮對陳雲敬說道：「說得好！陳雲敬，你說得好！你在朕的面前敢出此言，直指朕的皇叔，而不做一絲的避諱，實在堪稱是披肝瀝膽，當得起我們大明王朝的一位忠臣了！」

剎那間，陳雲敬淚如泉湧：「聖上謬獎了，臣雖然在心裡分得清是非，卻從來不敢於口上論一聲善惡！說到底，臣仍然是一個心中藏私的勢利小人哪！」

朱瞻堂一搖頭，懇切地說道：「不！君子順勢而行，實非罪惡，你是皇叔的部下，怎麼能夠去任意評判皇叔的言行呢？但是，朕能夠感覺得出來，你是一位有心報國的軍人，是一條知義明理的好漢！」

陳雲敬挺身表示：「從今往後，臣一定忠君愛國，報效朝廷，不再做一人的家奴！」

朱瞻堂趁勢詢問：「忠君愛國，報效朝廷？好！那麼，若是朕有旨意，這左軍都督府的三軍將士們，會不會聽從你陳雲敬的調遣？」

陳雲敬轉過身去，向著全體官兵高喊：「忠君愛國，報效朝廷！」

將士們立刻齊聲高呼：「忠君愛國，報效朝廷！忠君愛國，報效朝廷！忠君愛國，報效朝廷！」

朱瞻堂聽到這山呼海嘯一般的聲音，忍不住大聲喝彩：「好！登高一呼，千軍回應，一人奮臂，萬眾相隨！朕即刻升任你陳雲敬為左軍都督，從一品武官。從今以後，就由你來統率這支大軍，與朕齊心協力，除惡滅罪，拯救山河！」

陳雲敬撲通一下子，跪倒在朱瞻堂的腳下：「臣叩謝聖上！但是，臣懇請聖上，收回成命，容臣建立了功業，對國家，對朝廷，真正有所報效的時候，聖上再行封賞吧！」

朱瞻堂伸出雙手將陳雲敬拉起：「好，真乃壯士之言！陳雲敬！朕命你親率一隊兵馬，渡過黃河，監視保定，除朕的口諭之外，不得聽命於天下任何一人！」

陳雲敬毫不猶豫地回答：「臣陳雲敬奉旨！聖上萬歲！萬歲！萬萬歲！」

【二】

雖然夜已沉，甘肅會館的客舍之中，易霄漢與易天慈仍然在娓娓而談。

易霄漢猜度地說道：「為了救妳，而不惜捨棄了那件被他反覆說是重於泰山的秘鏢，千里之外，讓妳帶著人馬去追剿那分疆裂土的奸細，如此說來，這個龍天，不但是個義薄雲天的俠士，還應該是一位衷心愛國的好人了？」

易天慈連連點頭說道：「是啊，父親，就連那當朝的宰相楊士奇，都同他有著聯繫，這次，女兒之所以趕赴河北口外，剷除那些西域來的叛國秘使，就是那位楊少傅公派出家丁來送的信！」

易霄漢十分疑惑：「可是，這麼一個自稱為『江湖小俠』的人，為什麼會有如此重要的秘鏢，又一定要送往雲南的護國君府中，他又怎麼會同朝廷的宰相有著如此密切的聯繫呢？女兒，這樣看來，這個龍天恐怕不簡單呀！」

易天慈慢慢地搖了搖頭：「簡單不簡單的，女兒猜不出來，女兒也問過他幾次，可是每次他都避而不答！不過，女兒能夠感覺出來，他絕對不是什麼『江湖小俠』，他所說、所想的，都是國家要事，民族大義，女兒覺得，他很可能是一個身負重任，微服私訪的官員！」

易霄漢思忖了半晌：「官員？好像也不對，妳想啊，他如果是一位官員，那麼既然是給護國君府送鏢，為什麼不大搖大擺地去走官道？如果是一位官員，他又何苦以走跳江湖的方式，費盡心機地來暗訪鏢局呢？」

易天慈雙手一攤，甚為不解地說道：「是啊，女兒也覺得十分奇怪，尤其想不通的是，那些劫了他的鏢的人，並不是什麼山賊草寇，而反倒是一群堂堂正正的官軍！」

易霄漢愣了一會兒，又做猜測：「莫非，這個龍天是一個有什麼冤案在身的人物，有機密事宜，必須密報給雲南的護國君，以便來求得自我清白？」

易天慈再次搖頭：「如果真的是這樣的話，那麼冤枉了他的那個人，便是甯王了！可是，女兒今天進城的時候，在路上聽到一位老伯說起，甯王所不容的那個人，原來就是自己的侄兒呀！難道，這個龍天與當今的天子，竟是一路的人嗎？」

易霄漢苦苦思索了很久之後，鄭重地對易天慈說道：「不管怎麼說，這個龍天絕不是一個壞人！女兒啊，咱們江湖中人，最講究的是一個義字，受人之托，忠人之事，為父覺得，不管他究竟是幹什麼的，總之，妳還是應當想方設法，將他的這一趟鏢尋找回來，平安護送到雲南吧！」

易天慈點了點頭說道：「是的，父親，他已經與女兒約定，讓女兒上少林寺去找一位名叫達奚的大師。他說，他自有辦法將那件丟失了的鏢再拿回來的！」

易霄漢一聽，驚異地說道：「如果，他真的是有辦法，從官府之中把那件鏢再拿回來，就更加說明了，這個龍天確實是一個手眼通天的人物啊！」

易天慈望瞭望易霄漢又說：「他還再三地讓女兒轉告父親，說父親的身體如果好了，讓父親一定去找楊少傅公，他說，父親乃是天皇伏羲賜姓之人，國家有事情的時候，還盼望著父親能夠挺身而出，為保天地公道，而出上一份力量！」

【三】

夜深人靜，萬籟俱寂。

甯王府中，朱高煬背對著大門，獨自一人站在大堂之上。

望著那失去了傳國之寶，已經空空蕩蕩的供案和死在地上的護衛，朱高煬默默無語，苦苦地思索著。

朱高煬的新晉心腹劉仲生與幾名將領站在大堂門外的房檐下面，神情緊張，不敢發出一絲聲響。

良久之後，劉仲生終於慢慢地走入門廳，小心翼翼地詢問了一句：「甯王殿下，我們到底應該怎麼辦？部將們都在等候著您的旨意呀！」

朱高煬仍然背著身子，一動不動：「你們說，他人此時在哪裡？你們說，他究竟要幹什麼呢？」

劉仲生謹慎地回答：「回稟甯王殿下，部將不知道，部將只知道遵照甯王殿下的軍令行事！」

朱高煬突然一下子轉過身來，衝著劉仲生大聲咆哮：「他跑了！他一定是拿著這傳國之寶跑了，往雲南方向跑了，他一定是要勾結他的那個弟弟，護國君朱瞻基，聯合起來向本王發難啊！」

劉仲生急忙問道：「那麼，他是在這皇宮裡面？」

朱高煬咬牙切齒地說道：「皇宮空了！王無庸死了！那何其澤也死了！」

劉仲生一愣：「死了？」

朱高煬狠狠地一跺腳：「對，死了！本王忽略了何其澤的提醒，放過了那和尚的事情！幾百名少林和尚進入了皇宮，哪裡還能有那王無庸等人的生路啊？」

劉仲生驚懼萬狀：「回稟甯王殿下，部將不懂，那些個和尚們怎麼敢於來管皇宮裡面的事情？」

朱高煬仰頭一聲長長的歎息：「唉……當年聖祖爺留下的規矩，因為聖祖登基之前曾經身為僧人，所以為了感激佛祖玉成帝業的恩德，立下了一道訓令，我朝皇室子孫，在發蒙之後，均要入寺出家，誦讀佛經至少三年。而本王的這個侄兒，就是出自那少林寺的門中啊！」

劉仲生連忙問道：「那麼，我們現在應該怎麼辦？請甯王殿下明示於部將！」

朱高煬陰森森地說道：「皇宮之中，情況不明，若是與和尚們正面衝突，有悖於聖祖的遺訓，易生眾怒，所以，勢非萬不得已之時，還是盡可能避免的為好！而且，本王能夠感覺得到，以那侄兒的精明，絕對不會幹出只依賴著這幾百名僧兵，就與本王開戰的傻事情來！」

劉仲生急匆匆地又問：「那甯王殿下的意思又是什麼呢？」

朱高煬伸出手來隨意地一指：「本王不畏天下，唯一的擔憂就是雲南，如果他真的到達了雲南，與我那另外一個侄兒勾結起來，手持傳國之寶，以平叛的名義，共同向本王發難，那麼，本王似乎便真有一點孤家寡人的味道了！」

劉仲生猛地一下雙膝跪地，毫不猶豫地對著朱高煬大聲喊道：「部將誓死效忠甯王殿下，山海天涯，不惜粉骨碎身！只等著甯王殿下您的一聲命令！」

朱高煬一把將劉仲生從地上揪起來，咬著牙關吩咐道：「留下一隊人馬，警戒皇宮！其餘的，由你率領，沿著所有通往雲南的道路，追！一直追到昆明城下，無論如何，都不能讓那塊傳國之寶到達朱瞻基的手中！」

【四】

紅日高照少室山，光彩盡染大雄殿。

少林寺內，隆隆響起的鐘聲之中，朱瞻堂手捧著傳國之寶，神情凝重地站在達奚法師的面前：「師父，傳國之寶，失而復得，實在是有仰於佛光普照，如來慈悲啊！」

達奚法師莊重地雙手合十，唱頌佛號：「阿彌陀佛！也是你胸懷四海，精誠所至！」

朱瞻堂恭恭敬敬地以雙手捧過傳國之寶：「國家氣運，社稷安危，龍天今日就託付於師父了！」

達奚法師鄭重地接過那方黃緞包裹的國印，難禁激動地說道：「天威之光赫赫，少林蓬篳生輝啊！」

朱瞻堂莊嚴地施以佛禮：「龍天謝師父的愛國愛民之心！」

達奚法師連連點頭致意：「阿彌陀佛！如來慧目，普望四方，佛法無邊，擇善而襄，在那冥冥之中，佛祖自然是會保佑有道君王的，你就好自為之吧！」

朱瞻堂忽然歎道：「唉，只是再度獲罪於皇叔，龍天的心內甚是感到不安啊！」

達奚法師輕聲勸慰：「國法與佛法皆然，自古以來，行大善者不可以一人的好惡而取之！」

朱瞻堂再度施禮：「師父放心，龍天會謹記師父的教誨！」

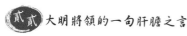

達奚法師與眾僧齊聲誦頌：「阿彌陀佛……。」

【五】

雲南護國君府中，朱瞻基十分焦急地與幾名部將議事：「現在，我們與朝廷之間失掉聯繫已月餘！幾次三番派出校尉出境打探，卻又一概遭遇皇叔甯王殿下的兵馬阻擊，本君真不知道，這究竟是怎麼一回事呢？」

護國君府的正二品留守指揮使葉韻文也忍不住焦慮，上前說道：「是呀，護國君殿下，這朝廷之中到底發生了什麼事情？甯王殿下為什麼要大兵壓境，封鎖雲南呢？」

朱瞻基一聽，忙不迭地擺手掩飾：「唉，哪裡會是什麼封鎖！想來，一定是發生了什麼誤會！自古以來，軍中傳錯了號令之類的情事也並不罕見啊？」

正三品宣慰使田納霖也不安地說道：「護國君殿下，部將斗膽猜測一下，會不會是那甯王殿下……甯王殿下……有意把我們與朝廷分割開來呀？」

朱瞻基趕快嚴厲地制止：「胡言亂語，同是大明君王，又是至親叔侄，皇叔分割我們幹什麼？」

指揮使葉韻文又一次擔憂地說道：「護國君殿下息怒！部將早有耳聞，說甯王殿下手握一國重兵，在洪熙皇帝千古之後，可能會有……會有……有重整河山的打算……。」

朱瞻基聽到這番話，當時就急了，他厲聲打斷葉韻文，站起身來連連揮手：「不可胡說！不可胡說！漫說父皇不會有事！就算是萬一真有不測，皇叔他老人家，也絕對不會做出什麼對不起我大明王朝的事情來的！如此惡毒的傳言，實在是禍國亂政的謠語，爾等斷然不可聽取！」

宣慰使田納霖猶豫再三，還是忍耐不住心中的憤懣，向朱瞻基問道：「護國君殿下，您說，那有沒有可能是什麼人誣告了殿下，引起了皇帝或者是甯王殿下，對我們雲南生出了疑問，所以才出現了朝廷派出官軍，包圍雲南的事件呢？」

朱瞻基沉思了片刻終於說道：「你說的這種可能性，倒也是在所難免，不過只要我等忠君愛國，一定會有雲開日朗的時候！」

大家正在議論之間，外面，忽然有個侍衛高聲喝報，隨即一名校尉急匆匆地跑進大堂，忙不迭地向朱瞻基行禮報告：「瑞麗、婉町、蒼涼一線守軍，緊急稟報國君殿下——境外蠻夷突然發兵進犯邊疆，我軍促不及防，外蠻兵馬全線突入，一路燒殺掠搶，勢不可擋！！」

朱瞻基頓時一愣：「外蠻兵馬全線突入，他們現在進至何處？」

校尉連忙奏報：「回稟護國君殿下，現已攻克惠通，正在向保山府進發！」

朱瞻基稍做思索，馬上說道：「再次派出信差，以六百里快馬，急報朝廷！」

【六】

清晨時分，天光未開，雲貴邊界一片大霧陰霾。

護國君府的一行信差們騎著快馬，踏著露水，遠遠奔馳而來。

朱高煬所佈置的警戒部隊官兵，急忙拿起刀箭上前阻攔。

一位七品統領立於馬上，向著護國君府的信差們高聲喝問：「來者何人？」

信差們急忙回答：「我等是護國君殿下的信使！」

統領刷地一下子抽出腰刀，嚴厲地喊道：「奉甯王殿下的軍令，任何一人不得越出雲南邊界，違令者，殺！」

信差連連大聲喊話：「讓開！讓開！境外蠻夷，犯我疆界，護國君有十萬火急的軍情報告朝廷！境外蠻夷，犯我疆界，護國君有十萬火急的軍情，報告朝廷……。」

那個統領急忙揮動著手中的腰刀，拚命地衝著護國軍府的信差們高呼：「停下！停下！你們統統停下，趕快停下！甯王殿下有軍令在此，越界者死！越界者死！越界者死……。」

信差們繼續策馬飛馳：「邊疆被犯，軍情緊急！我等不能不報！不能不報啊……。」

統領焦慮萬分，額頭上面不斷地沁出汗水，他緊張而又心疼地大聲呼喊著：「停下！停下！弟兄們，你們趕緊停下來呀！停下！停下！弟兄們……停下呀停下……。」

信差們策馬揚鞭，繼續奔馳不止。

突然，樹林草叢中立起一排兵勇，隨著一聲哨響，萬箭齊發，信差們紛紛中箭落馬。

那個統領扼腕頓足，雙目落淚，痛惜不已：「唉，為什麼？為什麼？這是為什麼？！自家人打自家人，甯王殿下，您下的這究竟是個什麼命令啊？」

一匹戰馬帶著嗚咽的悲鳴，慢慢地走到統領的面前，灑滿鮮血的馬鞍上面，用匕首插著一封被鮮血浸濕的信報，上面寫著「邊疆軍情，十萬火急」八個大字。

統領難過地伸出手來，撫摸著馬背上面的鮮血。

反覆思量之後，統領一咬牙：「來人！」

一名校尉高聲答道：「到！」

統領一聲斷喝：「火速將這封邊疆急報送往京城！」

校尉略微猶豫了一下，悄悄提醒統領說道：「統領大人，甯王殿下的軍令……。」

統領一聲嚴厲，聲淚俱下：「甯王殿下的軍令說的是不許放人出去，沒有說不許向朝廷報告這十萬火急的邊疆軍情！」

校尉臉上一凜，大聲答道：「好！統領大人說的在理！老子今天他媽的豁出去了，這封邊疆軍情，老子親自去送！就騎著這位讓咱們殺死的好兄弟的快馬，來替他把信送到！」

貳參

女施主手持天子聖意

【一】

北京城裡，楊士奇府中，遠道而來的校尉雙手呈上帶血的公文。

楊士奇反反覆覆地看過那封十萬火急的邊疆軍情，思索再三之後，望著校尉那一臉疲憊和滿身血痕，帶著幾分猶豫地說道：「萬里路途，這位軍爺的身體，已經吃不消了吧？」

校尉連忙立正答道：「回稟楊少傅公，為了聯繫朝廷，滇中多少弟兄們，把自己的性命都丟掉了！楊少傅公有什麼吩咐，只管說就是了，赴湯蹈火，絕無怨言！」

楊士奇點了點頭，感動地說道：「那好，軍情緊急，老夫也顧不上同你客氣了！」

隨即，轉身對家丁們吩咐：「來人哪，趕快準備幾匹快馬，我要帶著這個軍爺前去面見聖君！」

【二】

少林寺中，楊士奇帶來的那名校尉，恭恭敬敬跪在朱瞻堂的面前。

朱瞻堂氣憤地問道：「如此說來，皇叔是以大兵壓境，圍了雲南啊！」

校尉連忙回答：「回稟聖上監國君陛下，從四川到貴州，沿著雲南的邊界，甯王殿下的大軍，將雲南包圍的如同鐵桶一般，水泄不通啊！」

朱瞻堂痛楚地挽起那名校尉：「萬里送軍情，你是我朝一位忠心愛國的好軍人！快起來，告訴朕，你叫什麼名字！」

校尉趕緊叩首回答：「回稟聖上監國君陛下，我叫李忠義，是右軍都督府之中其中一名正八品校尉！」

朱瞻堂感慨地說道：「李忠義？好！人如其名，忠肝義膽！你就留在朕的身邊，做朕的第一名帶刀侍衛吧！」

李忠義對著朱瞻堂咚地磕了一個響頭：「臣遵旨，臣李忠義叩謝聖上的隆恩！」

楊士奇為了外兵入侵雲南之事，十分焦急，他帶著一絲憂鬱對朱瞻堂說道：「啟稟聖君，雲南邊疆的戰事，應該如何是好呢？要不要即刻會知甯王殿下，請他以國家大義為重，出兵入滇，先滅了外侵之敵，再談其他？」

朱瞻堂認真地思索了良久，緩緩地對楊士奇說道：「皇叔當前之心思，僅僅是皇權一項，邊疆的那一點戰亂，皇叔恐怕是不肯置於目中啊！而且，此時若是甯王的大軍入滇，於朝廷的大局來講，更是雪上加霜，凶多吉少！」

楊士奇頓時有所領悟，低聲對朱瞻堂問道：「聖君所顧慮的是……。」

朱瞻堂點頭示意：「楊少傅公是知道的，朕的胞弟護國君朱瞻基和他所編練的那兩師精銳，乃是拯救我大明江山的核心力量！此時此刻，若是讓皇叔率領大軍進剿雲南的話，那麼，昆明也就將很快會淪為第二個北京了啊！」

楊士奇不禁長歎了一聲：「唉……聖君顧慮的極是！然而，外寇悍然入侵，雲南邊疆被犯，我堂堂大明王朝，卻總不能夠忍氣吞聲，任敵欺侮，而無所作為吧？」

朱瞻堂鎮靜地說道：「胞弟那裡不是尚有兩師精銳嗎？掃除那些南蠻夷兵，絕對是足夠的了！」

楊士奇卻不安地說道：「聖君所言極是，可是早在聖祖爺在的時候，朝廷便有旨意——未經請旨，不持兵符，而擅自用兵者，一律以叛亂之罪論處！聖君啊，護國君如果出動滅寇，那犯的可是一頂斬罪啊！護國君若是依律自保，按兵不動，那雲南的兩師精銳便只是一個擺設！」

李忠義稍做猶豫，慨然上前請纓：「啟稟聖上，李忠義願意冒死前往雲南，傳遞聖上的旨意！」

朱瞻堂一擺手：「不！不必了！皇叔的大軍密密麻麻，刀山劍林包圍著雲南，難道你能插翅飛越那重重的兵馬嗎？」

李忠義撲通一下跪倒在朱瞻堂的面前，大義凜然地說道：「李忠義萬死不辭！」

朱瞻堂手撫那封浸染著鮮血的急報，心疼地說道：「不，不，朕無論如何，也不能讓我們的大明將士再無辜地去犧牲性命了！」

楊士奇想了又想，無奈地說道：「那麼，索性調動聖君剛剛收服的那左軍都督府兵馬，連夜啟程，兵伐雲南，也好趁此機會，與護國君殿下會師於昆明，剿滅了外寇興後，再相機北伐！」

朱瞻堂連連搖頭：「這樣一來，兩軍必會相遇，然而雙方的軍令相左，兩大都督府的兵馬，必然會爆發一場大戰！而朕之所以挺身而出，不惜得罪皇叔來爭得那塊傳國之寶，其首要的目的，就是不忍看到國家遭戰火塗炭，百姓受兵伐之災啊！」

楊士奇甚是為難，他焦急萬狀地詢問朱瞻堂：「那麼，依聖君的意思，到底應該怎麼辦呢？」

朱瞻堂望著楊士奇，平靜地說道：「板蕩辨忠骨，亂世識英雄。朕倒是很想藉此機會來看看，看一看朕那位身為護國君的胞弟，在這外敵當前的時候，到底會有什麼作為？」

楊士奇頓時醒悟，連連點頭說道：「啊……聖君真得是深謀遠略了！」

朱瞻堂想了想又說：「楊少傅公，朕還有一事相托！」

楊士奇急忙站起來答道：「老臣聽候聖君的吩咐！」

朱瞻堂攜帶出敬意，鄭重地說道：「天慈姑娘的父親易霄漢老義士，為了拯救中毒的百姓們而自廢了內功，實在是可歌可泣！如今，他應該是寄住在北京城內的甘肅會館，朕希望你能夠找到這位老義士，讓他可以平平安安地頤養天年！」

楊士奇立刻說道：「老臣遵旨！請聖君放心，老臣一定會找到他，好生侍候！」

【三】

雲南昆明，大明護國君府中，朱瞻基的身邊圍著一大群將士官佐，焦急地議論著邊疆的戰事和當前的困局。

護國君府的正二品留守指揮使葉韻文，早已急得滿頭冒汗：「護國君殿下，蠻夷兵馬攻勢甚猛，保山府的那三百名團練已經難以抵抗，眼看就要失陷於敵人之手了呀！」

正三品宣慰使田納霖捶胸頓足，欲哭無淚：「護國君呀護國君！為什麼幾次派出給朝廷送信的使者，一律毫不音訊？為什麼？為什麼大明王朝的軍隊要持槍攜刀地包圍大明王朝的護國君府？我們到底應該怎麼辦呢？我的護國君殿下！」

朱瞻基佇立堂上，臉色陰沉，一言不發，苦苦思想，良久，他突然一聲大喝：「來人，傳本君命令，護國君府兩師精銳，即刻出動，急援保山，將入侵之敵，統統趕出我大明國境！」

指揮使葉韻文一聽，驚慌失措，急忙連連擺手阻攔：「不行啊，殿下！不行啊，殿下！朝廷早有旨意，沒有朝廷的兵符而擅自用兵者，一律以叛亂罪論處，那可是要……斬首的呀！」

宣慰使田納霖狠狠一跺腳，大義凜然地說道：「稟護國君殿下，這個命令您不能下！全交給部將吧！部將擅權了，我田納霖這就去假傳君命，帶著大軍去保山，先死敵，後死我！」

朱瞻基一把拉住田納霖，莊嚴地說道：「國家受外敵侵入，百姓遭蠻夷殺戮，我身為護國之君，豈有置身事外，明哲保身的道理？若是因為請旨不到，私自出戰而獲罪，朝廷所斬的，不過是我朱瞻基一人之頭顱，但是，若使外敵入侵得逞，讓我大明國土淪喪，則會有萬民受難啊！我既然身為君王，臨此大事，又豈敢因私而廢公呢！你，與葉韻文連袂，去傳本君的命令，即刻將那兩師精銳悉數派出，再發佈一道綏靖令，凡我雲南軍民，地無分南北，人無分長幼，個個都有保境抗敵，護家衛國的權力！」

【四】

少林寺上，達奚法師與朱瞻堂坐在一副石刻棋盤上對弈。

達奚法師一邊緩緩地放下一枚棋子，一邊說道：「從雲南方面逃難出來的和尚，已有情況向老納陳述，說是護國君殿下在久久得不到朝廷旨的前提下，已經發佈了綏靖令，帶著兩師精銳和全省軍民保家衛國，以入侵的蠻夷開戰！」

朱瞻堂動情地問道：「可曾聽到他說了什麼話啊？」

達奚法師：「聽到來自雲南方面的僧人說到，護國君主殿下確實口出一語，沸騰了滇境，朱瞻基身為君王，不敢因私利而明哲保身，萬一朝廷降罪，將以一人之頭顱獻上，但讓江土淪喪，累萬民遭殃的事情，護國君斷然不可為保一頂烏紗而不衛家國！」

朱瞻堂一下子拍案而起：「吾弟鐵肩擔道義，只手擎蒼天！護國君斷然不可為保一頂烏紗而不衛家國，真乃帝者之言啊！吾弟此言一出，龍天立刻覺得江山有望，大明有望！」

達奚法師望著朱瞻堂那張洋溢著喜悅的面孔，忍不住問道：「那麼，請問聖君，你如今又想去做些什麼呢！」

朱瞻堂衝動地答道：「師父！那位被龍天無意害了性命的大俠嶽元鋒，留有一份保定一府八十八村村民聯名控告知府楊承業的血狀，龍天為此，一直是耿耿於懷，一刻也難以忘記啊！如今，吾弟不顧個人得失，拔劍南天，起兵抗外，我大明已無可慮之事，龍天也應該效法其英雄，去治一治這禍國殃民的內患了！」

達奚法師起身肅立，雙手合十：「阿彌陀佛，拯救萬民於水火之中，從來都是帝者的德行，更加是佛陀的善舉！老衲會日夜焚香禱告，等待著你旗開得勝的消息！」

朱瞻堂急忙致禮：「那麼，傳國之寶的事情，龍天就託付給師父，托對給少林了！」

【五】

雲南邊疆，大明護國君的旌旗，獵獵飛揚，朱瞻基親自披掛出戰，帶領著大軍，橫掃入境的蠻夷，一場緊接著的大戰，連綿而生。

擔任前軍指揮使的葉韻文興奮地向朱瞻基奏報：「稟報護國君殿下，保山府之圍已解，敵人已經全線潰敗，正在向滇西的方向倉促逃竄！」

朱瞻基拔劍出鞘向前一揮：「嚴令全軍將士，奮勇追擊，一定要把入侵之敵全部趕出界外！」

擔任中軍都禦使的田納霖縱馬奔來：「稟報護國君殿下，瑞麗、婉町、蒼涼一線的入侵外蠻兵，已經悉數被我大軍逐出境處！」

朱瞻基連連點頭說道：「好！好！好！命令邊疆守軍嚴加警戒，嚴防外兵再度入侵！」

又有一名部將趨前報告：「稟報護國君殿下，大軍所至之處，各族百姓紛紛躍上街頭，以壺漿塞道，以餉王師！」

朱瞻基脫口而出：「傳本君命令——無論各級官兵，凡取百姓一食一物者，斬！」

部將一聲遵命，縱馬而去。

朱瞻基又對另外一名部將說道：「你趕快查一查，凡遭蠻夷燒殺掠搶而喪失生計者，立刻報上一份名冊來，由護國君府來出具銀兩，用朝廷的名義，加以賑濟！」

【六】

清風吹拂，陽光初照，少林寺外，幾名年少的沙彌僧，手持掃把正在山門附近清掃。

易天慈穿行於山路之間，逐漸走到寺廟的門前，一位沙彌雙手合十，上前招呼：「阿彌陀佛！女施主是前來上香的嗎？此刻時辰尚早，可否請女施主稍候片刻再來？」

易天慈連忙說道：「小師父，我是來找人的，來找貴寺之中一位名叫達奚的大師！」

沙彌再度合掌說道：「阿彌陀佛！達奚法師乃是本寺的主持方丈，不便輕易會見香客，請問這位女施主，您同大師有約於前嗎？」

易天慈趕快又說：「是一個名叫龍天的人介紹我來的！」

沙彌聽了頓時一驚，慌忙說道：「龍天？阿彌陀佛！請女施主見諒，在此小候一時，且容小僧前去稟報一下！」

俄頃，一位身披袈裟的高僧，在那個沙彌的引領之下，急步而出。

高僧一見到易天慈，忙不迭地雙手合十：「阿彌陀佛！請問這位女施主，是要找達奚法師的嗎？」

易天慈趕緊施禮答道：「是的，師父！我是一個名叫龍天的人引見來的！」

高僧望著易天慈問道：「阿彌陀佛！請問這位女施主尊姓大名？」

易天慈回答：「我叫易天慈！」

高僧又問：「阿彌陀佛！請問天慈施主，那位龍天是否有什麼信物給你呢？」

易天慈急忙取出朱瞻堂當初所贈的佛像玉佩遞給高僧：「有！這是龍天與我分手的時候，交給我的玉雕佛像，他讓我將這個佛像交給達奚法師！」

高僧伸出雙手恭恭敬敬地接了過來，客客氣氣對易天慈說道：「阿彌陀佛！請天慈施主再候片刻，貧僧這就去請達奚法師過目！」

片刻之後，少林寺中，忽然響起了響噹噹的鐘聲，隨即，整個山門大開，達奚法師在諸多高僧的簇擁之下，急步走出山門。

達奚法師快速地來到易天慈的面前，端莊肅立，雙手合十，帶著十分的尊重對易天慈說道：「阿彌陀佛！少林寺主持方丈達奚，率本寺全體僧眾恭迎易天慈姑娘！」

眾位高僧：「雙手合十阿彌陀佛！少林寺僧眾恭迎易天慈姑娘的光臨！」

易天慈見狀甚感意外，連連退步，她異常驚詫地說道：「達奚法師！各位師父！天慈只不過是民間的一名普普通通的鏢女，怎麼敢驚動這麼多的高僧大師，又怎麼敢於承受各位師父如此隆重的禮儀呀？」

達奚法師急忙再度施禮：「阿彌陀佛！女施主手持天子的聖意！老納何敢不敬呢？」

易天慈大吃一驚：「什麼？天子的聖意？」

達奚法師雙手捧著那塊佛像玉佩，鄭重地說道：「此乃當今天子的隨身佩件！此物一現，如同聖駕欽臨！莫非，天慈施主不知故里？」

聞聽此言，易天慈震驚不已，不禁失聲叫道：「龍天！難道，這個龍天……。」

達奚法師趕緊截過易天慈的話頭：「老納恭請天慈施主，先移步進入寺內，有什麼話，大家慢慢地來談吧！」

【七】

大雄寶殿之中，達奚法師淨手焚香之後，帶著易天慈走進一個秘室。

秘室之中，一個供台倚牆而立，四位武僧雙手合十，盤腿而坐，一動不動地默默守護在供台兩邊。

供台上面，一件一尺餘高的東西，被一塊明黃色的絲綢覆蓋著。

達奚法師對著那件物品，向易天慈詢問道：「天慈施主，老納請問妳一句，妳知道不知道，龍天托妳所護送的那件鏢物，究竟是何器物？」

易天慈答道：「師父，天慈不知道！龍天只是一再地說，此鏢關係到山川之完整，四海之安定，百姓之飽暖，萬物之和平，重於泰山！然而，他鎖入我那鏢箱之中的，到底是一件什麼東西，天慈並不知道！」

達奚法師雙手合十：「阿彌陀佛！」

一聲佛號唱罷，達奚法師上前一步，雙手掀開了那塊黃綢，一方頂上刻有龍頭的美玉，赫然而現。

達奚法師恭恭敬敬地捧起美玉，下面一張白紙之上，大明傳國之寶六個大字，清清楚楚地顯示了出來。

易天慈急忙上前，望了一眼，頓時大吃一驚：「啊……大明傳國之寶！」

達奚法師攜帶著滿懷的尊敬說道：「是啊！大明傳國之寶。龍天是將整個大明王朝的安危，交給了天慈施主，來加以保全的啊！」

易天慈恍然大悟：「原來，那自稱為江湖小俠的龍天，竟然是大明王朝的天子！」

達奚法師緩緩地說道：「龍天的聖諱叫做朱瞻堂，乃為我朝洪熙皇帝的長子。因為早年奉洪武大帝朱元璋的遺訓，來到本寺出家為僧，所以才有了龍天這一法名。近來，洪熙皇帝因為不幸中風，病癱於床，難以執政，遂於皇宮大殿之上，滿朝文武面前，親手將這塊傳國之寶授予了龍天，欽命由龍天來承襲大統，以延大明的江山社稷。然而，龍天的親叔叔，手握一國兵權的甯王，卻抗旨不遵，恃兵馬自重，而欲爭奪皇權。龍天想要聯繫起其胞弟——鎮守雲南邊垂的大明護國君朱瞻基，來共同平定甯王之亂，而又因手中沒有可以調用的兵勇將帥，這才親自出手，屢探鏢局，最終將這一塊傳國之寶，委託妳易天慈施主來擔綱護送的啊！」

易天慈聽完了達奚法師的這一番話，忍不住捶胸頓足，懊悔不已：「原來如此！原來如此！天慈實在後悔，實在後悔！天慈不過是一個小小的民間鏢女，為什麼要捲入到他們的皇室之爭中來呢？唉……天慈實在是後悔莫及啊……後悔莫及……。」

達奚法師連連搖頭：「天慈施主此言差矣！此言差矣！請容老納直言，妳雖只是一個民間的鏢女，然而萬分難得的是，天慈施主又是義薄雲天的俠女，諸事均能以國家和民族的大義為上，妳追蹤千里，披肝瀝膽，誅殺了禍亂中華的外國奸細和賣國求榮的民族敗類，保護了大明的山川完整，功在社稷，美名千古！無愧是伏皇後裔，民族英豪啊。」

易天慈趕緊擺手：「師父過獎了，天慈不過是覺得國家興亡，匹夫有責罷了！」

達奚法師又唱了一聲佛號：「阿彌陀佛！天慈施主這一句話，說得真是無尚的好啊！可是如今，甯王朱高煬內爭皇權，外結強敵，已經成我中華民族之第一禍首。一場國家大難隨時可能發生！而這傳國之寶，乃是平息戰亂，挽救國家的唯一希望！莫非，天慈施主就棄之不管了嗎？況且，龍天不但因國事而對天慈施主心繫重望，並且對天慈施主本人亦情深似海！那綿綿的愛慕，昭昭然如赤日紅陽，既使是不問紅塵之事的老納，也已經看得入目三分。天慈施主如今要是半途而廢，那是一誤國家大事，二傷龍天之心啊。所以，老納還是要請天慈施主三思！」

達奚法師的這一番話，說得易天慈熱淚橫流，傷感不已：「師父啊，龍天正直善良，知情達理，天慈對之也十分愛慕。然而，天慈萬萬沒有料到，這個龍天乃是一國之君王！天慈一名小小民間鏢女的身份，與他有著天壤之別啊！您說，天慈又何敢高攀於他呀？請師父原諒，天慈去了！山海天涯，高川大漠，請師父放天慈歸去，依然去做一名尋常的鏢女吧！」

說罷，易天慈狠狠一跺腳，轉身便要離開這間秘室。

達奚法師急忙攔住，連聲地奉勸：「天慈施主差矣！天慈施主差矣！當前，國事艱難，社稷危機，龍天舉步維艱，困難重重。天慈施主曾在那把天賜寒鐵劍的面前，對龍天有過誓言——承諾一定要將這一件事關山河完整，四海平安的鏢物，平安完好地送達雲南！難道，僅僅因為知曉了鏢主的真實身份，天慈施主就要背棄自己立下的這道誓言嗎？」

易天慈長淚奔湧，難以自執：「師父啊師父……天慈方寸已亂，實在不知道應該如何是好啊！」

達奚法師卻堅持不懈地說道：「老納有一言想進獻給天慈施主——國家者，乃萬民之國家，社稷者，大眾之社稷！天慈施主，論及國家，乃是妳之國家，論及社稷，乃是妳之社稷！天慈施主，作為我華夏民族開天闢地之先賢伏羲大帝賜姓的傳人，難道國家社稷妳統統不要了嗎？」

易天慈一下子愣住了，她呆呆地立在那裡，久久不能言語，再再不能動彈。

達奚法師懷著極大的慈悲，再一次唱誦起佛號：「阿彌陀佛！」

易天慈終於停止了哭泣，以往那種剛毅的神情，逐漸回返到了她那張清秀可人的臉上，以往那種堅強的氣魄，逐漸回返到了她那英姿颯爽的身上，她佇立著，面對那塊輝煌的大明玉璽佇立著，她手握那天賜的寒鐵劍佇立著。

達奚法師那洪鐘一般的誦佛之聲，再度響起：「阿彌陀佛！」

誦佛聲中，易天慈莊嚴地走到供台前，慢慢地伸出雙手，恭恭敬敬地捧起了那塊傳國之寶。

達奚法師滿懷敬重地對易天慈說道：「阿彌陀佛！天慈施主還有什麼話，要對老納說嗎？」

易天慈一下子又變得黯然神傷：「師父，那龍天貴為天子，而天慈不過是一個民間鏢女，既然，天慈有幸聆聽了師父教誨，這鏢天慈一定替他送到雲南護國君的手中！但這只玉佩，天慈實在是承受不起！還是請師父代天慈還給龍天吧！」

達奚法師輕輕地搖了搖頭：「天慈施主啊，妳可知道——蒼天亦有情，君王亦有愛。雖然是山高地遠，人海茫茫，然而，三界無有別，唯是一心作！那龍天，更始終是惦念著天慈姑娘的啊！」

達奚法師一句話，頓時令易天慈再度淚飛如雨：「那麼，龍天如今又究竟是在何方呢？」

達奚法師雙手合十：「帶領著幾名校尉，趕赴保定府中，執行一位大俠的遺願，去拯救那一府八十八村水深火熱的村民了！」

貳肆

十惡不赦棄耕稅

【一】

清晨，一陣涼風吹過，朱瞻堂忽然從睡夢之中驚醒。

他騰地一下翻身而起，努力地回憶著剛才的夢景。

夢境之中，酥妃娘娘正跪在白玉觀音面前哭泣。

他急忙問道：「愛妃啊，妳為什麼要哭泣呢？」

酥妃娘娘聲聲悽楚：「聖君啊，我是看到這尊白玉觀音，心裡面難受啊！」

他趕緊又問：「難道，愛妃是在思念陝西家鄉裡面的親人嗎？」

酥娉哭著說道：「不！聖君，臣妾是在想念那含冤而死的嶽元峰大俠！臣妾是在憂慮那保定一府八十八村村民的苦難冤情啊！」

他不敢吱聲，連忙裝睡。

酥娉雙膝跪地，舉著保定八十八村村民的那份血狀說道：「聖君啊，你因魯莽，而害得嶽元峰義士自盡，已是一件大錯！你身為帝王，卻沒有辦法解救人民於水火之中！你不是什麼聖君！你只是一個毫無用處的小人啊！」

他難堪地呼喚了一聲：「愛妃！」

酥妃娘娘卻對著他大罵了起來：「你是一個小人！小人！小人……。」

朱瞻堂呆呆地坐在床上，愣了片刻，忽然之間，他跳到床下拔出寶劍，憤然起舞：「愛妃啊愛妃，妳罵得對！罵得痛快！以前，朕雖然貴為聖上，但手中卻無一兵可用，真得只是一個毫無用處的小人啊！但是愛妃啊，朕現在可以了！朕的手裡，如今已經有了軍隊！朕一定要將那份保定一府八十八村村民們的血狀查個一清二楚，給嶽大俠一個交代，給保定一府八十八村的村民們一個交代，給愛妃妳一個交代！」

【二】

日間，保定城中，朱瞻堂一身俠客打扮，帶著李忠義和兩名校尉在街道上慢慢地行走，一路打聽著知府楊承業的事情。

朱瞻堂走著走著，揚手向前一指，低聲對身邊的李忠義說道：「你們看，一大群人圍在那裡，似乎是有事發生！」

李忠義立刻說道：「恭請聖君在此稍候，待部將先去打探一下……。」

朱瞻堂衝著李忠義嗔怪地一笑：「唉，唉，唉，怎麼又叫聖君，不是說好了叫龍天的嗎？」

李忠義刷地一個立正：「是！」

朱瞻堂詼諧地提醒李忠義說道：「唉，我們如今只是一夥江湖俠客，幹什麼非要如此拘謹？瀟灑一點，又有何妨？」

李忠義一臉窘狀，為難地說道：「對不起……部將……噢，在下在軍營中待久了……一時還真得是瀟灑不起來！」

校尉劉相然對著李忠義搖搖頭嘲笑道：「瀟灑不起來？那你就在此侍候著龍天大俠，讓本人去看看熱鬧吧！」

朱瞻堂一把拉住劉相然：「唉，既然是看熱鬧嘛，索性大家一起去看！」
校尉彭貞志快步上前，撥開人群，朱瞻堂和李忠義伸頭一望，不禁倒吸了一口冷氣。
人圈之中，竟然橫躺著一位中年女人和一個不滿十歲的小姑娘，頭插草標，跪在女人旁邊的泥地裡，面前一張白紙上，用鮮血寫著「賣身救母」四個歪歪扭扭的大字。
朱瞻堂急忙上前一步，心痛地扶起了那個小姑娘：「快告訴我！你母親得了什麼病？」
小姑娘艱難地吐出了一個字：「餓！」
朱瞻堂一把將那小姑娘抱了起來，轉身吩咐李忠義：「快，背上她的母親，回客棧！」

【三】

客棧之中，朱瞻堂慢慢地放下手中的粥碗，躺在床上的女人終於醒了過來。
小姑娘吃過了校尉們買來的食物，蒼白的臉上逐漸顯出了一絲血色。
女人努力地睜開了雙眼，惶恐地看了看周圍，驚懼不安地抓住小姑娘的胳膊，慌亂地問道：「小英，我們這是在哪裡啊？」
小姑娘哇地一下大哭了起來：「娘！這位龍大叔救了我們！」
女人看了朱瞻堂半晌，掙扎著要起身叩頭：「啊，龍大叔，恩人啊！」
朱瞻堂一把將她按住，趕緊說道：「大娘，妳快躺下！快躺下！我不是你們的恩人！而是一個罪人！」
女人匆匆打量了朱瞻堂一下，疑惑地問道：「罪人？」

朱瞻堂的眼淚奪眶而出，一連串地跌落在女人的身上：「是啊，龍天有罪！龍天對不起妳們！但是，龍天以日為誓，從此之後絕對不會再讓妳們挨餓了！」

女人嚎啕大哭：「恩人啊……恩人……。」

【四】

清晨，保定府內，知府楊承業正指揮著部下封鎖銀箱，幾隻巨大的銀箱上面，貼著保定府向封條，封條上面，「甯王軍餉」幾個大字赫然在目。

楊承業望著這些銀箱問道：「這一共是多少銀兩啊？」

知府師爺馮子書急忙上前回覆：「門生已經反覆核查過了，總共是七百八十萬兩！」

楊承業一聽連連搖頭：「唉，那不成！那不成啊！本府明明白白答應的，是獻給甯王殿下軍餉紋銀一千萬兩，這所差的二百二十萬兩，你們打算從何而出呢？」

馮子書陰冷地一笑，胸有成竹地說道：「回府台大人的話，門生倒是有一個主意，如果府台大人的心，能夠稍微再硬一點，這所差的二百二十萬兩銀子，還是弄得出來的！」

楊承業一瞪眼：「你有話儘管直說就是了！本府的心，從來都比那銀子硬！」

馮子書急忙一點頭，說道：「回稟府台大人，保定一府的村民們，一向巧言詞令，借天旱之故，不遵從朝廷的旨意，連續數年棄地不耕，至使大量的田地荒蕪，均已沙化。所以，門生建議，從明日起加征『棄耕稅』，每戶五厘，只要隨隨便便地這麼一征，所差的二百二十萬兩銀子，也就夠了！」

楊承業一聽，頓時大聲誇讚：「什麼？『棄耕稅』？嗯，好！好！好！真是一個好主意！可是，你們幹什麼還要等到明天再去徵收？難道今天已經來不及了嗎？再說了，每戶五厘夠幹什麼的呀？趕快傳令下去，不論男女老少，只要是肩膀子上面還有腦袋的，每人三錢！」

【五】

黃昏已至，天未大黑，保定府的各村各寨突然響起了陣陣鑼聲。

一夥衙役們，手拿告示，敲打著銅鑼，沿著大街小巷，高聲吆喝著。

「大家都聽好了！知府大人有令，鑒於本府人心懶惰，不肯務農種田，至使大量土地荒蕪，打今天開始，朝廷增收『棄耕稅』，不問年紀大小，城裡城外，每人每月收取紋銀三錢！」

「唉，我說是人都聽清楚了，知府大人有令，即日起開徵『棄耕稅』，每人三錢銀！」

一位老百姓戰戰兢兢地問道：「唉，我說這位官爺，我們家住在城裡，這『棄耕稅』應該沒有我們的事吧？」

衙役丁三兒，上前就是一鞭子：「什麼沒有你的事？你他媽的是人不是？告訴你，只要你是人，這每月三錢的『棄耕稅』，就得老老實實地交！」

另一個老百姓不服氣地說道：「不對吧？官爺，我們城裡人原本就沒有地可種，這棄耕不棄耕的，並不關我們的事啊！」

衙役趙小六上前惡狠狠地說道：「噢，你沒地可種是吧？那你就滾到拒馬河邊開荒去呀？」

一個老頭兒癱軟在地上，頓時嚎啕大哭起來：「啊……啊……天哪……三錢銀子，就把我們全家人都賣了，也弄不出三錢銀子來呀？朝廷啊，你們還講不講道理？還讓不讓我們老百姓們活了呀？」

丁三兒一聽，衙役拿出鐵鍊，罵罵咧咧上前就要鎖人：「你抗旨不遵！還敢當街辱罵朝廷！老子先抓你一個反罪！」

一直站在暗處觀看的朱瞻堂忍無可忍，一步衝上前去，強壓著怒火，厲聲喝問：「官爺且慢！我要倒先請問一下，這位大伯究竟犯了哪條王法？值得你用鐵鍊鎖拿？」

丁三兒蠻橫地上下打量著朱瞻堂：「唉，唉，唉，你是什麼人哪？妨礙了公務，你吃罪得起嗎？」

朱瞻堂橫眉冷對，不屑一顧地說道：「我嗎？我是一個愛管閒事的人，真要是犯了皇家的法度，我倒是吃罪得起！說，這位老伯到底犯了哪條王法？」

丁三兒狐假虎威，不可一世地瞪著眼睛說道：「犯了哪條王法？抗旨不遵，拒繳國稅，辱罵朝廷，這罪犯的還小嗎？」

朱瞻堂大氣磅礴地一聲響亮：「我再請問，這個『棄耕稅』，是哪家朝廷下令開徵的？」

衙役趙小六打量了一下衣冠整潔的朱瞻堂，舉過楊承業的告示，面帶威脅地說道：「哪家朝廷？知府楊大人的告示在此，你說是哪家朝廷啊？嗯？我看你像是外鄉人，勸你該幹什麼，幹什麼去，別在這裡惹事生非！」

朱瞻堂怒不可遏，一把奪過告示，撕得粉碎，狠狠地扔在趙小六的臉上，憤恨地罵道：「混帳東西！一個小小的知府，竟敢假冒朝廷旨意，私徵稅賦！」

衙役丁三兒急忙撲了過來，惡言惡語地對朱瞻堂訓斥道：「唉，唉，唉，你是什麼人？想造反是不是？我告訴你，保定府雖然窮了一點，但是我們知府楊大人手中，可不缺少那殺人的刀！」

朱瞻堂不禁咬牙切齒：「哼，我看那該殺的，恐怕正是你們的那個狗官楊承業！」

丁三兒一聽，頓時抽出腰刀，兇神惡煞般地衝著朱瞻堂吼叫起來：「你他媽的活夠了是不是，來！先把他鎖了去！」

朱瞻堂輕蔑之極地揮手一掌，打得丁三兒腦漿迸裂，撲咚一下，癱倒在了大街上。

趙小六和其他幾個衙役們大吃一驚，嚇得屁滾尿流，一個個忙不迭地奪路而逃。

街市上，呼啦一下子響起了百姓們的陣陣叫好之聲。

「殺的好！」

「殺的好！殺的好！」

「殺的實在好啊……。」

朱瞻堂健步登上一座高臺，向著百姓們高聲呼喊道：「老鄉們！老鄉們！你們千萬不要聽這些個狗衙役們的話！什麼混帳『棄耕稅』，我告訴你們，朝廷從來沒有過什麼開徵『棄耕稅』的旨意！這是那知府楊承業背著朝廷，濫征的私稅，大家誰都不要交！誰也不要交！我告訴大家，那楊承業私加稅賦，糜爛地方，為害百姓的事情，朝廷已經在查了！大家都不要怕他！」

百姓們一聽，紛紛下跪，歡呼不已。

「青天啊！青天來了……。」

「青天總算是來到保定了！青天來了……。」

李忠義看到百姓們呼啦啦地一齊擁來，急忙上前，擠到朱瞻堂的身邊，小聲提醒道：「聖君啊，那一夥剛才跑掉了的衙役們，肯定會去向那楊承業告狀的！我們還是暫且迴避一下為好啊！」

校尉彭貞志也附和地說道：「是啊，聖君，君子不立險地！目前，陳同知的大軍尚未趕到，偌大的一個保定府中，眼下只有我們三人護駕，實在是危機四伏啊！我看，您還是暫且先回到客棧裡面去吧！」

朱瞻堂思忖了一下：「也好！府衙橫行，狂征暴斂，朕已親眼目睹！回到客棧，我們也好向那位險些餓死的大娘汪陳氏，再仔細地訊問一下農村的情況！」

貳伍　地獄的真相

【一】

客棧裡面，朱瞻堂認認真真地向那位被救的女人汪陳氏，詢問起保定府八十八村百姓的情況。

汪陳氏一邊說一邊哭：「恩人哪！我們保定一府八十八村的村民們，實在是好苦……好苦啊！連續十年，年年大旱，那地乾得都裂開了口子！種籽撒在地裡，一大半全都旱死了，村裡的人面朝黃土背朝天，累死累活，一畝地也打不出三十斤穀子！可官府老爺們，不但不肯減少一粒官糧，還三天兩頭地增向捐稅！春天要收春耕稅、秋天要收豐年稅、生了孩子要繳稅，死了人也要繳稅……樹皮草根早已被人吃光了，就連耗子也被人吃得絕了蹤跡！老百姓們實在是活不下去了，這才被逼得走街串巷，耍猴賣藝，好求上一口殘茶剩飯，來勉強充饑呀……。」

汪陳氏的女兒小英也淚水潸潸地對朱瞻堂說道：「我爹就是擺攤耍把式，表演吞鐵球時，一口氣沒上來，讓那個鐵球，給活活憋死了！」

朱瞻堂著實難過了一會，想了想又問：「那拒馬河裡不是有水嗎？鄉親們為什麼不肯取那拒馬河裡面的水來灌溉呢？」

汪陳氏一聲長歎：「唉，人人都想啊，可是開渠引水要大把，大把的銀子！我的爺爺就曾經跪在那楊知府的衙門之外，懇求知府開恩，免除三年的官糧稅賦，讓老百姓們來修出一道水渠！」

朱瞻堂滿懷希望地趕緊問道：「結果呢？結果怎麼樣了？」

汪陳氏頓時放聲大哭：「結果？啊……結果讓那楊知府給砍掉了腦袋兒，掛在城門上示眾了整整三個月呀……。」

朱瞻堂氣得坐立不安，他哀歎問道：「大娘！妳告訴我，村裡每年有多少人在挨餓？」

汪陳氏搖著頭大淚滾滾：「多少人在挨餓？我們保定一府八十八村的村民們，這麼多年來，又有誰吃過一頓飽飯？又有哪一個人不是在天天挨餓呀……。」

立在一旁侍衛朱瞻堂的李忠義，忍不住插嘴問道：「那麼，有沒有餓死過人呢？」

汪陳氏雙手捶打著床榻，痛心疾首地說道：「村村都有！家家都有！天天都有啊！更慘的是，因為太餓了，家裡死了人，親人連抬出去的力氣都沒有，誰要是覺得挺不住了，在餓得快死的時候，便得自己掙扎著，先往那萬人坑裡頭爬呀！」

朱瞻堂一聽，驚懼萬狀，震駭不已，竟然不由自主地連連倒退了好幾步：「啊……果真如此？」

汪陳氏的眼淚，早已濕透了衣衫，她極度悲苦地說道：「恩人哪恩人……這樣的事情，真的是天天都有啊……。」

朱瞻堂被驚呆了，他一動不動地站在那汪陳氏面前，呼吸幾乎都要停止了，過了好大一會兒，他才顫慄地說道：「想不到……想不到我大明王朝，在這炎炎赤日，朗朗乾坤之下，竟然上演著地獄中的慘劇！實在是讓人不敢相信呀！」

小英不斷地滴著眼淚，她小聲地對朱瞻堂說道：「龍大叔，我娘說的句句都是實話——要是沒有您的那一碗粥，我娘……現在興許也已經餓死了！」

朱瞻堂悲痛欲絕：「唉，龍天實在是不敢相信！也實在是不願意相信啊！」

汪陳氏掙扎著從床上爬下來，一抹眼淚，蒼冷地說道：「恩人不信嗎？出城十里，恩人只要看上一眼，也就全都明白了！」

朱瞻堂一跺腳：「好！就請這位大娘引路，龍天一定要親眼看一看這場慘絕人寰的人間悲劇！」

【二】

傍晚時分，星稀月寒。

朱瞻堂一行在汪陳氏和小英的帶領下，走向了一座村莊的郊野。

夜幕之中，此伏彼起，閃爍著無數綠瑩瑩的光點。

朱瞻堂疑惑地說道：「那一閃一閃的綠光，成雙成對的，是什麼東西呢？」

小英膽怯地回答：「狼！專門叨死人來吃的狼！」

李忠義一愣：「狼？狼怎麼不叫喚呢？」

汪陳氏一聲歎息：「唉，那狼在餓的時候才會叫喚，而這裡的狼吃的人肉太多，太多了，肚子撐得已經叫喚不出聲音來了！」

朱瞻堂忙問：「那狼群所在之處，就是那所謂的萬人坑嗎？」

汪陳氏頓時淚流滿面：「是啊！小英的哥哥也在那裡，不知道是被狼吃了！還是被人吃了！」

朱瞻堂一下子臉色鐵青：「你說什麼？被人吃了？」

汪陳氏：「唉，恩人哪，您哪裡能夠想得到，村裡那些未死的人，為了活命，每天晚上都會帶著刀子，爬到那萬人坑裡，專門來找那剛剛死去的人吃啊！」

朱瞻堂猛地打了一個哆嗦：「吃人？天子腳下，駭人聽聞啊！走！妳帶我前去看看！」

李忠義急忙上前，挺身攔住，驚恐不安地說道：「不！聖……龍天大俠，您不能去！您不能去！我去！我去！」

彭貞志和劉相然那兩名校尉也一齊上前，死死地拉住朱瞻堂的胳膊，同聲說道：「您不能去！您不能去！」

朱瞻堂一把推開李忠義和兩名校尉：「閃開！你們誰也不要攔我！龍天今日一定要親眼看一看，這該死的楊承業把我保定村弄成什麼德性！」

朱瞻堂在李忠義和兩名校尉的護衛下，慢慢地向萬人坑走去。

忽然，萬人坑中出現了一絲微弱的動靜和聲音。

一個瀕死之人微弱地抽泣著哀告：「求求你……先別吃我啊……我還沒有咽氣呀！」

另一個瀕死的婦人，有氣無力地說道：「大哥，我求求你了！別怪我……你總是要死的呀……我不吃你，咱們就得一起死！」

朱瞻堂大驚失色，他恐懼地尖叫道：「他們在吃人！他們真的是在吃人！快！快！快！快去救人哪？」

說著，朱瞻堂不顧一切地跳到萬人坑裡面，只見累累百骨之間，一個骨瘦如柴的男人，屁股上橫著一把菜刀，儼然已經死去，而那手握菜刀欲食其肉的女人，一邊伸長舌頭，舔吮著男人身上流出的鮮血，一邊慢慢地閉上眼睛，也漸漸地死去了。

朱瞻堂無比悲憤，他啊的一聲，仰天大叫：「啊……堂堂大明王朝，竟出現了人吃人的慘劇！

楊承業啊楊承業！你是盤古開天以來千古第一罪人！朕一定要將你碎屍萬段！」

【三】

保定府內，幾個衙役慌慌張張地跑了進來，撲咚一下，跪倒在楊承業的面前，把那個楊承業嚇了一大跳。

衙役趙小六面如土色連連磕頭：「大事不好了，知府大人！大事不好了，知府大人……。」

楊承業一頭霧水，指著趙小六責罵了起來：「混蛋！驚驚慌慌地！什麼大事不好了！你光磕頭不說話，是你娘死了還是怎麼著？」

趙小六趕緊說道：「是死了！死了！噢……不是我娘死了！是衙役頭子丁三兒死了！衙役頭子丁三兒死了……是一個外鄉人……來了一個外鄉人，把咱們的丁三兒給當街打死了！」

楊承業聽了，稍微一愣：「什麼？丁三兒死了？丁三兒給人當街打死了？你他媽的別是喝迷糊了，跑這撒酒瘋來的吧？」

趙小六急忙接碴兒磕頭：「沒喝迷糊！沒撒酒瘋！丁三兒死了！丁三兒給人當街打死了！」

楊承業頓時認真起來，他連忙問道：「你趕緊說，是誰把丁三兒打死了？我保定府上自古以來，還從來沒有發生過有人敢把衙役打死的事情！你給本府說說清楚，那丁三兒是怎麼死的？是哪一幫膽大包天的土匪，竟然敢打死本府的衙役！」

衙役趙小六連說帶比劃地趕緊回話：「是一個外鄉人，先撕碎了府台大人徵稅的告示，又一甩胳膊，啪的一下，拿手背拍在了丁三兒的後腦勺上，那丁三兒當場就沒了人形！」

楊承業一聽，簡直是氣不打一處來，他衝著趙小六大聲責罵道：「什麼，一個人？你們一大幫子人，都他媽的是吃乾飯的呀？你們為什麼不把他給本府抓回來？」

趙小六急忙說道：「回稟府台大人，我們抓不回來！也不敢抓呀！那個人實在是太厲害了，他只用了一個巴掌在丁三兒的腦袋兒上面，輕輕這麼一拍，就把那個丁三兒的腦漿子全都給拍出來了！白的……白的……。」

楊承業一下子愣住了：「噢！這麼厲害！這個人為什麼要把那個丁三兒的腦漿子給拍出來？」

趙小六趕緊又比劃了起來：「小的們奉了知府大人的命令，上街去徵收『棄耕稅』，那個人卻攔著不讓收，我們跟他爭執了幾句，他就把那個丁三兒的腦漿子給拍出來了！」

知府師爺馮子書聽到這裡，急忙警惕地插嘴問道：「趙小六，我問你，那個人是個什麼樣子？他還說了一些什麼話？」

趙小六轉頭管道：「那個人穿戴整齊，操著京城口音！他先問，這個『棄耕稅』，是哪家朝廷下令開徵的？然後又說，一個小小的知府，竟敢假冒朝廷旨意，私徵稅賦！他還說，朝廷從來沒有什麼開徵『棄耕稅』的旨意！他還大聲地衝著一街的老百姓們嚷嚷，說這個『棄耕稅』，是知府大人背著朝廷濫征的私稅，讓大家誰都不要交！誰也不要交啊……噢，還有，他還一個勁兒地朝著大家喊，說是那楊承業……不！不！說是知府大人私加稅賦，危害百姓的事情，朝廷已經在查了！讓大家都不要怕他……啊，不！不！說是讓大家不要怕您！」

楊承業一聽，氣得拍案大怒：「混蛋！混蛋！混蛋！你他媽的還不快點帶著人出去，把這個人給本府抓回來！」

馮子書一邊拉住楊承業，一邊示意趙小六退下：「大人息怒！大人息怒！這裡面好像是有些文章啊？」

楊承業仍然怒氣衝衝：「暴民罷了！能有什麼狗屁文章！」

馮子書趕快說道：「不！不！不！暴民說不出這樣的話來！您剛才沒有聽到那個衙役說的話嗎？他說知府大人私加稅賦，危害百姓的事情，朝廷已經在查了！朝廷？暴民哪裡說得出這樣的話呀？看起來，此人絕非是一般的暴民，很有可能是大有來頭啊！知府大人！」

楊承業輕蔑地冷笑了一聲：「哼，除了甯王殿下，誰來查，本府都不怕！派人給本府去抓，不管他是哪一路神仙，只要不是咱們甯王殿下的人，一律給本府殺了賣肉！」

馮子書急忙又說：「唉，府台大人錯了！要真的是甯王殿下派人來查，您倒是一點也無須害怕！門生所害怕的是——此人未必是甯王殿下派來的人，而是另有來頭。」

楊承業一聽，也思索了起來：「另有來頭？你覺得他會是什麼人？難道，是楊士奇派來監察的禦史嗎？」

馮子書連連搖著頭說道：「府台大人哪，真得要是楊少傅公派下來一兩個糾核禦史，那倒也沒有什麼可怕之處！」

楊承業有點不耐煩了，他伸手一指馮子書：「那你究竟怕的是什麼人！」

馮子書連忙壓低了聲音說道：「您說，有沒有可能是那位聖上監國君呢！」

楊承業聞言一愣：「你覺得是他？可是，他來我這保定府幹什麼呢？」

馮子書以更低的聲音說道：「難道，府台大人沒有耳聞嗎？這位聖上監國君，雖然同咱們的甯王殿下是至親的叔侄，可是卻又同甯王殿下水火不容，您可是甯王殿下的親信之人，而且……往日的帳冊，記得又不盡完整！在下擔心的是，這聖上監國君，新官上任三把火！您說，會不會他是想燒一燒咱們這座保定府呢？」

楊承業沉思良久之後，帶出一副騰騰的殺氣，咬住牙關對馮子書說道：「哼，本府以前從來沒有見過這位聖上監國君，今後，也他媽的不想再見了！」

馮子書趕緊詢問：「那麼，府台大人的意思是……。」

楊承業看了看左右，以極低的聲音地對馮子書說道：「甯王殿下已經有了密函交待本府，遇到這個聖上監國君，要立刻擒住，秘密地交給他！」

馮子書一聽，頓時明白了，他關切地問道：「那，咱們可得細緻地謀劃一下啊！首先，這件聲情，張揚不得……。」

楊承業一下子截斷了馮子書話頭：「哼，哪用得著如此麻煩？選派幾個像樣的高手出去，一陣亂棍，打死完事！」

馮子書大吃一驚：「啊……。」

楊承業雙眼一瞪：「你啊什麼？甯王殿下是想給他養老送終！而本府，是要來個斬草除根！」

馮子書急忙問道：「那，甯王殿下面前，我們如何交待？」

楊承業惡狠狠地一搖頭：「不用交代！量小非君子，無毒不丈夫！這是他媽的保定府，不是紫禁城！什麼聖上監國君，他在這也就是一個暴民而已！你趕快帶著全部的衙役，立即出動，封鎖四門，旅店客棧，茶肆酒樓，給本府一家一戶地搜，一定要千方百計搜出這個人來！搜到了之後，不抓！不審！打死完事！殺了之後，先把他架在火上燒透了，然後再埋！」

馮子書一咬牙：「好！在下就去照此辦理！」

楊承業又仔細提醒道：「記住，他只是一個殺了衙役的暴民，我們根本不認識他！」

【四】

正午，保定城外某村，朱瞻堂帶著李忠義、彭貞志、劉相然以及被朱瞻堂所救的汪陳氏母女二人，架著幾口大鍋，煮著香噴噴的粥飯，盡可能地救助那些瀕於死亡的饑民。

成百上千的饑民們在粥鍋面前，排著長隊，不住聲地千恩萬謝。

朱瞻堂向一位面黃肌瘦的老人的破碗裡，滿滿地盛了一大勺粥，老人雙手捧著粥碗，撲咚一下子跪在了朱瞻堂的面前：「恩人啊！你們是老天爺派來的吧？」

朱瞻堂急忙伸出雙手挽起老人，動情地說道：「老人家，你還記得有一位嶽元峰，嶽大俠嗎？」

老人連聲說道：「記得！記得！」

朱瞻堂眺望著遠方的拒馬河，感慨地說道：「我們便是那位嶽元峰大俠所派來的！」

老人頓時一陣驚喜：「這麼說，我們保定一府八十八村村民們的那份血狀，酥妃娘娘是收到了？」

朱瞻堂連連點頭：「收到了！收到了！你們不要怕！誰要是知道那知府楊承業都有什麼罪狀，你儘管放膽地說！」

老人仔仔細細地看了看朱瞻堂，遲疑地問道：「那麼說來……你是朝廷的人？」

朱瞻堂豪氣干雲地說道：「龍天為朝廷辦事！只要是證據確鑿，龍天治得了那楊承業的罪！」

老人撲咚一下，再次跪倒在地，咚、咚、咚地，向著朱瞻堂連磕了三個響頭，然後，騰地一下爬起來，瘋了似得衝著排隊領粥的人們跑去，一邊跑著，一邊大聲哭喊：「青天來了！青天大老爺來了！朝廷派青天大老爺來查那楊知府的案子來了！鄉親們哪，咱們有救了！咱們有救了……咱們有救了……。」

隨著老人那淒厲而激動的哭喊，伸長了脖子盼著領粥的人們，全都愣住了。

過了許久、許久之後，饑民們忽然扔下了手中的破碗，呼啦一下子，全都衝到了朱瞻堂的面前，撲通、撲通地，全都跪了下來。

「青天呀！您救救我們吧……。」

「青天大老爺啊，給我們一條生路吧……。」

「我們八十八村的老百姓們，給青天大老爺磕頭了……。」

「救救我們吧……趕快救救我們吧……。」

朱瞻堂的眼淚剎那間奔湧了出來，他呆呆地立在那裡，心頭絞痛，咽喉堵塞，久久不能言語：「起來……起來！大家先起來吃飯！先把飯吃飽了，再慢慢地說！起來……起來……請大家快點起來……。」

然而，雖然朱瞻堂再三勸慰，可是村民們依然長跪不起，呼冤不止。

朱瞻堂身邊，小英也慢慢地跪倒在了地上。

汪陳氏一聲嚎啕，摟著小英也跪倒在了地上。

李忠義跪下了。萬民震天撼地的慟哭聲中，彭貞志跪下了。劉相然跪下了。

朱瞻堂孤獨地站立在一片跪地慟哭的人群中，望著那一片跪地慟哭的人群，望著那被饑民哭濕了的土地，他不禁仰天長嘯：「蒼天啊蒼天……大明啊大明……。」

而後，朱瞻堂面對著成群的饑民，和那成片的淚水，雙膝一彎，撲通一下，筆直地，也跪了下來。

貳陸

把他架在火上燒透了

【一】

午後，成千上萬的村民們，圍在那幾口已經空蕩蕩的大鍋前，聲淚俱下地向朱瞻堂控訴著保定知府楊承業的累累罪行。

「如果說那天旱，咱不能怪罪那楊知府的話，可是種糧呢？就連那小心翼翼砌在土牆裡面的幾兩種糧，那楊知府也要派兵來扒開搶走啊！」

「是啊，種籽是我們種田人的命根子！俗話說，餓死老娘，不吃種糧！這個楊知府實在是不通人性啊！」

「聽說那保定府中，掀開地磚，非金即銀，至少夠我們一府百姓吃上三年的呀？」

「唉，連年強征暴斂，這不是在喝我們老百姓的汗，而是在喝我們老百姓的血啊……。」

正當朱瞻堂在與百姓們談論的時候，馬蹄聲聲，煙塵四起，一夥衙役手持刀劍，身騎快馬，突然向著這個粥棚衝殺了過來。

老百姓們先是一陣慌亂，然後又迅速地組成人牆，把朱瞻堂等人緊緊的保護了起來。

老人對著朱瞻堂驚恐地說道：「不好！是楊知府的衙役們來了！」

汪陳氏連忙對朱瞻堂喊道：「快！快！快請幾位恩人蹲下來，千萬不要讓他們看到啊！」

小英一把死死地拉著朱瞻堂的衣襟，哭著說道：「龍大叔！您幾位恩人快點藏起來……那楊知府可是殺人不眨眼的呀……。」

朱瞻堂伸手摟住小英，從容不迫地說道：「小英不怕！鄉親們不要怕，讓我出去，先殺了這幾個狗仗人勢的東西，為鄉親們出上一口惡氣！」

李忠義急忙說道：「啟稟龍天大俠，就這麼幾個玩意兒，哪裡還值得髒了您的手？李忠義一人，足以把他們統統扔進那萬人坑了！」

說著，李忠義撥開身邊的百姓，一個旱地拔蔥躍了出去，人尚未落地，領頭的那名衙役的頭，已經被他一刀砍掉，滾入了幾十米的萬人坑中。

頓時，百姓們齊聲歡呼：「殺的好……殺的好……殺的好……。」

那幫衙役被嚇得一片驚叫，急急忙忙地擺開陣勢，準備與李忠義開戰。

李忠義將一把大刀舞動得好銀龍一般，僅僅三五個回合，便將那一夥衙役紛紛砍下馬來。

村民一片歡騰：「殺的好！殺的好！殺的好啊……。」

【二】

朱瞻堂趕緊衝出人群，大喊了一聲：「李忠義！留下一個活口！問一問那楊承業想殺的，到底是何人？」

李忠義急忙停下了刀，一腳踩住那個衙役，厲聲喝問：「說！你們要殺的到底是誰？」

那個衙役嚇得渾身哆嗦：「大爺饒命啊！小的也不知道那府台大人究竟是要殺誰！」

李忠義以刀向衙役的臉上威嚴地一指：「嗯？」

衙役急忙嚎叫：「大爺饒命！小的真的不知道啊！是府台大人的師爺馮子書下的令，說是有一位操著京城口音的人，要找府台大人的麻煩……現在，保定府上所有的衙役都出來了，說是就算把一切外地人都殺掉，也絕對不能放過那個操著北京口音的人！」

朱瞻堂又衝著李忠義喊道：「問！那個狗頭師爺還說了什麼？」

李忠義手中的大刀，狠狠地拍在那個衙役的臉上：「嗯？」

衙役趕緊答道：「說是府台大人下了嚴令，找到了那個人，第一不准抓，第二不許審，只管將他殺死！殺死了之後，先把他架在火上燒透了，然後，就趕緊深深地埋了！」

李忠義一聽，怒火沖天，腳下一用力，將那個衙役活活踩死：「彌天大罪！彌天大罪呀！」

校尉劉相然急切地對朱瞻堂說道：「啟稟聖……啟稟龍天大俠，那楊承業心似蛇蠍，他這一招，分明是衝著您來的啊！」

校尉彭貞志也連忙說道：「啟稟龍天大俠，您趕快找個安全的地方，隱蔽一日，部將這就飛馬渡河，請陳雲敬將軍發兵護駕！」

朱瞻堂一揮手：「好！你讓他們分兵四路，包圍保定府，緝拿所有的官吏！」

彭貞志刷地一個立正：「部將遵令！」

朱瞻堂想了一下，又小聲地說道對校尉劉相然說道：「你跑一趟京城，叫楊少傅公帶著六部主官，於明天午時三刻，趕到保定府來！」

劉相然滿面猶豫，擺著手對朱瞻堂低聲說道：「聖……啊，龍天大俠，部將們都走了，那由誰來保衛您的安全呢？」

朱瞻堂轉過身去，向著那成千上萬的村民們一聲高喊：「鄉親們！龍天要在這個村裡小住一夜，不知道你們願意不願意看著龍天去做那狗官楊承業的刀下之鬼呢？」

村民們一聽朱瞻堂此言，立刻齊刷刷地，全部都跪倒在了地上，一個白髮蒼蒼的長者跪在人群的前面，動情地說道：「恩人啊，自古燕趙多義士！別說您是我們保定一府八十八村的救命恩人，就是一個不相干的路人，我們也不會看著不管啊！我汪忱維今年七十二歲，我替鄉親們說一句話——從這一刻起，我們這成千上萬的村民，都守衛在恩人您的身邊，那楊承業要是敢再派人來的話，我們一人一口，咬也要把他們咬死！」

【三】

傍晚，保定府內，楊承業坐立不安，在大堂上不停地走來走去。

衙役頭子趙小六也顯現出一臉的焦慮。

楊承業跺著腳，指著趙小六一連聲地破口大罵：「廢物！廢物！全他媽的是一些廢物！三百多個衙役折騰了一天，連一個人毛也沒抓著！還他媽的死了這麼多人！簡直是廢物！」

趙小六連忙跪下地上辯解地說道：「知府大人息怒！知府大人息怒！這位……這個人武藝高強，十分了得！一般的衙役們花拳繡腿，的確不是這個人的對手啊？」

楊承業狠狠地一瞪眼：「那你說應該怎麼辦？難道，聽之任之，不管他了不成？」

趙小六跪在地上思忖地說道：「唉，不管他哪裡成啊？屬下的意思是，要不知府大人出面，讓甯王殿下把軍中的一些高手派來，齊心協力，把他拿住啊？」

楊承業又一瞪眼：「你他媽的糊塗了嗎？請甯王殿下出兵，那是多麼大的事情啊？如果，他只是個普通的暴民，你讓本府如何向甯王殿下去交待？更要緊的是，如果真的是聖上監國君，那甯王殿下只是想拿住他，將他養起來，而本府要的是斬草除根！」

趙小六急忙又說：「從他的言談話語來看，這個人絕對不是什麼等閒之輩，再加上他的武功如此高強，輕輕一掌，竟然能夠把人的腦漿子給拍出來……知府大人啊，屬下越想越覺得肯定是他！肯定是我們所擔心的那個人！屬下覺得，您還是趕緊向甯王殿下請求派兵吧！知情而報，這也是大功一件哪！」

楊承業狠狠地在趙小六的身上踢了一腳，把趙小六踢得接連幾個踉蹌：「說你糊塗，沒想到你真是糊塗透頂啊！甯王殿下要是派出了兵馬來，如果找到的不是那個人，本府頂多是挨上兩個耳刮子，讓甯王殿下罵上幾句飯桶而已！可是，如果甯王殿下所逮到的要真的是那個人，本府的這個腦袋兒，馬上就他媽的找不著了！我說，你到底是懂不懂啊？」

趙小六努力地爬起了，接碴兒跪在地上，疑惑不解地問道：「小的還真的是不懂！您說，那甯王殿下和那個人不正好是對頭嗎？」

楊承業指著趙小六的鼻子，連聲訓斥：「你呀，你呀，糊塗的簡直沒邊了！甯王殿下和那個人是對頭！可是，你別忘了，甯王殿下和那個人也他媽是親叔侄！噢，在保定府裡上演一齣親叔殺親侄的大戲，還讓我這個知府老爺瞪大眼睛看著，你說，這甯王殿下應該先砍誰的腦袋兒？啊？」

趙小六頓時一愣：「噢……那您說這件事情，還真的是不能告訴甯王殿下？」

楊承業連聲地說道：「不能！不能！當然不能！永遠都不能！我告訴你，有的事情要先奏後斬！還有的事情，要斬而不奏！這個人的事情，就是要斬而不奏，永遠不奏，全他媽的當作一個殺了人的暴民，沒名沒姓沒屍首，沒了就沒了，什麼都沒了！而且，什麼人都不知道！就這麼沒了！」

趙小六一下子又迷糊了起來，他瞪大眼睛，望著楊承業問道：「可是，您非把他弄沒了圖什麼呢？跟甯王殿下說，他壓根兒沒來過咱保定府，不就完了嗎？」

楊承業氣得差一點又揍這個趙小六：「你他媽的能不能琢磨琢磨，這個人到保定府幹什麼來了？到了保定府又幹了什麼？他根本就是來查本府的！是來跟本府要腦袋的！」

趙小六終於恍然大悟了，他惡狠狠地一咬牙，對楊承業說道：「查您？那他還能把我落下？您等著，門生這就再帶著幾個人出去找，挖地三尺，上天入地，怎麼著也得把這個人給弄沒了！」

楊承業思索了一下說道：「不行！不行！你一個天生的笨蛋，能把誰給弄沒了呀？去拿本府的那把硬弓來，看來，本府那百步穿楊的弓法，今天又要派上用途了！」

【四】

午夜，拒馬河邊，左軍都督府三軍肅立，那一片排列的整整齊齊的刀劍，在星月的照耀之下，寒光閃閃。

陳雲敬威風凜凜地站在大軍面前：「弟兄們！聖上監國君有旨，命令我部立即渡過拒馬河，開赴保定，捉拿貪官，保衛聖上！」

三軍將士頓時齊聲高呼：「忠君愛國！報效朝廷！忠君愛國！報效朝廷！忠君愛國！報效朝廷！」

陳雲敬手舉令旗，一聲響喝：「將士聽令！」

三軍將士驟然立正，鴉雀無聲。
陳雲敬令旗一揮：「前軍司馬王義哲！」
王義哲大步出列：「末將在！」
陳雲敬：「率所部兵馬為全軍先鋒，包圍保定，警戒全城！」
王義哲：「末將遵令！」
陳雲敬再揮令旗：「中軍司馬史可雲！」
史可雲出列：「末將在！」
陳雲敬：「率所部兵馬進城捉拿貪官，不得讓一人漏網！」
史可雲：「末將遵令！」
陳雲敬：「右參軍劉道林！」
劉道林出列：「末將在！」
陳雲敬：「率三千兵馬下鄉，帶足糧草救助饑民！」
劉道林：「末將遵令！」
陳雲敬伸手一指前來傳令的劉相然：「校尉劉相然！」
劉相然急忙出列上前：「末將在！」
陳雲敬：「你為本帥帶路，徑直趕赴聖君所在的保定村中，救主！護駕！」
劉相然：「末將遵令！」

【五】

五更時分，北京城內，楊士奇率領著六部主官，匆匆忙忙地蹬上幾輛馬車，在那位傳旨送信的校尉彭貞志引領下，飛速地向南面駛去。

路上，楊士奇掀開馬車的窗簾，匆匆忙忙地向彭貞志問道：「聖君的身邊，都有誰在護駕？」

彭貞志說道：「回稟楊少傅公，聖君的身邊，只有那新任的帶刀侍衛李忠義一人了！」

楊士奇頓時顯得焦急起來：「這怎麼能行！這怎麼能行！快！快！再快一點！」

彭貞志連忙說道：「楊少傅公也不必過於憂慮，保定府那邊，成千上萬的老百姓，都在保護著聖君！再說，左軍都督府的兵馬，就駐紮在拒馬河邊，這會兒，陳雲敬將軍說不定已經統率著大軍過河了！」

貳柒　金衫錦衣衛

【一】

黎明時分，天光未明，衙役頭子趙小六驚慌失措地闖進楊承業的臥房，惶恐不安地嚎叫著：

「大事不好……大事不好……。」

楊承業被趙小六從夢中驚醒，忍不住破口大罵：「混蛋！你他媽的不讓本府睡覺了呀！」

趙小六哆哆嗦嗦地說道：「大事不好……大事不好啊……府台大人！」

楊承業瞪著眼睛衝著趙小六吼道：「什麼大事不好？是他媽的天塌了呀？還是地陷了呀？」

趙小六忙不迭地說道：「兵……兵……是兵……回稟府台大人，滿大街都是兵啊！」

楊承業聽了一愣，急忙問道：「兵？哪裡來的兵？是哪一路兵馬？」

趙小六努力地定了定神，答道：「左軍都督府！滿大街都是左軍都督府的兵馬！掛的是陳雲敬的帥旗」

楊承業一拍大腿慌裡慌張地說道：「左軍都督府？唉喲兒！怕是甯王殿下來了！快！快點去把馮子書叫來！」

趙小六連忙跑了出去。

楊承業趕緊翻身下床，連聲地呼喊著：「來人啊，快來人啊！趕快侍候老爺我更衣……官衣！官衣！」

匆匆忙忙之間，楊承業急急忙忙地穿上官衣，一邊繫著扣子，一邊腳打後腦勺兒地，朝知府衙門那邊跑。

保定府衙外面，中軍司馬將軍史可雲手持寶劍，帶著一群官兵，威風凜凜地站在大門外。

楊承業急匆匆地奔上前去，連連作揖，堆出一臉的獻媚樂呵呵地說道：「唉呀！唉呀！辛苦了軍爺！辛苦了軍爺！怎麼都站在門外呀？趕快到衙門裡喝茶！趕快到衙門裡喝茶去呀！」

史可雲伸手一指楊承業，威嚴地喝問道：「你是何人？」

楊承業忙不迭地說道：「唉喲兒，這位軍爺怎麼連我都不認識呀？我就是保定知府楊承業呀？」

史可雲輕蔑地一聲冷笑：「噢，你就是那個楊承業！實在是失敬的很哪！來人！給我拿下！」

楊承業大吃一驚，他一邊說著一邊向前走去，指著自己的臉，氣哼哼地對史可雲說道：「我說軍爺！你弄錯了吧？老子是保定知府，甯王殿下的親信，皇帝欽點的正三品大臣，你拿我？哼，算了！算了！本府懶得與你廢話，趕快給本府閃到一邊去，本府還忙著拜見甯王殿下呢？」

史可雲二話不說，飛起一腳，將楊承業踢進知府衙門內，轉身吩咐軍士：「綁了！」

【二】

正午時分，紅日當頭。

保定城中，朱瞻堂在楊士奇和六部主官的陪同之下，高坐在一個臨時搭建的檯子上。

楊承業、鐘子鵬等三十六名貪官污吏，以及趙小六那些平日裡仗勢欺人、作惡多端的衙役，五花大綁地被軍士們押著，跪在台下。

成千上萬窮苦的老百姓們，激情難奈，討伐之聲爭先恐後，喊殺之聲動地驚天。

陳雲敬身佩軍刀，正步上臺，莊嚴地跪在朱瞻堂的面帶，高聲稟報：「啟稟聖上監國君陛下，臣左軍都督府同知陳雲敬啟奏陛下——奏旨，已將楊承業等一府貪官污吏悉數拿下，請聖君發落！」

頓時，老百姓刷地一下子，全都舉起了手臂，一片仇恨的呼喊聲，震得地動山搖：「殺！殺！殺！殺……。」

百姓們的怒吼聲中，朱瞻堂一聲響亮：「刑部尚書何在？」

刑部尚書連忙起立，跪在朱瞻堂的面前：「臣在！」

朱瞻堂伸手一指跪在台下的楊承業等人：「依我大明律法，審！」

刑部尚書高聲答道：「臣遵旨！」

眾百姓又是一陣齊聲高呼，山搖地動：「殺！殺！殺！殺……。」

刑部尚書一拍案木：「楊承業！」

楊承業面如土色，驚恐地答道：「罪臣在……。」

刑部尚書厲聲喝問：「楊承業！保定十年大旱，朝廷年年撥款振災，本部堂問你，這錢都到哪裡去了？」

楊承業：「臣有罪……。」

刑部尚書又一拍案木：「楊承業！你假借朝廷名義，私征保甲稅、演藝稅、恤窮捐、棄耕稅等四十三項私賦，可有其事？」

楊承業打著哆嗦：「臣……有罪……。」

朱瞻堂忍不住拍案而起：「你豈止是有罪？你是罪不容誅！」

老百姓們再次響起一片呼喊聲：「殺！殺！殺！殺……。」

朱瞻堂望著台下密密麻麻的百姓，拍案大喝：「陳雲敬！」

陳雲敬高昂起頭，響亮地答道：「臣在！」

朱瞻堂大臂一揮：「代朕行刑！將這些欺壓百姓、辱沒朝廷的狗官，一一斬首！」

陳雲敬咚地衝著朱瞻堂一個響頭：「臣陳雲敬領旨！聖上萬歲！聖上萬歲萬萬歲！」

說罷，陳雲敬一個蒼龍入海，飛躍到百姓們的面前，他先對著這些被楊承業絕了生路的饑民們，深深鞠了一躬，然後，猛一轉身將楊承業踏在腳下，揮動鋼刀，隨著血光飛濺，楊承業頓時身首異處。

頓時，老百姓們大淚飛揚，齊刷刷地全都跪倒在朱瞻堂的面前，同聲高呼：「聖上萬歲！聖上萬歲！聖上萬歲萬萬歲……。」

稍停了片刻，朱瞻堂又是一聲響喝：「戶部尚書！」

戶部尚書連忙答道：「臣在！」

朱瞻堂一揮手：「即刻查抄楊承業等人的家，將所獲財產，全部退還給百姓們！」

戶部尚書響亮地答道：「臣領旨！」

眾百姓的歡呼聲震盪天地：「聖上萬歲！聖上萬歲！聖上萬歲萬萬歲……。」

朱瞻堂對身邊的楊士奇點了點頭，說道：「楊少傅公！宣旨吧！」

楊士奇手持明黃色的聖旨，望著台下的那一眼看不到邊際的老百姓們，盡可能地高聲說道：

「保定一府八十八村村民聽旨！」

台下，頓時鴉雀無聲。

楊士奇大聲讀道：「查，保定因連年大旱，耕地概無所收，百姓饑苦不堪，特免除保定一府八十八村村民十年稅賦，以利養息！」

眾百姓一陣狂喜：「聖上萬歲！聖上萬歲！聖上萬歲萬萬歲……。」

楊士奇頓了一下，繼續讀道：「朝廷撥發專銀三千六百萬兩，並由工部派員，指引村民修渠引水，以利灌溉！」

眾百姓的高呼聲再次震天動地：「聖上萬歲！聖上萬歲！聖上萬歲萬萬歲……。」

楊士奇接著讀道：「陝西義士嶽元峰，傳報保定一府八十八村村民血狀有功，聖君為感念其德，特捐出私款五十萬兩，為其立廟，以供村民永祭！」

白髮老人汪忱維，步履艱辛地來到朱瞻堂的面前，撲通一下跪在地上：「聖上啊聖上！您真是我們的大救星啊！可是，我們怎麼能夠花您聖上的私銀呢？那嶽元峰大俠，是我們保定一府八十八村百姓們的恩人！他的廟，應當由我們來建啊！」

朱瞻堂站起身來，走到台下，伸出雙手，雙手挽起汪忱維，誠懇地說道：「老人家，你起來吧！朕是有愧於那位嶽大俠的！他的廟，是理應由朕來建的！你起來吧！」

【三】

傍晚，楊士奇一個人走出軍帳，月光之下，成千上萬的村民們，仍然跪在軍帳之外。

楊士奇忍不住趨前問道：「老鄉們！你們為什麼還不去休息呢？」

汪忱維連忙施禮答道：「楊大人！聖君在此，鄉親們都捨不得離開呀？」

楊士奇不禁深深地歎了一口氣：「唉……。」

汪忱維見了一愣，急忙問道：「楊大人！您為什麼歎氣？難道，您有什麼難處嗎？」

楊士奇慢慢地搖了搖頭：「老夫沒有難處，倒是我們的聖君，卻有難處啊？」

汪忱維大知一驚：「什麼？這麼英明偉大的聖君，也會有難處？」

楊士奇默默地點了點頭：「唉！我們的聖君，乃是天下最難、最難的君主啊！」

說罷，楊士奇轉過身子，準備離去。

汪忱維連忙攔住楊士奇，撲通跪下：「楊大人！聖君一心為著我們老百姓，我們絕不能看著聖君犯難！請楊大人告訴我，我們的聖君，到底有何難處！」

楊士奇望著汪忱維，沉思了很久、很久，終於輕聲地說道：「唉，一般的大戶人家，也都會有幾個家丁吧？可是，我們聖君的皇宮裡面，卻連一個可用的太監，都沒有啊……。」

【四】

幾日之後，一個五更時分，趁著晨曦未起，不願驚擾百姓的朱瞻堂，下旨出發了。

誰知，朱瞻堂與楊士奇、陳雲敬等幾位大臣，剛一走出軍帳，便看見成千上萬的村民們圍聚在周圍，另有數百名青年腰纏白布，齊刷刷地跪在大帳之外。

朱瞻堂與楊士奇、陳雲敬等人見狀一愣。

朱瞻堂看了半天，仍然不知原委，詫異地對著那麼跪在地上的青年們問道：「你們，這是怎麼一回事？」

汪忱維急忙跪下：「聖君啊！這是我們保定一府八十八村的村民們，公選出來的五百名後生，個個都會一些武功，他們已經自淨其身，甘願進宮，做牛做馬，侍奉聖君！」

汪忱維的話音剛剛落地，那些青年們立刻齊聲高呼起來：「做牛做馬，報效聖恩！做牛做馬，報效聖恩！做牛做馬，報效聖恩！」

朱瞻堂雙目之中頓時閃出一片淚光：「你們……。」

那五百青年又一次齊聲高呼：「做牛做馬，報效聖恩！做牛做馬，報效聖恩！做牛做馬，報效聖恩！」

朱瞻堂遲疑了一下，旋即感動地說道：「好！朕准你們進宮，朕謝了你們！」

五百青年再一次齊聲高呼：「做牛做馬，報效聖恩！做牛做馬，報效聖恩！做牛做馬，報效聖恩！」

朱瞻堂望著這些青年，激動地對身邊的楊士奇喊道：「楊少傅公！」

楊士奇連忙上前：「臣在！」

朱瞻堂一聲響亮：「每人賞賜黃色衣衫一件，朕要封他們為朕的貼身內侍——金衫錦衣衛！」

【五】

日間，驛道之上，朱瞻堂與楊士奇坐在馬車之中。

六部主官騎馬乘車跟隨在朱瞻堂的後面。

五百名新晉的金衫錦衣衛，一步不落地緊緊跟隨。

陳雲敬騎在馬上，率領著三軍將士。

幾萬威風凜凜的大軍，浩浩蕩蕩地向著北京進發。

朱瞻堂久久不語，似乎是在閉目養神。

楊士奇一聲不吭，以免打擾了朱瞻堂的短夢。

誰知，朱瞻堂卻忽然睜開眼睛，高喊了一聲：「停車！停車！」

頓時，車馬停下，三軍止步。

楊士奇驚奇地問道：「聖君！您怎麼啦？為什麼要停下來呢！」

朱瞻堂一邊思索著一邊，向楊士奇問道：「楊少傅公，你說，這左軍都督府的幾萬大軍，要是呼啦啦地一下子開進了北京城，北京會怎麼樣？大明又會發生什麼事情呢！」

楊士奇想了一下，謹慎地說道：「如果，甯王殿下肯於順應天意的話，那就什麼事情也不會發生！」

朱瞻堂雙眉緊皺，憂鬱地又問：「那麼，要是皇叔依然故我，不從天意呢？」

楊士奇輕輕地歎了一口氣：「唉……但願那甯王殿下，能夠審時度勢，順應天意啊！」

朱瞻堂用力地搖了搖頭，鄭重地問道：「不！楊少傅公，朕是問你——要是皇叔不肯順應天意，到底會有什麼事情發生！」

楊士奇又歎了一口氣，十分憂慮地回答：「目前，甯王殿下尚有前軍都督府正二品都督林泉流大帥的兩萬大軍，駐紮在北京城內，另外，通州、燕山兩衛的兵馬，也在京郊附近。萬一，甯王殿下不肯遵從天意，而固執己見的話，那麼，京城之內，恐怕少不了是要爆發一場大戰啊！」

朱瞻堂一聽，急切地擺著手說道：「不行！不行！絕對不行！大明王朝不能同室操戈！國家軍隊不能自相殘殺！」

楊士奇遲疑了一下，趕緊問道：「那麼，聖君您的意思是……。」

朱瞻堂沉思良久之後，終於堅定地說道：「軍隊留下，朕一個人進城！」

楊士奇一愣：「這幾萬人馬，兵臨城下，能不能打得過那甯王殿下，尚屬兩論！聖君一個人進城，幹什麼去呀？」

朱瞻堂十分誠摯地說道：「朕不想打仗！朕不想讓大明內亂，不想讓兵勇相伐，黎民遭難！朕一個進城！朕要好好地再跟皇叔談談！」

楊士奇急忙勸道：「不行！不行！甯王殿下一直視聖君為天下第一對手，這太危險！這太危險了！」

朱瞻堂義無反顧地說道：「大明江山是天下兵勇百姓的江山，也是朕的江山！兵勇百姓是大明的主人，也是朕的子民！只要能夠平息兵禍，保得山河安穩，萬民康泰，縱然刀山火海，朕又有何懼哉？」

楊士奇左思右想，再次勸道：「那麼，聖君至少也要帶上幾個武藝高強的衛士，以防不測呀！」

朱瞻堂豪邁地一笑：「唉，朕是要真心誠意地去同皇叔談一談心裡的話，帶衛士幹什麼？」

楊士奇再三勸告：「聖君！大明的江山，擔在您的身上，您可不能夠太過輕率呀！」

朱瞻堂大義凜然：「正是為了大明江山的安寧，朕才要去面見皇叔！」

楊士奇一把拉住朱瞻堂的手臂，老淚縱橫：「聖君！您可要三思啊……。」

朱瞻堂堅定不移：「朕的心意已決！楊少傅公不必再行勸告了！」

楊士奇無可奈何，連連歎息不止：「唉……聖君……。」

朱瞻堂毅然打開車窗，向外高喊了一聲：「陳雲敬！」

陳雲敬急忙飛馬而來，行禮答道：「臣陳雲敬見駕！」

朱瞻堂一聲令下：「陳雲敬，傳朕的旨意——左軍都督府全體兵馬連同一切隨駕官員，就地宿營，沒有朕的親旨，任何人均不得擅自進入北京城，違令者，斬！」

陳雲敬稍微一愣：「臣陳雲敬……遵旨！」

朱瞻堂嚴厲地說道：「還有，如果遇到甯王所部兵馬，你要退避三舍，絕對不可與之交戰！」

陳雲敬猶豫之極：「聖上，這……。」

朱瞻堂以不可抗拒的威嚴，厲聲地對陳雲敬說道：「這是朕的旨意！」

陳雲敬急忙答道：「是！臣陳雲敬遵旨！」

說罷，朱瞻堂跳下車來，縱身一躍，騎到了陳雲敬的那匹戰馬上，拋開了眾人，揚鞭飛馳，絕塵而去。

楊士奇焦慮地望著朱瞻堂遠去的身影，跳下馬車，不由自主地長歎了一聲。

陳雲敬匆忙上前問道：「楊少傅公，聖君這是……。」

楊士奇仰天長歎：「唉……聖君他這是要捨身取義呀！」

陳雲敬趕緊問道：「楊少傅公，那我們到底應該怎麼辦呢？」

楊士奇慢慢地搖了搖頭：「你們就聽從聖君的旨意，就地安營吧！」

陳雲敬萬分不安，他連忙又問：「可是，聖君陛下的安全又怎麼辦呢？」

楊士奇感慨地說道：「我們的聖君，寧可身入虎穴，也不願意看到大明的軍隊自相殘殺啊！」

陳雲敬異常焦急地說道：「那麼，楊少傅公您呢？您老人家有沒有什麼辦法，來救助我們的聖君陛下呢？」

楊士奇略一思忖，毅然決然地說道：「陳將軍！請借給我一匹快馬，老夫要趕緊回到京城去！相機行事吧！」

貳捌　叔侄之间

【一】

傍晚時分，甯王府中，朱高煬煩躁地坐在大堂上，孤獨地苦思冥想。

突然之間，朱瞻堂微笑著走了進來。

朱高煬見狀一驚，急忙伸手抓過了一把寶劍。

朱瞻堂恭恭敬敬地向甯王行了個家禮：「皇叔勿驚！是侄兒看望皇叔來了！」

朱高煬狠狠一瞪眼：「噢，原來是你！」

朱瞻堂連忙說道：「皇叔，是侄兒！是侄兒來看望您老人家來了！」

朱高煬伸出寶劍狠狠一指朱瞻堂：「哼，你的膽子倒是不小啊？」

朱瞻堂微微一笑：「皇叔說笑了！侄兒前來看望皇叔，難道，還需要什麼膽量嗎？」

朱高煬怒目而視：「哼，巧言利口，你該不是帶著那些被你嘩變的左軍都督府大兵，前來抓我吧？」

朱瞻堂連連搖頭，真心誠意地說道：「皇叔啊，您老人家說到哪裡去了！侄兒冒昧前來，真的只是想來看望一下皇叔！」

朱高煬卻依然手持寶劍，對朱瞻堂厲聲喝問：「你這個不孝的孽侄，既然已經兵戈相見，為何又要虛情假意？」

朱瞻堂雙手一攤，誠懇地說道：「皇叔誤會侄兒了！侄兒是永遠也不會與皇叔兵戈相見的！侄兒更不會對皇叔虛情假意！侄兒是從心眼裡敬愛皇叔的！」

朱高煬仍然以劍指著朱瞻堂，惡狠狠地問道：「那我問你，你所策反的那個陳雲敬和他的幾萬兵馬呢？」

朱瞻堂坦坦蕩蕩地答道：「全部留在了城外，侄兒已經吩咐過他們了——凡是敢於擅自進城者，一律處斬！皇叔啊，侄兒實在是不忍同室操戈，自相殘殺啊！」

朱高煬微微一愣，脫口說道：「噢，那你就不怕皇叔我殺了你嗎？」

朱瞻堂平平靜靜地說道：「如果，侄兒犯有罪惡，那麼憑皇叔您老人家處置！可是皇叔啊，侄兒並沒有做錯什麼呀！」

朱高煬望著朱瞻堂的臉，有些疑惑地問道：「那麼，你此番前來，難道就是要同皇叔爭執論理的嗎？」

朱瞻堂懷著一片熾熱的親情，對朱高煬說道：「侄兒不敢同皇叔爭執論理！侄兒只是想和皇叔說上一些心裡話！」

朱高煬慢慢地放下了手中的寶劍，緩緩地問道：「什麼心裡話？」

朱瞻堂凝望著朱高煬那張已然顯出絲絲蒼老的臉龐，動情地說道：「皇叔啊皇叔，侄兒永遠都不會忘記皇叔對侄兒的恩情！您還記得嗎，五歲的時候，侄兒感染了傷寒，口不能進食，亦不能進水，骨瘦如柴，體若冰雪，僅僅在那咽喉之際，尚留存著一絲弱弱的喘息！服遍百藥，皆不能解，那滿宮的御醫們，已然認定侄兒必死無疑，紛紛逃離宮去，而不肯再行救，就連父皇也已經為侄兒準備好了葬儀！然而，唯有皇叔，始終不肯捨棄侄兒！抱我於懷中一連八晝夜，終於以皇叔的體溫，暖我還陽，救活了侄兒的性命！」

朱高煬聽完朱瞻堂的這一番話，禁不住也有一些情動：「那時，你只是一個不懂事的孩子啊……。」

朱瞻堂熱淚盈眶：「比及七歲，皇叔又教練侄兒習文練武，嚴管慈愛，視為己出！」

甯王轉過身去，不忍再看朱瞻堂：「你天資聰慧，機敏過人！」

朱瞻堂卻繼續說道：「至十歲上下，侄兒頑皮淘氣，屢屢遭到父皇的責罰，哪一次不是皇叔您老人家護著，讓那本該打我的板子，劈里啪啦地去打那地上的牛皮？」

朱高煬忍不住一陣動情：「你前來找我，只是想跟皇叔來說這些？」

朱瞻堂恭恭敬敬地說道：「侄兒還有一件事情，想要請教皇叔！」

朱高煬刷地一轉身，對朱瞻堂說道：「講！」

朱瞻堂哀傷地問道：「從小到大，皇叔一向對侄兒疼愛有加，可是，為何今日，您老人家竟然如此地不能容我了呢？」

朱高煬又一次背過臉去：「只要你立下誓言，交出那塊傳國之寶，不再阻攔我當家作主，皇叔一樣會像過去似的疼愛你！」

朱瞻堂激動地說道：「皇叔啊皇叔，如果我們只是一般的百姓人家，哪怕就是那些富商大賈，都沒有侄兒不聽叔叔吩咐的道理！但是，我們朱家畢竟是皇族天家，以一姓而執掌四海，擔負著天下的安危與公義啊！您老人家若是真心誠意地愛國愛民，執政以公，真心誠意地願意振奮江山，弘揚社稷，侄兒就是將那傳國之寶呈獻於皇叔又有何妨？可是，您卻暗中勾結西域南蠻，為中飽私利，而不惜擅撤守軍，分疆裂土，您甚至還與我們大明王朝的首要敵人女真族暗中來往，企圖引狼入室，出賣山河！所以，為了我們的大明江山萬年永固，侄兒實在是不能不加以阻攔呀！皇叔……。」

【二】

天色大黑，無星無月。

楊士奇府上，楊士奇正在焦急地與易霄漢交談著。

易霄漢聽完楊士奇的話，大吃了一驚：「怎麼，原來那個龍天……竟然是當朝的聖上？」

楊士奇連連點頭：「是啊！易大俠，聖上為了說服甯王平息戰事，安穩社稷，此時此刻，他竟然不顧個人安危，隻身一人闖進了甯王府中！」

易霄漢急忙問道：「那個甯王……。」

楊士奇鄭重地說道：「那個甯王一心一意想要篡奪皇位！對外，他不惜勾結外敵，分疆裂土，對內，他幾乎是窮凶極惡，六親不認了呀！」

易霄漢頓時領悟：「那麼，您是在擔心這聖君龍天的安全了？」

楊士奇連忙點點頭答道：「是啊，老夫深知那甯王的為人，實在是擔心在話不投機的時候，那甯王不顧叔侄的親情，會對聖君下手啊！」

易霄漢馬上說道：「楊少傅公，易霄漢曾經與那龍天聖君在江湖之上會過兩面，對他那胸懷天下，心繫四海的氣度萬分敬佩！」

楊士奇一聲長歎：「唉……可是，此時此刻，聖君卻身在那險境之中啊！」

易霄漢刷地一下子站立起來：「易霄漢能夠為這位聖君做些什麼？請楊少傅公吩咐就是了！」

楊士奇扼腕歎息：「無奈的是，壯士的一身蓋世奇功，如今已經廢棄了呀！」

易霄漢急忙說道：「請楊少傅公放心，易霄漢內功雖失，外功仍在，抵擋三五個惡人，依然不在話下！」

楊士奇一聽，趕緊說道：「好！那麼，就請易霄漢大俠，隨老夫去闖一下那甯王府第，無論如何，也要把聖君救出來！」

易霄漢豪氣干雲：「謝謝楊少傅公的信賴！能夠救出一位愛國愛民的聖君，易霄漢死而無怨！」

【三】

拒馬河水，大浪翻騰。

拒馬河邊，那五百名身穿黃衫，自宮其身的壯士，向著送行的親友村民們一齊跪下，連著磕了三個響頭，然後，義無反顧地涉水而過。

白髮蒼蒼的汪忱維雙膝跪地，淚流滿面，對著那滔滔奔湧的大河高聲　喊道：「孩子們！那聖上是我們保定一府八十八村村民們的救星！你們一定要好好的侍奉聖上啊！老漢給你們磕頭了！」

五百壯士在滔滔大浪之中，一同奮臂高呼：「效忠朝廷，報效聖恩……效忠朝廷，報效聖恩……效忠朝廷，報效聖恩……。」

【四】

甯王府中，朱瞻堂與朱高煬叔侄之間，仍然在激烈地爭論著。

「皇叔啊，想那元朝時期，不就是因為那皇室無道，貪官橫行，害得百姓流離失所，怨聲載道，這才逼得天下的百姓們紛紛揭竿而起，滅了那百年的王朝嗎？」

「大膽，你怎麼敢將皇叔比做那昏庸無道的元虜！」

「皇叔啊，請恕侄兒的直言，您老人家縱容那保定知府楊承業，私開稅賦、強征暴斂、橫行鄉里、糜爛地方，若論其惡，是絕不亞於那些元虜的啊！」

朱高煬惱羞成怒：「你……你……你究竟是來看望皇叔的，還是跑來辱罵教訓的？嗯？」

朱瞻堂滿含熱淚：「侄兒請皇叔息怒！侄兒怎麼敢來辱罵皇叔呢？侄兒只是覺得，聖祖爺十年征戰，開國不易！永樂之後，我大明王朝，礪精圖治，興工重農，激揚文字，才有了今日的繁榮富強！侄兒實在不忍見到我們大明的江山，毀壞在皇叔您的手中，更不忍見到皇叔您老人家，不幸成為因私廢國的千古罪人啊！皇叔……。」

【五】

重重的夜幕之下，五百名身穿黃色衣衫的新晉太監，正在一刻不停地向著北京城快步前進。

五品帶刀侍衛李忠義騎在馬上，焦急地催促著大家：「快！快！快！我們得儘快趕到京城，楊少傅公傳話來了，如果晚了，我們的聖君恐怕會遭遇不測啊！」

太監汪大洪一聽，率先奔跑了起來：「弟兄們！咱們趕快都跑起來呀！跑！我們一路跑到京城！」

一人做榜，萬眾相隨，剎那間，這五百名金衫錦衣衛，全都不顧一切地狂奔起來……

【六】

「如此說來，你今日是想要削除皇叔的王位兵權嗎！」

「不！不！不！侄兒從來沒有這樣想過！皇叔啊，侄兒只是盼望著皇叔能夠改頭換面，以愛國愛民之心來輔助侄兒，一起來治理好我們的大明王朝！」

「說來說去，你還不是想要登基做皇帝？」

「皇叔啊，父皇親手傳給侄兒傳國之寶，侄兒不能不從命啊。」

「那你就交出傳國之寶！」

「可以！但是皇叔要當著滿朝文武的面，在父皇和列祖列宗的面前，立下一道誓言，執政為公，不懷私欲，剷除貪官，驅逐外敵！」

朱高煬惱羞成怒，他再次抓起寶劍，衝著朱瞻堂厲聲大吼道：「交出傳國之寶！」

朱瞻堂望著朱高煬，臉上沒有一絲懼色，堅定不移地對朱高煬說道：「請皇叔召集百官，先立下誓言！」

朱高煬的面色越來越陰沉，他瞪著朱瞻堂惡狠狠地說道：「你既然不肯聽從皇叔的話，那你就別怪皇叔無情了！」

朱瞻堂異常傷感，他望著朱高煬，極度哀痛地說道：「皇叔要殺侄兒嗎？侄兒的性命，原本就是皇叔救下的！如今，皇叔要殺侄兒的話，便殺好了！但是，那傳國之寶，皇叔是拿不到的！」

朱高煬盯著朱瞻堂看了好一會兒，終於毅然決然地說道：「不！皇叔不會殺你！皇叔並不想讓你死！皇叔也不想擔當那殺君奪位的罪名！但是，從今以後，你永遠也不可以離開皇叔的王府！」

說著，朱高煬衝著外面大喝了一聲：「來人！將這個逆侄給我拿下！」

突然，大門外邊一片喧嘩，一個門丁跌跌撞撞地闖了進來：「稟報甯王殿下，少傅公楊士奇，說有急事要奏請聖上監國君！」

朱高煬瞪著眼睛，伸手一揮：「擋駕！任何人也不許放進來！」

門丁急忙稟報：「那楊少傅公不聽阻攔，小的們攔他不住，現在他們已經闖到庭院之中了……。」

【七】

甯王府內，庭院之中，楊士奇喊聲連連響起：「聖君！聖君！聖君啊……請您出來……出來！老臣有要事相奏……老臣有萬分緊急的要事相奏啊……。」

隨即，易霄漢以及十幾名楊士奇帶來的家丁，也一擁而入，進至了院中。

楊士奇不停嘴的高聲呼喊：「聖君……聖君啊聖君……請您出來……老臣有要事相奏……老臣有十萬火急的要事相奏啊……。」

朱瞻堂聞聲一轉身，從容不迫地走到庭院。

朱高煦也氣勢洶洶地一步跨出大堂，劈頭蓋臉地向楊士奇罵道：「本王的府邸，你也敢闖！楊士奇，你莫非要造反嗎？」

楊士奇連忙說道：「甯王息怒，楊士奇不想造反！但是，楊士奇想要勸告甯王殿下——您可千萬不要造反啊！」

朱高煦衝著楊士奇一跺腳，氣急敗壞地吼道：「哼，本王就是反了！你又能將本王奈何？」

楊士奇連連搖頭，正色對朱高煦說道：「滿朝文官絕無一人服氣，全國武將至少半數不從，四海之中，商賈百姓不會順應，天下戰亂必然蜂擁而起！甯王啊，請聽老夫一句直言吧！您要是真的反了，也不能夠登基為帝，只會空留一個千古罵名啊！甯王身為王侯，可千萬不能自毀朝廷啊！」

朱高煦勃然大怒，手舉寶劍，衝著楊士奇破口大罵：「朝廷是我們朱家的！關你個姓楊的屁事！」

楊士奇毫不相讓，大義凜然地反駁道：「可國家是大家的，匹夫有責！誤國害民的人，是要永遠遭到歷史唾罵的呀！甯王殿下！」

朱高煦惱羞成怒，他揮舞著寶劍，幾近瘋狂地吼叫起來：「本王今天就將你們全都關起來，好飯好菜地伺候著，好讓你們罵！讓你們罵個夠！來人！全都給本王拿下……。」

說著，他便撲上前去要抓朱瞻堂的胳膊。

易霄漢一個箭步上前，拉開架式，護住了朱瞻堂。

朱瞻堂一眼認出了易霄漢，十分驚喜：「老義士，怎麼是您？」

易霄漢急匆匆地說道：「龍天聖君，現在不是說話的時候，請您趕快走吧！」

楊士奇不顧一切地一把抓住朱瞻堂，拉著他飛快向甯王府的大門外面奔去：「聖君！快走……聖君！快走啊……。」

朱高煬縱身一躍，跳過人群，穩穩落地，一下子橫在了朱瞻堂與楊士奇的面前。

易霄漢揮起寶劍，欲向甯王砍去。

朱瞻堂見狀，急忙一聲驚呼：「住手！老義士，萬萬不可傷了皇叔！」

易霄漢聞言，頓時一猶豫。

朱高煬卻一劍斬來，唪嚓一下，砍掉了易霄漢的一隻手臂！

朱瞻堂忍不住淒婉地一聲悲呼：「啊！老義士！易老義士啊！」

易霄漢一邊拚死抵抗著朱高煬，一邊衝著朱瞻堂連聲喊道：「龍天啊，聖君！你們快走啊！快走……。」

朱瞻堂呼喊著轉身想去救援：「易老義士……。」

楊士奇死死地拉住朱瞻堂，拚了命地一步衝出甯王府的大門，幾個家丁連推帶拉將朱瞻堂扶上馬車，一記響鞭，飛馳而去。

易霄漢頑強地忍著斷臂之痛，英勇地擋在甯王府的大門口，以一條獨臂揮舞著寶劍，將兇悍的朱高煬和他的家丁們統統堵在了甯王府之內。

馬車在大路飛馳，車輪滾滾之中，不斷地傳來甯王府中那殘酷的殺聲。

忽然之間，朱瞻堂聽到了易霄漢一聲愴冷的呼喊：「龍天！照顧好我的天慈啊……。」

馬車之中，朱瞻堂渾身一震，兩行熱淚滾滾而下：「是朕害了易老義士啊！」

楊士奇急忙勸慰：「易霄漢老義士為國盡忠，自然可以流芳萬古！可是，如果聖君您要是有了閃失，我們的大明江山，又靠誰來支撐呢？」

朱瞻堂禁不住捶胸頓足：「唉，皇叔啊皇叔，為什麼您就不肯聽從侄兒的勸告呢？」

楊士奇再三勸道：「自古以來，但凡權力熏心之人，罕見有聽人勸慰而翻然悔悟的！待聖君您回到皇宮，一切安全了之後，再慢慢地設法重整朝綱吧！」

朱瞻堂一聲長歎：「安全？唉，皇叔的幾萬大兵，就駐紮在京城！那一座空空蕩蕩的皇宮，又哪裡有什麼安全可言呢？」

楊士奇連忙說道：「啟稟聖君，聖君欽命的金衫錦衣衛——保定一府八十八村村民們選拔的五百名新任太監，已經由李忠義等人整訓完畢，奉了老臣的命令，正在星夜趕赴京城，頃刻之間就會進入皇宮了！他們一個個忠義無比，心中牢記著聖君的恩情，是會誓死保衛聖君的！」

貳玖　你為什麼是個天子

【一】

午夜時分，天安門前一片火把，那五百名身穿黃衫的太監，手握鋼刀，威風凜凜地站在門外。朱瞻堂與楊士奇同乘的馬車剛剛飛馳而至，他們便飛快地迎上前來，剎那間就將朱瞻堂和楊士奇圍在中間護衛起來。

李忠義三步併作兩步，飛快地跑到馬車旁邊，雙手掀起窗簾，然後恭恭敬敬地跪在朱瞻堂的面前：「臣御前五品帶刀侍衛李忠義，率金衫錦衣衛全體太監，恭迎聖上回宮！聖上萬歲！萬歲！萬萬歲！」

隨著李忠義的奏報，被朱瞻堂欽命為金衫錦衣衛的那五百名太監一齊下跪，齊聲高呼：「金衫錦衣衛全體太監，恭迎聖上回宮！聖上萬歲！萬歲！萬萬歲！」

朱瞻堂目光之中閃著淚光：「起來！起來！全都起來！從今以後，你們不僅僅是朕的太監，更是朕的貼身衛隊，是朕的近衛軍！」

五百太監頓時一同奮臂高呼：「捨生忘死！護衛聖上！捨生忘死！護衛聖上！捨生忘死！護衛聖上！」

【二】

天至黎明，初陽如血。

甯王府內，朱高煬陰沉著面孔，默默地望著橫躺在大門口易霄漢的那具僅餘一臂，傷痕累累的屍體，久久不發一言。

朱高煬的身後，劉仲生等一些部將和家丁，屏住呼吸，緊張地等候著朱高煬的命令。

朱高煬慢慢地俯下身子，伸手將易霄漢那依然睜大的雙眼閉合：「他死的時候，喊了一句什麼話？」

劉仲生匆忙地答道：「回稟甯王殿下，臨死之前，他曾大聲地高呼一句『龍天！照顧好我的天慈！』」

朱高煬急忙問道：「天慈？這個天慈是什麼人？」

劉仲生趕緊回答：「回稟甯王殿下，這個天慈是他的女兒，叫易天慈！」

朱高煬又問：「易天慈？那易天慈到底是個什麼人？她同本王的這個侄兒，又有著什麼樣的關係？」

劉仲生馬上說道：「回稟甯王殿下，部將以為，那個易天慈就是這老傢伙的女兒，是……。」

朱高煬突然大發雷霆，極其憤怒地打斷了劉仲生的話：「混蛋！什麼老傢伙，他是一位義士！是一位忠心救主的老義士！一個人，一條手臂，卻擋住了你們這一大群廢物！你們之中有哪一個人比得上他的忠勇？」

劉仲生與眾部將撲通全都跪倒在了地上，齊聲說道：「甯王殿下息怒！部將們萬分慚愧！」

朱高煬狠狠地瞪了他們一眼：「慚愧！慚愧又有什麼用途？本王想要知道的是，那個易天慈到底是什麼人，她同本王的侄兒到底有著什麼樣的關係？」

劉仲生趕快說道：「回稟甯王殿下，部將覺得，那個易天慈很可能就是部將兩次去抓，卻沒有抓到的那個女鏢師！」

朱高煬聽了劉仲生的話，頓時一愣，他呆呆地沉思了很久之後，感慨地說道：「嗯，秘送傳國之寶於前，剿殺西城特使於後，原來，此人竟然是侄兒的紅顏知己！嗯，也當算是一位巾幗英豪了！」

劉仲生遲疑了一下，對朱高煬說道：「回稟甯王殿下，部將覺得，那塊丟失了的傳國之寶，極有可能又到了這個女鏢師的手中！」

朱高煬對著劉仲生點了點頭，命他起來問道：「本王問你，你還記得住這個易天慈的身形相貌嗎？」

劉仲生立刻答道：「回稟甯王殿下，部將記得住！」

朱高煬：「去找來畫工，將那易天慈的繪像畫上三千張，連同海捕文書，從北京一直發到雲南，就算是大海撈針，也要把那傳國之寶給本王找回來！」

劉仲生猶豫著問道：「那麼，聖君……不，不，皇宮那邊怎麼辦？」

朱高煬一聲冷笑：「哼！那傳國之寶是絕對不會在皇宮裡頭的！還有，傳國之寶若是不能到達雲南，咱們的那個聖君，恐怕一時也聖不起來！」

劉仲生再次請示：「那麼，甯王殿下的意思是？」

朱高煬一揮手說道：「派些兵去，沿著護城河，把那個皇宮圍起來！無論如何，絕對不能讓他再離開皇宮一步！我告訴你們，本王可要三天兩頭地去宮中看他，人要是再跑了，你們就把自己的腦袋兒給本王切下來扔掉！」

劉仲生聽了朱高煬的話，嚇得打了一個哆嗦：「是！部將謹遵甯王殿下的旨意！」

朱高煬伸手一指地上易霄漢的屍體：「向府上總管拿錢，買一口柏木棺材，好好地安葬了這位忠心護主的老義士吧！還有，只要能夠把傳國之寶拿回來，你們對那個易天慈，就儘量網開一面吧……。」

【三】

從少林寺下來，一路穿州過府，易天慈逐漸行走到一個城池的大門口。

城門洞前面，幾名執刀的宮兵，牽著戰馬，站在一張緝捕人犯的繪像兩旁，正在認真地盤查行人。

易天慈上前定睛一看，原來那個要通緝的人物竟然是自己。

易天慈一驚，剛想轉過身去迴避，那幾名官兵卻已經手疾眼快地撲到了面前。

一名帶隊的小校攔住易天慈問道：「嘿！妳是什麼人？怎麼同那繪像上的人犯如此相像？」

易天慈平靜地回答：「這位軍爺，你搞錯了吧？本姑娘長得像牆上的那張畫嗎？恐怕不像吧！本姑娘從來無罪無惡，怎麼會是什麼人犯呢？」

那名小校對著易天慈凝視了半晌之後，又警惕地盤問道：「妳那包袱裡面背著的是什麼？拿出來，老子要檢查！」

易天慈佯裝一副害羞的樣子說道：「包袱裡面全都是一些女人用的東西，軍爺又有什麼好看的呢？」

另一個官兵仔細地看了看牆頭上的繪像，又仔細地看了看易天慈的臉龐，厲聲地說道：「不對！妳恐怕就是那個甯王殿下通緝的女鏢師吧？走，跟老子們見官去！」

說罷，這個官兵拿出鎖鏈，便要上前抓人。

易天慈見勢不妙，反手一掌，將那個官兵打翻在地，順手奪過一匹馬來，縱身躍上，狠狠地一揚鞭，絕塵而去，將那一群官兵的喝叫之聲，遠遠地甩在了身後。

「站住！人犯跑了！趕快追呀……。」

「人犯跑了！快攔住她！攔住她……。」

【四】

皇宮之內，坤寧宮中，朱瞻堂手捧著保定一府八十八村村民們的那份血狀，激動地對酥娉說道：「愛妃啊，朕總算是做成了一件為民除害的好事情！」

酥娉也欣喜地說道：「是啊，由於聖君的大仁大愛、大智大勇，萬千百姓得以安居樂業，那位嶽元峰大俠，如今也可以瞑目了！」

朱瞻堂激情澎湃地說道：「愛妃啊，朕要妳將這份血狀裝裱在牆上，朕要讓這份血狀永遠提醒著朕，時時刻刻牢記著天下的百姓，時時刻刻牢記著君王的責任！」

酥娉忍不住連聲嘉許：「聖君心繫百姓，志在社稷，往後，還會做出許許多多利國利民的事業來的！」

朱瞻堂想了想，又為難地說道：「唉，無奈的是，皇叔的大軍仍然包圍著這座皇宮，並且又三天兩頭地前來監視，朕實際上是被軟禁在這金磚碧瓦之中，很難再有作為啊！」

酥娉急忙勸慰：「自從那五百名金衫錦衣衛進入了宮中之後，聖君的安全，至少是無須顧慮了！而且，聖君少年英偉，有的是時間為國家效力！常言說，欲速則不達，臣妾還請聖君將心放寬一些！」

朱瞻堂連連扼腕：「只怕是皇叔他老人家，不容朕寬心啊！」

酥娉再次勸道：「那塊傳國之寶，聖君不是已經讓人送往雲南了嗎？等到護國君殿下見到了玉璽之後，一定會同聖君一起來勸說皇叔的！」

朱瞻堂一聽，忍不住憑窗遠眺：「是啊，那易天慈姑娘，如今在哪裡呢？」

【五】

夜半三更，月冷星稀。

四川彝區的深山密林之中，換了男裝的易天慈，在一堆即將熄滅的篝火面前，一夢醒來。

易天慈迷惘地翻身坐起，努力地回想著剛才那朦朦朧朧的夢境。

在那夢中，香煙繚繞，紅燭錦帳，易天慈與朱瞻堂緊緊地相擁相抱。

夢裡，她輕聲地問道：「郎君，你會愛我一生一世嗎？」

朱瞻堂堅定地回答：「我會愛妳一生一世！海枯石爛，永不變心！」

易天慈淒然淚下：「郎君！請你一生一世都不要離開我！好嗎？」

朱瞻堂柔情似水：「我的愛妻，龍天是永遠也不會離開妳的！」

易天慈卻突然驚慌失措：「不！不！你不是我的郎君！你是聖君！你是天子……。」

終於，易天慈帶著一絲哀婉，從夢境之中回到了現實。

她沒有察覺到自己的臉上，兩行悲苦的淚水正在慢慢地流淌。

當那兩行淚水重重地滴落在腳下的時候，她忽然哀痛地大叫了一聲：「龍天啊龍天，你為什麼是個聖君？為什麼是個天子？」

黑暗之中，一支弩箭無聲無息地飛了過來，射在了易天慈的肩頭，她搖晃了一下，痛苦地呼喊了一聲：「朱瞻堂啊，你為什麼是個天子……？」

隨後，慢慢地倒在了篝火旁……。

夜晚，皇宮坤寧宮中，正在熟睡的朱瞻堂，突然翻身坐起，望空大叫了一聲：「天慈！」

酥娉被朱瞻堂的叫聲驚醒，慌張地問道：「聖君！聖君！您怎麼啦？您這是怎麼啦？」

朱瞻堂愣了半晌，呆呆地說道：「沒什麼！朕，做了一個噩夢！」

酥娉望著眼前魂不守舍的朱瞻堂，不由得輕輕地歎了一口氣：「唉……。」

參拾

酥妃裸衣祭天

【一】

清晨剛至，一片鳥鳴。

彝民寨中，一張乾乾淨淨的竹床上，易天慈慢慢地甦醒了過來。

彝王吉木帕朗親自端著一碗草藥，站立在易天慈的面前，幾位彝族少女圍在易天慈的身邊，小心地看護著她。

易天慈慢慢地睜開了眼睛，望著那幾個彝族少女，氣憤而疑惑地問道：「你們是什麼人？為什麼要害我？」

彝族少女曲木拉瑪急忙說道：「這是彝族的山寨，站在妳面前的是我們的彝王！」

彝王吉木帕朗連忙捧過草藥，親切地對易天慈說道：「我們絕對沒有想害妳的意思！我們只是聽到了妳連聲高喊天子，這才將你請入了我們彝族的山寨！」

易天慈緊張地檢視了一下四周，充滿警惕地問道：「請我來幹什麼？我的包袱呢？趕快還給我！」

吉木帕朗轉身捧出傳國之寶：「妳所要的就是這件東西吧？」

易天慈掙扎著下床要去爭奪：「是的，趕快還給我！還給我！」

吉木帕朗輕輕地搖了搖頭：「還給妳不難，但是，我要請妳先回我幾個問題！」

易天慈一聽，趕快說道：「什麼問題，請彝王大伯快點說！」

吉木帕朗鄭重地問道：「我們彝族是不是大明王朝的百姓？」

易天慈不假思索地脫口說道：「同在一方國土，共熱一條血脈，為什麼不是大明的百姓呢？」

吉木帕朗連連點頭說道：「說得好！我再問妳，我們彝族有沒有反叛過大明朝廷？」

易天慈稍一思忖，認真地答道：「我只知道，西域一帶，有幾個分疆裂土的敗類，倒是從未聽說過有彝族禍國的事情！」

吉木帕朗又一次點頭說道：「說得好！妳說得太好了！那麼，我現在還要請問妳一句，我們彝族世世代代居住在自己的土地上，就算是刀耕火種，茹毛飲血，也從來沒有傷害過國家！可是，你們朝廷為什麼要年年派出兵馬來剿殺我們？你們朝廷，為什麼就不肯承認我們彝族是大明的國民呢？」

易天慈聽了頓時一愣：「啊！年年剿殺？這個我實在是不知道。」

吉木帕朗手捧那方傳國之寶，和藹地問道：「不知道？妳是大明的公主吧？」

易天慈一聽，這才恍然大悟，她急忙連連搖著頭解釋道：「噢，彝王大伯錯了！我哪裡是什麼大明公主！我的名字叫易天慈，不過是忠信鏢局的一個女鏢師而已！」

吉木帕朗萬分驚奇：「那麼，這大明王朝的傳國之寶，為什麼會在妳的手中？」

易天慈趕緊回答道：「此物乃是一位鏢主所托！」

吉木帕朗又繼續追問：「鏢主是誰？」

易天慈稍一猶豫：「鏢行規矩，恕易天慈不能相告！」

吉木帕朗望著易天慈慨然說道：「姑娘啊，我們彝民雖然窮苦，但是，水深熱水之中有的是義氣！請妳相信我們，如果，妳不是那害國害民的賊人，我們彝民是會捨命相助的！」

易天慈凝望著了彝王吉木帕朗許久，終於坦白地說道：「他叫朱瞻堂，是大明的聖上監國君，是當朝的天子！」

吉木帕朗一聽，更是疑慮不解：「當朝天子？他托妳把這塊傳國之寶，送往何處？交與何人？」

易天慈只好直言相告：「甯王擁兵自立，禍國殃民，聖上監國君要我將這傳國之寶，當面送交給雲南護國君手中，以便保山川之完整，衛四海之安定，惜百姓之飽暖，守萬物之和平！」

彝王吉木帕朗聽罷，雙手捧過傳國之寶，恭恭敬敬地遞到易天慈的手中。

易天慈十分感激地詢問：「彝王大伯，天慈可以走了嗎？」

吉木帕朗對著易天慈點了點頭，懇切地說道：「姑娘啊，如果妳想走，沒有人會對妳加以阻攔！不過，妳肯不肯暫且留下來，為我們彝民百姓，來做一件事呢？」

易天慈一聽，立即說道：「彝王大伯儘管吩咐，凡是可以做得到的事情，易天慈絕不推託！」

吉木帕朗淒婉地說道：「給托你護送這傳國之寶的天子，寫上一封書信，告訴他，我們彝民，願意做大明王朝的臣民！告訴他，不要再派兵馬來剿殺我們彝民百姓了！」

天光未開，萬籟俱寂。

北京城內，皇宮之外，一個黑衣黑衫的彝族男子，悄然無聲地爬到一棵大樹上，拉開弓弩，將一支綁著書信的利箭射入了皇宮……。

【二】

早膳之後，坤寧宮內。

朱瞻堂一身晨衣，佇立在陽光初罩的窗櫺之前，一遍又一遍地閱讀著易天慈的書信。他目光如炬，每一絲光芒，都閃爍著對彝民的關懷和對易天慈的思念。

酥娉雙手捧著一杯清茶，關切地站在朱瞻堂的身後。

朱瞻堂猛然一聲悲憤：「萬千彝民歷年遭受大軍剿殺，天慈姑娘前路異常困苦艱難，大明啊大明，你這是怎麼啦？怎麼啦！」

酥娉憂鬱而焦急地上前說道：「聖君啊，彝民百姓渴望皇恩，易天慈姑娘身陷囹圄，傳國之寶安危難測，聖君要趕快想些辦法才好啊！」

朱瞻堂雙眉緊鎖：「是啊，這件事情關係重大，刻不容緩，看來，也只有朕親自出馬了！」

酥娉急忙說道：「事關山河百姓，國運安康，聖君的確是應該親赴彝寨，以收民心！可是，三千大軍封鎖著紫禁城，皇叔又三天兩日地會闖進宮來，無時無刻不在監視著聖君，您又如何出得了這皇宮啊？況且，就算是您插翅飛了，如果，那皇叔發現了聖君已不在宮中，不知道又會生出多少紛亂來？」

朱瞻堂反覆思索過之後，沉吟著說道：「朕倒有一個辦法，能夠讓皇叔相信，朕仍然在這禁宮之內！」

酥娉聽了一陣驚喜，趕快問道：「什麼辦法？快請聖君說說？」

朱瞻堂遲疑地說道：「從那五百金衫錦衣衛中，找出一個身形相貌與朕相似的太監，來扮作朕的模樣！」

酥娉一聽連連擺手：「不行！不行！那皇叔每一次進宮，都要以探望的名義，與聖君說這問那的，至親叔侄，近在咫尺，那還不是一眼便可以望穿真偽的嗎？不行！不行！」

朱瞻堂微微一笑：「要是不讓皇叔與朕相近的話，那麼，皇叔他還能夠一眼望穿嗎？」

酥娉急忙搖頭：「皇叔一向飛揚跋扈，又有長輩之尊，他若要來看望聖君，這滿宮之人，又有哪一個人能夠攔得住他老人家呢？」

朱瞻堂狠下心說道：「能夠攔得住他老人家的人，倒是真有一個！」

酥娉聞聽一喜，急忙問道：「誰！聖君快說！」

朱瞻堂凝望著酥妃，滿懷恩愛地說道：「遠在天邊，近在眉睫！」

酥娉一聽，大失所望：「聖君說的是臣妾嗎？不行！不行！臣妾一個晚輩，又是一介女流，那裡有什麼辦法能攔得住皇叔？」

朱瞻堂繼續說道：「朕的心中已有一計，用的就是那長輩之尊，男女之別，只是需要愛妃妳受到委曲了」！

酥娉真心誠意地對朱瞻堂說道：「臣妾本是聖君的人，聖君又一心思國，只要是於聖君有利，臣妾受上一點委曲，又算得了什麼？請聖君快說，臣妾該如何做，才能攔得住皇叔呢？」

朱瞻堂鄭重地說道：「皇叔雖然暴戾恣睢，卻又十分迷信。清明將至，如果，愛妃能夠與那假冒朕的太監，於欽安殿前，效法聖祖，裸衣祭天。那皇叔，還能夠走至近前嗎？」

酥娉一聽，滿臉飛紅，轉身而去：「聖君……。」

【三】

傍晚時分，明月高懸。

彝民寨中，篝火映天，一群彝族男女翩翩起舞，為易天慈表演著饒有特色的彝族舞蹈。

彝王吉木帕朗與易天慈一同坐在篝火旁邊，靜靜地觀賞。

吉木帕朗沉默寡言。

易天慈的目光之中，流露出一絲不安。

彝族男女的歌唱聲中更是飛揚著陣陣憂鬱：「日落西山啊哩，來了朋友啊哩，歡歡喜喜啊哩，彝家兒女咯啊哩，苦萬代啊哩，盼好生活咯啊哩，阿哩，阿哩，趕快來啊哩。阿哩，趕快來啊哩……。」

終於，易天慈忍耐不住了，她一邊凝望著篝火前的舞蹈，一邊自言自語地嘟囔了一句：「唉，那封信，也不知道他收到了沒有？」

彝王吉木帕朗一聽，急忙安慰地道：「姑娘啊，妳能夠為我們彝族百姓抱打不平，肯於書報聖君，為蒙受冤屈的彝民陳情達意，就是我們百萬彝民的朋友！無論那朝廷肯不肯派人來，我們都不會難為妳的！就請天慈姑娘將心放安吧！」

易天慈想了又想，堅定地說道：「只要是能夠收到那封信，他是一定會來的！」

吉木帕朗卻搖著頭說道：「古往今來，帝王的心，無人能測！姑娘，妳就這麼相信他嗎？」

易天慈遙望著天空，低聲說道：「我相信他！因為，他不僅僅是一個帝王，更是一個俠士……。」

【四】

坤寧宮中，酥妃雙手捧著那尊白玉觀音，緩緩地走到依然在凝望窗外的朱瞻堂身後。佇立了一刻之後，酥妃忍不住淚眼腥紅，她堅強地仰起臉來，讓窗外吹來的風，慢慢吹乾自己的雙眼，然後莊嚴地走到朱瞻堂的面前，動情地說道：「聖君啊，這尊白玉觀音，是臣妾家鄉的父老兄弟，送給臣妾的生辰禮物。請聖君帶上，轉贈給那些彝族百姓吧！」

朱瞻堂猛然轉過身來，凝望著酥妃感動地說道：「愛妃，妳答應來掩護朕出宮了嗎？」

酥妃望著面前的朱瞻堂，突然雙膝跪地，情真意切地說道：「臣妾請聖君轉告那些彝族百姓，臣妾就像愛惜自己的家鄉親人們一樣，愛惜著他們這些彝族百姓！」

朱瞻堂激動不已地俯下身去，深情地伸出雙手，挽起酥妃：「愛妃……。」

【五】

天高氣清，大日當頭。

赤身裸體的酥妃娘娘，一襲輕紗纏繞於肩，與那個衣衫盡褪，假冒朱瞻堂的太監，翩翩共舞。

四名同樣是裸身披紗的宮女，圍繞在酥妃與那位扮君太監的身邊，舉手投足，豔歌豔舞。

更遠一些的位置，十六名宮女裸衣薄紗，組成了一個八卦之陣，在鼓樂聲中，向天而舞，在略顯淒婉的氛圍中，旖旎無比，極其美麗而壯觀。

酥妃忽然一下子，伸手剝掉了肩上那一襲僅存的輕紗，一揮手，拋向天際，揚聲唱道：「清明暢，禮樂新，求龍景，練貞辰。陽律亢，陰晷伏，仰天帝，照聖君……。」

四名宮女共舞齊唱：「欽承純祜兮，於昭有融。時維永清兮，四海攸同。輸忱元祀兮，從律調風。穆將景福兮，乃眷微躬……。」

十六名宮女齊舞合唱：「淵思高厚兮，期亮天工。聿章彝序兮，夙夜宣通。雲軿延佇兮，鸞輅空蒙。翠旗紛媥兮，列缺豐隆……。」

參壹　甯王闖禁宮

【一】

天安門外，甯王朱高煬帶著幾名衛士，不可一世地走向皇宮大門。

包圍著皇城的官兵，在新任右軍都督府宣武將軍劉仲生的號令下，一起立正，向甯王行禮。

劉仲生急忙跑步來到甯王面前，撲通一下，跪倒在朱高煬的腳下：「部將恭迎甯王殿下！」

朱高煬伸手一指皇宮問道：「嗯，那裡頭有什麼動靜嗎？」

劉仲生急忙仰起臉來答道：「回稟甯王殿下，這兩天都沒有任何動靜！只是……。」

朱高煬臉色一沉：「只是什麼？你快說！」

劉仲生趕緊答道：「回稟甯王殿下，只是，從今天正午時開始，皇宮之中，時不時地歌聲四起，鼓樂喧天……唉，殿下請聽，這會又鬧起來了，好像是有人唱戲吧！」

朱高煬急忙側起耳朵，仔細地傾聽著，一陣歌樂之聲斷斷續續地隨風傳來：「欽承純祜兮，於昭有融。時維永清兮，四海攸同。輸忱元祀兮，從律調風。穆將景福兮，乃眷微躬……。」

朱高煬細聽之後，疑惑地說道：「不是唱戲！不是唱戲！這好像是拜天之音啊！走，你隨本王進宮，看看這到底是怎麼一回事！」

朱高煬率領著劉仲生等人，大步流星地走到欽安殿門外，只見兩扇大門緊閉，朱瞻堂指定的內廷總管、金衫錦衣衛首領汪大洪帶著四名太監，站在門外嚴密把守。

看到朱高煬來到欽安殿前，汪大洪急忙走上去施禮：「奴才恭迎甯王殿下」！

朱高煬疑惑地喝問：「大白天的，關著宮門幹什麼？」

汪大洪趕快答道：「回甯王殿下的話，聖上監國君吩咐過，一連九天都得關著門，任何外人均不得入內！」

朱高煬傲慢之極，指著自己的鼻子說道：「本王是你們那個聖上監國君的親叔，難道也是外人嗎？你給我閃開！」

汪大洪連忙上前攔住：「奴才得罪了，您不能進去！您千萬不能進去！」

朱高煬一把推開汪大洪，厲聲吼道：「大膽的奴才，你給本王閃開！」

汪大洪及其他的三名太監，急忙再次上前，一起阻攔朱高煬。

劉仲生等部屬們即衝過去，三拳兩腳，將汪大洪和幾名太監，踢打開來。

朱高煬上前去，一腳將宮門端開。

頓時，那赤身裸體的酥妃娘娘、衣衫盡褪假冒朱瞻堂的太監、裸衣披紗，向天而舞的眾宮女們所組成的那旖旎無比的八卦之陣，在一片鼓樂聲中盡現在朱高煬眼前。

劉仲生見狀，頓時驚惶失措，急忙退出門外迴避。

朱高煬愣了一下之後，亦匆匆忙忙一轉身走出門外。

汪大洪指揮著四名太監，急急忙忙關上了宮門。

朱高煬滿面狐疑地問道：「這……這……這……他們這是在幹什麼？啊？青天白日的……這發的到底是什麼瘋啊？」

汪大洪趕緊上前回答：「回甯王殿下的話，今日為清明，聖上監國君傳旨，說是要效法聖祖，裸衣祭天，以求上蒼垂憐，保佑大明江山萬年永固！」

朱高煬略作沉思，恍然大悟：「噢……。」

劉仲生低聲附耳，擔憂地對朱高煬說道：「啟稟甯王殿下，聖君他……會不會是要祭天作法……想保佑自己呢？」

朱高煬想了一下，說道：「欽承純祜兮，於昭有融。時維永清兮，四海攸同！本王聽到了，這祭天之詞中，並沒有抵毀本王的含義！」

劉仲生急忙又問：「那甯王殿下的意思是……。」

朱高煬立於門外，側耳細聽了良久之後，思忖著說道：「無論如何，他效法聖祖，裸衣祭天，總還是對的！本王身為皇叔，亦不可干擾！」

劉仲生連忙恭維：「甯王殿下心繫國運，胸懷如海！」

朱高煬一伸手，厲聲喝令：「你去傳達本王的旨意，命令護衛皇宮的官兵，即刻後退十里，九日之內，任何人均不得騷擾喧嘩。違令者斬！」

隨著朱高煬的離去，欽安殿內，舞樂之音，嘎然而止。

酥妃娘娘在眾宮女的簇擁之下，向殿內走去。

忽然之間，身後傳來撲咚一聲，酥妃娘娘在與眾宮女們急忙回眸一望，只見那名假扮朱瞻堂的太監已經倒在了地上。

酥娉大吃一驚，急忙問道：「你怎麼啦？」

扮君太監艱難地抬起頭來，掙扎著說道：「娘娘為國事而捐軀，奴才因忠君而褻犯。為保娘娘清譽與皇室尊嚴……奴才已施武功……引咎自滅了……。」

酥娉淚如泉湧，向著口吐鮮血的扮君太監，深鞠了一躬：「你真是一位忠義之人啊！」

夜深人靜，月冷星稀，皇宮高牆之上，幾個黑影一閃而過。

坤寧宮中，酥娉虔誠地跪在觀音像前，喃喃地祈禱著：「大慈大悲的觀世音菩薩，奴婢曲捷，乞求您保佑聖君平安無事！奴婢酥娉，乞求您保佑我們大明江山萬代安康……。」

【二】

晨曦初明，朝霞滿天。

彝王吉木帕朗與易天慈並肩站立在高山之巔，望著天上飄浮著的片片流雲，望著腳上連綿起伏的崇山峻嶺，易天慈的雙眼中，流露著幾分焦急，而彝王吉木帕朗的臉色，則十分哀傷。

半晌之後，吉木帕朗憂鬱地對易天慈說道：「天高皇帝遠，看來，朝廷還是不肯來認我們彝民為大明國民啊！」

易天慈思索了半晌，疑惑地說道：「也許，是他沒有收到我寫的書信？」

吉木帕朗堅定地對易天慈說道：「送信的達娃，是我們彝民山寨之中最勇猛的山鷹，他從來沒有讓鄉親們失望過！」

易天慈又說：「路途萬里，山高水長，或者，還需要再等待一些時日！」

吉木帕朗難過地說道：「妳走吧，姑娘！走吧，不要耽誤了妳的大事！」

易天慈難堪地長歎了一聲：「唉……老伯……。」

吉木帕朗真心誠意地對易天慈說道：「我們答應過妳，我們彝民是信守諾言的！」

易天慈難過不已：「老伯……我……。」

吉木帕朗從身上取下一條虎牙串成的項鍊，遞給了易天慈：「這是我們彝民的圖騰，我送給妳！妳帶上它，千里彝區，人人都會把妳當作朋友！」

易天慈慚愧地推辭道：「不！老伯，我不配！我易天慈不配……。」

易天慈與彝王吉木帕朗，正在相互推卻之間，群山之中，忽然響起了朱瞻堂的聲聲呼喚：「天慈！天慈姑娘！妳在哪裡？天慈姑娘……。」

易天慈聽到山谷中回蕩著的朱瞻堂的這一聲呼喚，禁不住喜極而泣，她一把抓住吉木帕朗的手臂，熱淚奔湧：「他來了！他來了！老伯，他真的來了！」

頓時，彝王吉木帕朗也顯得激動不已：「誰？誰？是誰？是朝廷的大臣嗎？」

易天慈望著山下，淚下如雨：「不！不！不是，是他親自來了！他是今日的聖上，是我的龍天！我的龍天……。」

朱瞻堂仰望天光，在崇山峻嶺中連聲呼喊著：「天慈！天慈姑娘！妳在哪裡？天慈……。」

易天慈激動地不顧一切向著山下，飛奔而去……。

在幾位彝民的引領下，一身汗水的朱瞻堂，大踏步地登上了山寨。

彝王吉木帕朗老淚縱橫，撲通一下，跪在了地上，眾多的彝民也紛紛下跪。

在易天慈的臉上，卻忽然顯出了重重的矛盾，猶豫了片刻，她也向著朱瞻堂慢慢地跪下了。

朱瞻堂一個箭步撲向易天慈，一把將她從地上拉了起來：「天慈！天慈！我的天慈姑娘，妳這是為何？」

易天慈在朱瞻堂的懷抱中流淌著眼淚，憂鬱地說道：「你是聖君！你是天子！我一個小小的民間鏢女，見了聖君天子，又怎麼敢於不跪呢？」

朱瞻堂動情地對著易天慈說道：「妳我之間，哪裡來的什麼天子聖君？妳忘了嗎？我的天慈姑娘，龍天多次對妳說過，龍天只是一個真心愛妳的人！一個要與妳比翼連枝，同天並老的人啊……。」

【三】

北京皇宮，坤寧宮內，朱高煬惱怒萬分，厲聲地質問酥娉：「你說！本王那個不守安分的侄兒，跑到哪裡去了？」

酥娉不卑不亢地說道：「一國聖君，自然是處理國事去了！」

朱高煬氣急敗壞地吼叫著：「你們合起夥來戲弄尊長，該當何罪？」

酥娉理直氣壯地說道：「聖君為國盡責，何罪之有？」

朱高煬咆哮如雷：「你們的眼裡，還有沒有長輩？」

酥娉義正辭嚴：「皇叔的心中，可還有國君？」

朱高煬氣得伸手要打酥娉的耳光：「大膽的奴婢，妳居然敢於同長輩頂嘴……。」

護衛酥妃娘娘的那數十名金衫錦衣衛，望著那蠻橫無理的朱高煬，一個個義憤填膺，汪大洪和其他兩人實在是忍無可忍，憤怒地挺身而出，一齊伸出手臂，猛地攔住了朱高煬，齊聲高喝：「請甯王殿下尊重娘娘！請甯王殿下尊重朝廷！」

數十名金衫錦衣衛一齊上前，憤怒地高喝：「奴才們請甯王殿下尊重娘娘！請甯王殿下尊重朝廷！」

朱高煬惱羞成怒，卻又無可奈何：「你……你……你們……哼！早晚有一天，本王會讓你們知道，到底誰是朝廷！」

參貳

今日月圓，龍天正好與妳成婚

【一】

正午時分，紅日當頂。

彝族山寨，朱瞻堂站在高高的土台上面，四名隨同朱瞻堂而來的金衫錦衣衛，威風凜凜地侍立在朱瞻堂的身後，將那尊白玉觀音像捧在手中，動情地說道：「這尊白玉觀音，是朕的酥妃娘娘，讓朕贈送給你們彝民兄弟的！它是酥妃家中的鄉親們今年送給她的生辰禮物！酥妃娘娘讓朕將它轉贈給你們！她還讓朕轉告你們，說她就像愛惜自己的家鄉親人們一樣，愛惜著你們這些彝族百姓！一位皇妃，尚知彝民為骨肉，大明王朝又怎麼能不認你們是同胞呢？過去，朝廷對你們不公，官兵對你們有過。朕，今日向你們謝罪了！從此以後，朕盼望著漢彝兩族，同踏一土，共戴一天，萬世和睦，永不相爭！」

彝王吉木帕朗熱淚滾滾，他激動地登上土台，雙膝跪地，咚地一下，對著朱瞻基磕了一個響頭，然後恭恭敬敬地從朱瞻堂手中接過白玉觀音，哽咽地說道：「我們百萬彝民，叩謝聖君，我們百萬彝民，永遠感念酥妃娘娘的恩情！」

朱瞻堂振臂高呼：「漢彝同宗，共生一根，永不相欺，親如兄弟！」

夜星閃耀，明月高懸。

篝火映天，一大群彝民男女圍著篝火，載歌載舞，歌聲之中充滿了歡樂——歡快地歌唱月出東山啊哩，來了聖君啊，歡歡喜喜啊哩，漢彝同根啊，親兄弟啊哩，萬世和睦啊哩，阿哩，阿哩，同踏一土，啊哩，共戴一天……。

青山頂上，月光如水，照耀在朱瞻堂與易天慈的臉上。

朱瞻堂緊緊地擁抱著易天慈。

易天慈卻憂鬱地說道：「你為什麼要是一個天子聖君呢？」

朱瞻堂微微一笑：「是又何妨？」

易天慈悽楚地說道：「你高高在上，一國之君，我一個小小的民間鏢女，天壤之別，我與聖君之間有著萬里鴻溝……。」

朱瞻堂衝動地說道：「那麼，我就將這道溝壑填平！」

易天慈悃然若失：「天子口中，不是從來都自稱為朕的嗎？」

朱瞻堂真摯地說道：「在你天慈的面前，我永遠只是江湖小俠龍天！」

易天慈依舊傷感不已：「那傳國之寶送到雲南，天慈與聖君的緣分，恐怕也就盡了！」

朱瞻堂動情地摟緊易天慈：「今日月圓，龍天正好與妳成婚！」

【二】

雲貴高原，大軍浩蕩，金沙江畔，狼煙四起。

甯王朱高煬派出的中軍都督府、前軍都督府，兩鎮十幾萬兵馬，向著雲南昆明急速進發。

一路上，中軍都督白中日與前軍都督何勁光並肩於馬上，一邊走，一邊談論。

中軍都督白中日疑惑不解地詢問：「何都督，本都實在是弄不明白，您說，日前，南蠻夷兵侵入我雲南邊境的時候，甯王殿下都未曾向我等下令，進軍護國。現在，雲南全境均已光復，可是，甯王殿下卻突然之間要你我兵伐雲南！在下請教何都督，您說，這究竟是什麼意思呢？」

前軍都督何勁光仰天長歎了一聲：「唉……是什麼意思？只怕你我是此番出兵，所要征戰的不是敵軍，而是內患吧！」

白中日急忙問道：「內患？南蠻夷兵已被護國君殿下逐出境外！雲南境內，哪裡還有什麼內患可言呢？」

何勁光又是一聲歎息：「唉……白都督在戰場上是一名虎將，可在官場上是一竅不通啊！」

白中日聽了一愣：「敢請何都督明示！」

何勁光道：「請問白都督，當今天下，誰在執掌？」

白中日趕快答：「當然是朝廷了！」

何勁光再問：「白都督，朝廷是誰？」

白中日略一思忖：「廷寄文書，說得明明白白，洪熙皇帝病患期間，聖上監國君、雲南護國君、甯王殿下兼執傳國之寶者即為聖旨！」

何勁光轉過頭瞟了白中日一眼，又問：「聖上監國君若是失了那傳國之寶，而雲南護國君再因手中無旨私自用兵，而淪為了階下之囚，那麼，請問白都督，這朝廷到底是誰呢？」

白中日恍然大悟，他不禁大吃了一驚，急忙向何勁光問道：「啊？我的天哪……那麼，你我二人及所率領的這百萬大軍，到底是在為國征戰？還是在為甯王殿下奪天下？啊？」

何勁光緩緩地搖了搖頭，再次仰天長歎：「唉……還是請白都督自己去想吧！」

【三】

皓月當空，群星閃耀，彝族山寨之中，一片歡歌。

土台之上，百花爭豔，美酒飄香，朱瞻堂與易天慈身披彩綢，一場別開生面的婚禮即將舉行。

忽然之間，幾匹快馬奔上山寨，五品帶刀侍衛李忠義帶領著數名金衫錦衣衛，急匆匆地滾鞍落馬，直奔朱瞻堂撲來，一步向前，不顧一切地跪倒在朱瞻堂的面前：「臣李忠義叩見聖君陛下！」

朱瞻堂連忙上前扶起：「李忠義，你怎麼來了？快起來！正好參加朕與天慈姑娘的喜事！」

李忠義急切地說道：「啟稟聖君陛下，臣有要事奏報！」

朱瞻堂一邊拉著李忠義，一邊大笑著說道：「天大的事情，都不去管它！先喝過朕與天慈姑娘的喜酒再說！」

李忠義跪在地上急不可待地大聲奏報：「陛下！中軍都督白中日與前軍都督何勁光，率領十萬大軍，正向昆明開進！楊少傅公命令臣下，將此封書信，急呈聖上！」

頓時，朱瞻堂的臉色一沉，他默默地從李忠義手中接過信件。

聖君陛下：

甯王殿下進宮而未見聖君，知道聖君仍然在為國事而奔走，大怒之餘，反心已決。悍然下令中、前兩都督十萬兵馬，開赴雲南！假無旨用兵之虛罪，褫奪護國君之王冕，篡國惡意，顯彰於世！而面對甯王大軍，護國君殿下則進退維谷，舉止兩難，率兵自衛，則內戰驟起；策手就擒，則國勢頓失！故，老臣以為，如今可救我大明王朝者，惟傳國之寶之速達雲南……。

朱瞻堂的手一鬆，李忠義帶來的書信，飄落在了地上，而朱瞻堂依然佇立在那裡，久久一動不動。

易天慈慢慢地走了過來，俯下身去，拾起了地上的書信。

突然，朱瞻堂引頸向天，憤然大喝：「皇叔啊皇叔！難道，您老人家真的要與大明王朝為敵嗎？」

李忠義急忙問道：「陛下！怎麼辦？」

朱瞻堂面色陰沉，望著天空，沉默不語。

李忠義再度下跪叩首問道：「陛下！到底怎麼辦？楊少傅公在京城之內，正焦急地恭候著陛下的旨意，左軍都督府中，陳雲敬將軍已經整裝待發，就連皇宮裡面那五百名金衫錦衣衛也都嚴陣以待，只等陛下您的一聲號令了！」

朱瞻堂的面色由紅而白，又由白而紅，他將兩顆大淚噙於眶中，在沉默了許久之後，毅然絕然地將手一揮：「奏樂！朕要先與天慈姑娘行完婚事！」

易天慈手持書信，驚異地喊道：「聖君……。」

朱瞻堂急忙攔住：「叫我龍天！」

李忠義第三次跪地請旨：「聖君陛下！那雲南之事，到底怎麼辦？三軍肅立，都在等待著聖君陛下的一道旨意呀！」

朱瞻堂仰天長歎：「漢彝兩族，尚能情同手足，一姓之內，豈容自相殘殺！」

李忠義再度叩首奏報：「聖君陛下英明！只是……只是，甯王殿下的那百萬兵馬，已經越過金沙江，直指昆明了！」

朱瞻堂突然一聲大吼：「朕就不信，我朝將士甘願同室操戈，自毀社稷，做中華民族的千古罪人！」

李忠義忙問：「聖君陛下的旨意是……。」

朱瞻堂出口如山崩：「左軍都督府原地駐紮！金衫錦衣衛守護皇宮！傳朕的旨意，舉國之中一兵一卒也不許出動！」

李忠義：一愣「臣領旨！可是，聖君陛下……那麼，中軍都督白中日與前軍都督何勁光，所率領的那百萬大軍，又誰來抵擋呢？」

朱瞻堂大義凜然地說道：「由朕背負著大明江山，一人來擋！」

【四】

高山崖頂之上，朱瞻堂赤裸著脊背，向天而跪。

易天慈鄭重地將傳國之寶，端端正正印在了朱瞻堂的背上：「蒼天在上，請保佑我大明王朝，不起戰亂！請保佑我大明百姓，免遭塗炭！」

易天慈放下傳國之寶，雙手捧起寒鐵劍，也鄭重地跪在朱瞻堂的身旁：「聖君啊龍天，天慈憑著這把伏羲大帝所賜的寒鐵劍，再一次為你立下誓言，人在鏢在，粉骨碎身，一定將你的鏢，送給護國君殿下！」

彝王吉木帕朗率領著二百名精壯的青年，恭恭敬敬地列隊於朱瞻堂與易天慈的身旁。

彝王：「天慈姑娘，這二百名青年，都是我們彝家的英雄好漢，他們會一路護衛著妳，死而無怨！」

易天慈背起傳國之寶，對著朱瞻堂施禮告別：「我的聖君！我的龍天！天慈去了！」

朱瞻堂急忙一把拉住：「不！不！不！先完成我們的婚事！再去送這塊玉璽！」

易天慈趕快搖著頭說道：「不行，父親告誡過——官家以官事為重！鏢家以鏢事為重！」

朱瞻堂死死拉住易天慈不放：「無論如何，我們也要先完成了婚事！」

易天慈望著朱瞻堂急不可待的臉，微微一笑：「天慈不敢忘卻易家父女兩代，對你的承諾呀！」

朱瞻堂卻堅定不移地拉著易天慈說道說道：「今夜，先做了夫妻！明早，再分頭上路！」

易天慈再度微笑，真誠地對朱瞻堂說道：「聖君！國事當前，天慈豈敢耽擱你的安邦大業？」

朱瞻堂雙眼一紅，悲愴之極地對易天慈說道：「縱使天塌地陷，我龍天也不可再負紅顏！妳知道嗎？妳的父親，易霄漢老義士，已經為國捐軀了……。」

易天慈聞言一驚，呆呆地愣了片刻，兩眼一黑昏過去了。

朱瞻堂一把接住，緊緊將易天慈攬在懷中，兩顆清澈晶瑩的淚水，重重地砸在易天慈的臉上。

易天慈痛楚萬分，喃喃而語：「父親走了！人世之間，天慈從此再也沒有一個親人了……。」

朱瞻堂一把摟緊易天慈，發自肺腑地說道：「千秋萬代，龍天，永遠都是妳的親人！」

易天慈淚流滿面，久久地凝望著朱瞻堂，忽然，她從朱瞻堂的懷抱中掙扎出來，動情地跪在了朱瞻堂的面前：「聖君啊，龍天！有了你不負紅顏的這一句話，天慈知足了！天慈真的知足了！天慈知足了……。」

朱瞻堂兩膝觸地，與易天慈雙額相碰，情真意切地說道：「天慈，起來，做我的娘子，起來，龍天與妳夫妻對拜！」

易天慈大淚滾滾，卻連連搖頭：「不，不，聖君啊龍天！天慈知道，此時此刻，你心繫著國事，心繫著雲南！天慈去了，聖君啊龍天，天慈送鏢去了！父親答應過你，天慈答應過你，赴湯蹈火，一定要將你龍天的鏢，送到雲南！」

滔滔不絕的淚水，模糊了朱瞻堂的雙眼，他已經看不清楚自己面前的易天慈了。

朱瞻堂動情地張開手臂，來尋找、來捕捉，對著已經一躍而去的易天慈：「天慈……天慈……我的天慈……。」

半空之間，易天慈衝動地一聲呼喊：「等著我！龍天！」

參參

傳國玉璽到雲南

【一】

昆明，雲南護國君府上，大明護國君朱瞻基，憑窗而立，幾名將領聚在他的身後，每一個人都顯出憤憤不平的表情。

「護國君殿下，朝廷究竟為什麼這樣對待我們呢？」

「是啊！廷寄公文，久久不到，所派信使，屢屢被殺！我們到底犯了哪一條王法？」

「先是派遣大軍包圍，現在又出動了兩大都督府的兵馬，前來討伐我們！朝廷究竟要幹什麼？」

朱瞻基慢慢地轉過身來，從容自若地問道：「誰告訴你們，朝廷出動兵馬，來討伐我們了？」

護國君府的正二品留守指揮使葉韻文憤慨地說道：「護國君殿下啊，還用人告訴我們嗎？當時，南蠻夷兵突然犯我邊疆，數十萬朝廷兵馬，陳列在滇黔邊境，而見危不救！現在，邊疆平定了，那白中日、何勁光兩位都督，卻帶著十幾萬大軍開往雲南！部將請教護國君殿下，他們幹什麼來了？」

正三品宣慰使田納霖也上前說道：「是啊，護國君殿下！當時，您親筆向朝廷寫了那麼多份奏報，朝廷卻全都不理不睬！現在，忽然之間，連個招呼都不打，就呼啦啦地來了這麼多的兵馬，這不是討伐，又是什麼呢？」

朱瞻基伸手一揮，堅定不移地說道：「本王相信，本王的父皇絕對不會……。」

指揮使葉韻文急切地上前打斷了朱瞻基的話：「殿下呀殿下，請恕部將直言，現在的朝廷，已不再是由洪熙皇帝來管著了！」

宣慰使田納霖也焦慮地說道：「是啊！殿下，部將早就覺得，這朝廷當中一定是出了亂臣賊子！」

葉韻文狠狠一跺腳：「那白中日和何勁光所率領的中、前兩都的兵馬，要是真的敢於進犯我們，部將就率兵上陣，把他們全都打出雲南去！」

隨著葉韻文的這一聲響亮，其他幾位將領齊聲高喊：「對！對！把他們打出去！」

田納霖更忍不住對朱瞻基慷慨陳詞：「殿下，您是我們大明王朝的護國君！您的身上負有衛君護國之使命！乾脆，您領著我們起兵北伐！咱們打到北京去，看看今日的朝廷，到底是什麼人在作亂！」

頓時，眾將領們一齊高喊起來：「對！對！對！請護國君率領著我們，起兵北伐……。」

為了顧全大局，朱瞻基強壓著自己心中同樣的疑惑和憤懣，連聲勸慰大堂上的將領：「夠了！你們全都不要再胡亂猜測了！本王今日再給父皇寫上一封奏報，想方設法送到北京城中去，問問朝中的情況！」

宣慰使田納霖一聽，擔憂地說道：「護國君殿下！您可一定要有所防備啊！」

朱瞻基卻仰首一聲斷喝：「本王今天先警告你們，國家事大，本王事小，就算是朝廷將本王的腦袋兒割了，你們也不准反抗我們的大明王朝！記住！外敵理當抗禦，內戰斷不可生！任何一個人，都不准反抗我們的大明王朝！」

【二】

在彝王吉木帕朗派出的那兩百名彝族勇士的護衛下，易天慈終於進入了雲南。

可是，昆明郊外，甯王朱高煬所佈防的兵馬，卻早已經嚴陣以待。

朱高煬的忠奴，劉仲生的親信部下歐陽剛，在重重鹿寨的後面，伸出半個腦袋，對著易天慈厲聲喝問：「來者何人？」

易天慈高聲答道：「忠信鏢局，送鏢來了！」

歐陽剛又是一聲喝問：「報上名來！」

易天慈見狀，知道今天橫豎是躲不過一場廝殺了，於是縱馬上前，高聲喝道：「鏢頭易天慈在此！不想死的讓條路來！」

歐陽剛一聽，又驚又喜，急忙揮刀喊道：「弟兄們！抓住她！甯王殿下賞金一百兩！跟我上啊……。」

說著，那個歐陽剛帶著一大幫官兵，打開鹿寨，持槍攜刀地撲了上來。

那兩百個彝族勇士一看有機可乘，呼啦一下子擁了上去，飛快地佔據了歐陽剛一夥人剛才的陣地，齊聲向易天慈呼喊道：「恩人快走……恩人快走……。」

易天慈對著迎面撲來的歐陽剛，使了一個拖刀計，然後雙腳一踢馬腹，提起馬頭，一個嫦娥奔月，衝過鹿寨，狂飆而去。

歐陽剛急了，發瘋似地指著易天慈的背影，接二連三地狂喊道：「放箭！放箭！她就是甯王殿下的要犯……放箭！放箭！她過了卡子，我們全都得死……放箭……趕快放箭……。」

隨著歐陽剛的喝喊，官兵們急忙射出毒箭。

兩百個彝族勇士，剎那間組成一道道人牆，以自己的身體護衛易天慈，絕塵而去……。

【三】

昆明，大明護國君府，朱瞻基正襟危坐，指揮使葉韻文、宣慰使田納霖率眾將領肅立兩旁。

易天慈雙手恭恭敬敬地捧著那方傳國之寶，一步一步地走上前來。在陽光的照耀之下，傳國之寶爍爍發光。

易天慈帶著無限的感慨，莊嚴地說道：「啟稟護國君殿下！民女忠信鏢局鏢主易天慈，奉聖上監國君陛下之命，將我大明傳國之寶，護衛至此，呈遞護國君殿下！」

朱瞻基急忙站起身來，垂手肅立在大堂上。

易天慈手捧玉璽，一步一步向前走來。

整個護國君府，鴉雀無聲。

當易天慈高捧著傳國之寶，走到他面前的時候，朱瞻基雙膝跪在，虔誠地叩首拜謁：「臣，大明王朝護國君朱瞻基，恭迎大明傳國之寶！」

葉韻文、田納霖以及各位將領，也紛紛跪地拜謁：「臣等恭迎大明傳國之寶！」

當這塊歷經劫難的玉璽，終於被朱瞻基的雙手恭恭敬敬地接了過去之後，易天慈雙膝一彎，跪倒在地，熱淚奔湧，久不能語。

葉韻文、田納霖等將領一擁上前，飽含著感激之情，紛紛伸出手來，想把易天慈從地上攙扶起來。

「天慈姑娘，快快請起！」

「快起來，天慈姑娘！」

可是，易天慈卻一動不動地跪在地上，任憑雙眼滾滾流出的淚水，淌過臉頰，浸濕衣衫。

葉韻文和田納霖兩人急忙地取來手帕，恭恭敬敬地捧到易天慈的面前。

而易天慈卻突然一躍而起，撲到門外，仰起臉來，向著天空，長長地高呼了一聲：「聖君啊……我的龍天……那鏢！我送到了……龍天……。」

參肆

龍天欠妳一個婚禮

【一】

龍天率領著左軍都督府的大隊兵馬，一路浩浩蕩蕩，向雲南方向開去，希望儘快將自己的弟弟——大明護國君朱瞻基接應出來，消弭戰亂，平定天下。

不料，行至雲貴邊境，卻見大軍陣列，他們高高地舉著甯王權杖，劍拔弩張，殺氣騰騰。中軍都督白中日、前軍都督何勁光，並肩站立在這兩支大軍的前面，嚴陣以待，嚴密地阻擋住了左軍都督府陳雲敬的去路。

陳雲敬哪裡肯示弱，他一馬當先，衝到陣前，對著中軍都督白中日和前軍都督何勁光厲聲喝道：「本帥奉旨！前往昆明拜謁護國君殿下，知趣的趕快閃開！」

前軍都督何勁光望著陳雲敬說道：「奉旨？何某請問陳帥，你奉了誰的旨意？拜謁護國君殿下，又何須帶如此多的兵馬呢？我勸你還是退回去的好！」

中軍都督白中日也上前一步，和顏悅色地對陳雲敬說道：「本督的手中持有甯王軍令，不准放一兵一卒進入雲南！還請陳帥見諒！大家同為一朝的同僚，希望不要傷了和氣！」

陳雲敬刷地一下抽出寶劍，對著何勁光與白中日怒斥道：「誰的旨意？我大明王朝，如今除了聖上監國君之外，還有誰的話敢稱為旨意？識相的，趕快閃開！」

何勁光搖了搖頭，對著陳雲敬一聲冷笑：「姓陳的！我同白都督對你客氣幾句，你卻不知道天高地厚了！你那三兩萬人馬，打得過我們這兩督的十幾萬大軍嗎？嗯？」

白中日也一板面孔，對著陳雲敬喝道：「甯王權杖在此，你陳雲敬膽敢再向前一步，莫怪本督翻臉不認人！」

陳雲敬回首向自己的隊伍揮手，大吼了一聲：「奉聖上監國君旨意，給我衝啊！」

頓時，左軍都督府的幾萬人馬，撲天蓋地衝了過來。

何勁光與白中日豈肯怠慢，令旗一揮，中、前兩督的十萬大軍，分成左右兩隊，立刻向著陳雲敬的兵馬包圍了過來。

剎那間，馬長嘶，人大吼，旌旗飄搖，刀槍閃耀，三支大軍鼎足而立，一場大戰一觸即發。

【二】

何勁光、白中日與陳雲敬雙方正在僵持之際，左軍都督府的大軍後面，突然之間，有一騎快馬疾馳而來。

在大家的一片驚愕中，朱瞻堂從馬背上面從容跳下，赫然挺立在三軍陣前。

未等大家反應過來，朱瞻堂衝著何勁光和白中日一聲喝喊：「你們還認得朕嗎？」

頓時，十幾萬大軍靜了下來，偌大的戰場鴉雀無聲。

良久之後，何勁光策馬上前了一步，不卑不亢地對朱瞻堂說道：「屬下不知聖上監國君駕到！」

隨即，白中日也上前說道：「屬下軍務在身，不能下馬叩拜，請聖上監國君體諒！」

朱瞻堂指著何勁光和白中日厲聲責問道：「好個軍務在身！朕問你們，你們執行的是什麼軍務？是外寇入侵，還是夷兵進犯？」

何勁光稍作遲疑，旋即答道：「回稟聖上監國君，本督奉了甯王殿下的軍令，保衛雲南，為大明護國君擔任侍衛！」

白中日也敷衍說道：「回稟聖上監國君，我們的確奉有甯王殿下的軍令！」

朱瞻堂對著何勁光和白中日怒斥道：「甯王殿下的軍令？你們告訴朕，我大明七十二衛所並中、左、右、前、後五軍都督府兩百多萬大軍，究竟是朝廷的官兵？還是甯王的家丁？」

何勁光和白中日，一聽到朱瞻堂此言，不覺語塞。

遲疑了片刻之後，何勁光猶豫地說道：「回稟聖上監國君殿下，我們大明的軍隊，一直是由甯王殿下指揮調動的呀！」

白中日也附和地說道：「是啊，長期以來，遵從甯王殿下的虎符，也就是服從朝廷的旨意啊！」

朱瞻堂放聲又問：「虧你們還知道朝廷！朕問你們，如今，國家大事誰說了算？你們一口一個甯王殿下，那朕就問你們，甯王八百里加急發送的那份廷寄文書，你們收到了嗎？」

何勁光和白中日一聽，面面相覷，不知朱瞻堂此問，是何目的，琢磨了好大一會兒，終於同聲答道：「收到了……收到了……。」

朱瞻堂隨即一聲嚴厲：「背給朕聽！」

何勁光馬上脫口而出：「或聖上監國君殿下、或護國君殿下、或甯王殿下，大明三君王之一，凡行文出語而加印了傳國之寶的，即為我大明王朝的聖旨，普天之下，率土之濱，必須唯命是從，令行禁止！」

朱瞻堂轉過身去，脫掉上衣，將印在自己脊背上面的「大明傳國之寶」六個大字，威嚴地顯露在炎炎赤日之下。

何勁光和白中日這兩位都督，頓時愣住了。

中軍都督府和前軍都督兩支大軍的將士們，頓時愣住了。

陳雲敬對著何勁光和白中日大喝了一聲：「當今聖上在此，還不下馬跪拜！」

何勁光和白中日沒有再作絲毫猶豫，急忙滾鞍落馬，撲通跪倒在地上。

朱瞻堂對著他們看了一眼，動情地說道：「朕背負著江山，你們身繫著戰爭與和平！你們的甯王，是朕的皇叔，朕知道，甯王平日裡十分厚待你們！但你們都是朝廷的將士，應該聽從朝廷的旨意！朕今天所期待於你們的，只有一件事——不可打自己的兄弟！不可讓大明內戰！除此之外，朕，無復他求！」

何勁光和白中日跪在地上，重重地對著朱瞻堂磕了一個響頭……。

【三】

一日之後，護國君府正三品宣慰使田納霖帶著一隊人馬，護送易天慈，來到了朱瞻堂的面前。

歷經劫難之後，朱瞻堂望著這位義薄雲天的民間俠女，望著這位共過患難的摯愛姑娘，禁不住百感交集，熱淚長流，他不顧帝王尊嚴，撇開三軍將帥，像久旱之人逢甘露一般，忘情地撲了過去。

而易天慈略一遲疑，卻隨同田納霖一行，畢恭畢敬地俯首跪倒在朱瞻堂的面前：「民女易天慈叩見皇帝陛下！吾皇萬歲！萬歲！萬萬歲……。」

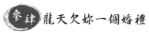

朱瞻堂忍不住一陣辛酸，他一個箭步衝了上去，一把將易天慈攬入懷中，從地上抱起，忙不迭地連聲說道：「天慈！天慈！我的天慈！妳這是為何！這是為何呀？」

易天慈遲疑地說道：「陛下！你是堂堂一國的君主！你是皇帝啊……。」

不待易天慈把話說完，朱瞻堂已經將自己的雙唇深深地吻入到易天慈的唇上。

易天慈淚如泉湧。

十幾萬大軍的面前，朱瞻堂與易天慈的臉頰，緊貼在一起，朱瞻堂與易天慈的淚水，流淌在一處，兩顆心，在一同跳蕩。

朱瞻堂動情地擁抱著易天慈，帶著熾熱，帶著深情，帶著不可抗拒的愛戀，激動地說道：「天慈！在妳的面前，我只是龍天！永遠，永遠都是龍天！」

易天慈一陣眩暈：「你的鏢，天慈送到了……。」

朱瞻堂以無限的真情望著易天慈說道：「可是，龍天卻還欠妳一個婚禮……。」

【四】

遠處，一隊快馬疾馳而來。

行至朱瞻堂的面前之後，幾名信使匆匆忙忙地翻滾下來，一齊跪倒在朱瞻堂的腳下，高聲奏報：「大明少傅楊士奇，八百里文書，急奏聖上監國君陛下！」

朱瞻堂匆忙地問道：「少傅公有何事急奏？」

信使趕緊答道：「啟稟聖上監國君陛下，甯王殿下公開打出靖難救國的旗幟，已率領著幾十萬大軍，兵伐雲南而來了！」

朱瞻堂聽罷，頓時周身一震，捶胸頓足，悲苦不已。

陳雲敬、白中日、何勁光幾位都督，急忙圍了上來，齊聲問道：「陛下！怎麼辦？」

朱瞻堂一言不發，一動不動，如同一尊石碑，久久地佇立在那裡。

陳雲敬、白中日、何勁光等幾位都督，急匆匆地又問道。

「陛下！臣等該怎麼辦？」

「陛下！是否馬上出兵圍剿？」

「陛下！請您趕快下旨啊！」

朱瞻堂仍然一動不動，一言不發。

「陛下！臣等請旨！」

「陛下！是否要馬上出兵啊？」

「陛下！請您趕快下旨啊！」

突然，朱瞻堂仰天一聲怒喝：「皇叔啊！難道，您老真的要背叛大明嗎？」

終於，朱瞻堂統率著這三大都督府的十幾萬大軍，浩浩蕩蕩地北上去平叛了。

易天慈再度失去了一次婚禮。

但是，朱瞻堂再也不肯與易天慈有一刻的分離。

於是，兩匹駿馬並肩，一對情人攜手，行走在了大軍陣中，去討伐他們唯一健在的長輩，去討伐他們的親叔叔……。

參伍　傳國者，帝心之美

【一】

三支大軍行至黔湘邊境，一眼看到甯王朱高煬統領大批兵馬，持劍立於路前，朱瞻堂頓時愣住了。

朱高煬遠遠眺望著朱瞻堂，面無表情地說道：「好一個孝順的侄兒！你終於來戰自己的親叔叔了！」

朱瞻堂急忙翻身一躍，跳下馬來，對著朱高煬恭恭敬敬地施了一個家禮，呼喚道：「皇叔！」

朱高煬一聲冷笑：「大戰在即，你這個孽侄還假裝孝順囉嗦什麼？」

忽然，朱瞻堂一把拉過易天慈，情不自禁地對朱高煬說道：「皇叔啊皇叔！您老認得這位姑娘嗎？」

朱高煬狠狠地一瞪眼，厲聲罵道：「刁野的惡女！本王早該殺了你！」

朱瞻堂對著朱高煬搖搖頭，痛心地說道：「不！皇叔！她是侄兒摯愛的人兒！是侄兒要娶的娘子！是皇叔您的嫡親侄媳啊！」

朱高煬對著身後的大隊兵馬一揮手，兇惡地說道：「哼，本王靖難救國！人擋殺人，佛擋殺佛……。」

朱瞻堂見狀，急忙擺手阻攔：「皇叔且慢！」

朱高煬疑惑地問道：「事情到了這一步，你還有什麼話要說？」

朱瞻堂忽然淚飛如雨，他拉著易天慈雙雙跪向朱高煬，動情地說道：「皇叔啊！父皇重疾不治，您又親手斬殺了天慈的爹爹，如今，皇叔乃是侄兒唯一健在的長輩了！無論如何，還是先受侄兒與侄媳的一拜吧！」

說著，朱瞻堂便攜著易天慈，對著朱高煬重重地磕了一個頭。

朱高煬惡狠狠地一聲喝令：「殺……。」

【二】

幾十萬大軍撲天蓋地，呼嘯著衝殺了過來。

朱瞻堂急忙登高呼喊：「只殺叛軍，任何人不可傷害皇叔……。」

朱高煬向陳雲敬、白中日、何勁光幾位都督說道：「平日本王待你們不薄，今日，你們一定要與本王為敵嗎？」

幾位都督回答：「你若是為了國家社稷而戰，我們自然唯命是從！但如今，你雖然身為甯王，卻已經反叛了朝廷。我們乃是國家軍隊，以保衛國家民族利益為已任，當然要對你開戰！」

鏖戰之中，護國君手捧大明傳國之寶，奔赴戰場，各方的官兵見到傳國玉璽，頓時息兵跪拜，一場大戰瞬間得以平息。

突然之間，朱高煬縱馬朝著朱瞻基直奔而來，朱瞻基剛想向朱高煬施以家禮請安，誰知，朱高煬一個飛鷹提兔，伸手奪了朱瞻基手中的那方傳國玉璽，狠狠地一打馬，狂奔而去。

朱瞻堂不禁仰天長嘯：「皇叔一定要自絕於朱明王朝嗎？」

陳雲敬、白中日、何勁光幾位都督，急忙縱馬追趕。

朱瞻堂卻喝令，全軍皆不可出動。

隨即，孤身一人尋蹤而去。

【三】

山野之中，小河流淌，白砂靜雅，一片清秀。

朱瞻堂苦苦勸說朱高煬返回京城，永世為王，輔助大明。

朱高煬卻連出殺招，只想取朱瞻堂的性命。

朱瞻堂連連退讓，只肯抵擋，不忍傷害朱高煬。

兇險之際，易天慈飛馬趕到，看到朱高煬不顧親情，招招兇狠，忙不迭地舉起寒鐵劍，劈向朱高煬。

朱瞻堂尊重皇叔身份，不願其死於易天慈的劍下，便急忙高聲喊道：「天慈不可！」

而朱高煬卻乘機暗中發射毒鏢，嗖地一下，打中了易天慈的左臂。

朱瞻堂一聲驚叫，急忙從懷中取出一條黃綾，向空一舞，緊緊地飛纏在易天慈的傷臂上，一邊用嘴努力地吸吮著易天慈傷處的毒汁，一邊與朱高煬奮戰。

朱高煬猛地一劍刺向朱瞻堂的胸口，朱瞻堂哀傷之極，一把奪過易雲天手中的寒鐵劍，對著朱高煬絕望地說道：「皇叔啊皇叔！侄兒顧及親情，始終不忍傷害皇叔，而皇叔如此斷絕情義，還一心想要亂我中華，侄兒無奈，也只好以伏羲大帝所賜的這把寒鐵劍，恭送皇叔歸天了！皇叔死，侄兒也會死，不論極樂世界還是十八地獄，我們若是親緣未斷，稍後再敘叔侄親情吧……。」

掙扎著，朱瞻堂將那一方華麗輝煌的大明傳國之寶，輕輕地放在了河畔的沙灘之上。

見到自己的皇叔死死去，摯愛的天慈受傷，朱瞻堂忍不住淚流滿面。

忽然，朱瞻堂覺得血脈一沉，知道是剛才吸入體內的毒汁已經發作。

他感慨萬千，發動內功，努力地支撐著身體，舞動寒鐵劍，在放置著那塊大明傳國玉璽的細沙上面，莊嚴地書寫下了一行文字——

傳國之寶，皇權象徵，然，若其不入真龍天子之手，亦無非一方美石而已！故，真正可以傳國者，絕非一石之美，而應為帝心之美也……。

書寫完畢，朱瞻堂終於體力不支，昏倒在了易天慈身邊。

【四】

終於，易天慈漸漸地甦醒了過來。

看到朱瞻堂身負重傷，倒在地上，急忙呼喊著向朱瞻堂爬了過去。

兩串眼淚，重重地落在朱瞻堂的臉上，朱瞻堂終於醒了過來。

匆匆趕來的朱瞻基跪在地上，同易天慈一起將朱瞻堂扶了起來。

朱瞻堂微弱地伸手一指，淡淡地說道：「大明的傳國玉璽在那裡，你拿去，努力做一個好皇帝吧！」

朱瞻基急忙說道：「皇兄！臣弟從來無心僭越啊！」

朱瞻堂慢慢地說道：「其實，真正不願意做皇帝的是我呀，一睹天慈顏，愛君九千年！我真的是很渴望與她一劍天涯，飄蕩四海啊……。」

易天慈大淚滂沱，她連連搖晃著生命正在逝去的朱瞻堂，拚命喊道：「龍天！龍天！你不能走！不能走！龍天！你還欠著我一個婚禮！欠著我一個婚禮呀！我的龍天……我的夫君……。」

朱瞻堂拚盡生命的最後一絲力氣，艱難地對易天慈說道：「龍天記得……龍天記得……我的天慈……可惜……龍天無緣消受妳的愛情了……。」

【五】

朱瞻堂溘然長逝。

朱瞻基想將朱瞻堂的遺體運回京城，葬於皇陵，並欲封易天慈為皇妃而接入宮中，以皇嫂對待，瞻養終生。

易天慈婉言勸阻，她說，龍天生前一直嚮往江湖風流，從來不戀皇位，既然如此，死後又何必讓他被皇冠所累呢？索性在此建立一處平常為墳塚，讓他長眠此地。

另外，易天慈自己更是不肯入宮，她誠懇地說道，自己原本就是一名普通的民女，與龍天更是結識於江湖之中，現在，龍天已逝，斯地又荒無人煙，自己既然已經以身相許，又何忍夫君一人淒涼？自己決心已定，生前死後，千秋萬代，陪伴在龍天的墳前，以一柄天賜寒鐵劍，為夫君護靈，為國家除害。

朱瞻基聽了熱淚滾滾，雙膝跪地，一聲動情，向著易天慈說道：「嫂嫂在上，請受弟弟瞻基一拜！」

【六】

忽有邊疆急報——西域外敵勾結甯王殘餘力量，再次進攻邊界，伊犁告急。

朱瞻基拒絕了部下勸自己先回京登基的建議，借過易天慈的寒鐵劍，親率五督兵馬，揮師北上，殺敵衛國。

戰爭勝利後，在回京途中，宮中傳來其父洪熙皇帝駕崩的消息，朱瞻基順理成章地登上了帝位，改國號為「宣德」，在位十年，成為明朝最有作為的一位皇帝。

【七】

青山之下，瀨水之畔，一片潔淨的白沙，一座孤獨的墳塚。

沒有香火，沒有供奉。

無人前來祭掃。

那座孤墓卻永遠巍峨屹立，從來不被風雨侵蝕。

每當星稀月冷時分，寂寥的夜空中，定會響起錚錚的劍響，綿綿的情語……。

大明傳國玉璽

作　　者　上官太白

發 行 人　林敬彬
主　　編　楊安瑜
責任編輯　黃谷光
特約編輯　黃亭維
內頁編排　張芝瑜（帛格有限公司）
封面設計　傅恩弘

出　　版　大旗出版社
發　　行　大都會文化事業有限公司
11051台北市信義區基隆路一段432號4樓之9
讀者服務專線：(02)27235216
讀者服務傳真：(02)27235220
電子郵件信箱：metro@ms21.hinet.net
網　　　址：www.metrobook.com.tw

郵政劃撥　14050529 大都會文化事業有限公司
出版日期　2014年09月初版一刷
定　　價　280元
ISBN　978-986-6234-73-6
書　　號　Story-21

First published in Taiwan in 2014 by Banner Publishing,
a division of Metropolitan Culture Enterprise Co., Ltd.

4F-9, Double Hero Bldg., 432, Keelung Rd., Sec. 1, Taipei 11051, Taiwan
Tel:+886-2-2723-5216　Fax:+886-2-2723-5220
Web-site: www.metrobook.com.tw
E-mail: metro@ms21.hinet.net

大旗出版 BANNER PUBLISHING
大都會文化

國家圖書館出版品預行編目（CIP）資料

大明傳國玉璽 / 上官太白. -- 初版. -- 臺北市：
大旗出版, 2014.09
400 面；21×14.8 公分.

ISBN 978-986-6234-73-6（平裝）

857.7　　103015862

98-04-43-04 郵政劃撥儲金存款單

收款帳號	1	4	0	5	0	5	2	9

金額 新台幣（小寫）	億	仟萬	佰萬	拾萬	萬	仟	佰	拾	元

通訊欄（限與本次存款有關事項）

我要購買以下書籍

書名	單價	數量	合計

購書金額未滿600元，另加收60元國內掛號郵資或貨運專送運費。

總計數量及金額：共______本，合計______元

收款戶名：大都會文化事業有限公司

寄款人 □他人存款 □本戶存款

姓名

地址 □□□-□□

電話

主管：

經辦局收款戳

虛線內備供機器印錄用請勿填寫

◎寄款人請注意背面說明

◎本收據由電腦印錄請勿填寫

郵政劃撥儲金存款收據

收款帳號戶名

存款金額

電腦紀錄

經辦局收款戳

郵政劃撥存款收據
注意事項

一、本收據請妥為保管，以便日後查考。

二、如欲查詢存款入帳詳情時，請檢附本收據及已填妥之查詢函向任一郵局辦理

三、本收據各項金額、數字係機器印製，如非機器列印或經塗改或無收款郵局收訖章者無效。

大都會文化、大旗出版社讀者請注意

一、帳號、戶名及寄款人姓名地址各欄請詳細填明，以免誤寄；抵付票據之存款，務請於交換前一天存入。

二、本存款單金額之幣別為新台幣，每筆存款至少須在新台幣十五元以上，且限填至元位為止。

三、倘金額塗改時請更換存款單重新填寫。

四、本存款單不得黏貼或附寄任何文件。

五、本存款金額業經電腦登帳後，不得申請撤回。

六、本存款單備供電腦影像處理，請以正楷工整書寫並請勿摺疊。帳戶如需自印存款單，各欄文字及規格必須與本單完全相符；如有不符，各局應婉請寄款人更換郵局印製之存款單填寫，以利處理。

七、本存款單帳號與金額欄請以阿拉伯數字書寫。

八、帳戶本人在「付款局」所在直轄市或縣(市)以外之行政區域存款，需由帳戶內扣收手續費。

如果您在存款上有任何問題，歡迎您來電洽詢
讀者服務專線：(02)2723-5216(代表線)
為您服務時間：09：00～18：00(週一至週五)
大都會文化事業有限公司　　讀者服務部

交易代號：0501、0502 現金存款　0503票據存款　2212 劃撥票據託收

大都會文化　讀者服務卡

書名：**大明傳國玉璽**

謝謝您選擇了這本書！期待您的支持與建議，讓我們能有更多聯繫與互動的機會。

A. 您在何時購得本書：______年______月______日

B. 您在何處購得本書：___________書店，位於___________(市、縣)

C. 您從哪裡得知本書的消息：

1.□書店　2.□報章雜誌　3.□電台活動　4.□網路資訊

5.□書籤宣傳品等　6.□親友介紹　7.□書評　8.□其他

D. 您購買本書的動機：（可複選）

1.□對主題或內容感興趣　2.□工作需要　3.□生活需要

4.□自我進修　5.□內容為流行熱門話題　6.□其他

E. 您最喜歡本書的：（可複選）

1.□內容題材　2.□字體大小　3.□翻譯文筆　4.□封面　5.□編排方式　6.□其他

F. 您認為本書的封面：1.□非常出色　2.□普通　3.□毫不起眼　4.□其他

G. 您認為本書的編排：1.□非常出色　2.□普通　3.□毫不起眼　4.□其他

H. 您通常以哪些方式購書：(可複選)

1.□逛書店　2.□書展　3.□劃撥郵購　4.□團體訂購　5.□網路購書　6.□其他

I. 您希望我們出版哪類書籍：（可複選）

1.□旅遊　2.□流行文化　3.□生活休閒　4.□美容保養　5.□散文小品

6.□科學新知　7.□藝術音樂　8.□致富理財　9.□工商企管　10.□科幻推理

11.□史地類　12.□勵志傳記　13.□電影小說　14.□語言學習（____語）

15.□幽默諧趣　16.□其他

J. 您對本書(系)的建議：

____

K. 您對本出版社的建議：

____

讀者小檔案

姓名：______________ 性別：□男 □女　生日：____年____月____日

年齡：□20歲以下 □21～30歲 □31～40歲 □41～50歲 □51歲以上

職業：1.□學生 2.□軍公教 3.□大眾傳播 4.□服務業 5.□金融業 6.□製造業

7.□資訊業 8.□自由業 9.□家管 10.□退休 11.□其他

學歷：□國小或以下 □國中 □高中／高職 □大學／大專 □研究所以上

通訊地址：______________________________________

電話：（H）______________（O）______________ 傳真：______________

行動電話：________________E-Mail：______________________________

◎謝謝您購買本書，歡迎您上大都會文化網站（www.metrobook.com.tw）登錄會員，或至Facebook（www.facebook.com/metrobook2）為我們按個讚，您將不定期收到最新的圖書訊息與電子報。

大明傳國玉璽

北區郵政管理局
登記證北台字第9125號
免　貼　郵　票

大都會文化事業有限公司
讀　者　服　務　部　　　收
11051台北市基隆路一段432號4樓之9

寄回這張服務卡〔免貼郵票〕
您可以：
◎不定期收到最新出版訊息
◎參加各項回饋優惠活動

大旗出版
BANNER PUBLISHING

大旗出版
BANNER PUBLISHING

大旗出版
BANNER PUBLISHING

大旗出版
BANNER PUBLISHING